KB265227

허기진 인생, 맛있는 문학

생을 요리하는 작가 18인과 함께 하는 영혼의 식사

허기진 인생, 맛있는 문학

: 생을 요리하는 작가 18인과 함께 하는 영혼의 식사

펴 낸 날 | 2012년 9월 20일 초판 1쇄

지 은 이 | 유승준
펴 낸 이 | 이태권
책임편집 | 곽지희
책임미술 | 정혜미
펴 낸 곳 | (주)태일소담
　　　　　서울시 성북구 성북동 178-2 (우)136-020
　　　　　전화 | 745-8566~7　팩스 | 747-3238
　　　　　e-mail | sodam@dreamsodam.co.kr
　　　　　등록번호 | 제2-42호(1979년 11월 14일)
　　　　　홈페이지 | www.dreamsodam.co.kr

ISBN 978-89-7381-291-2 03810

- 이 책은 「까사리빙」과 「에쎈」에 연재되었던 내용을 바탕으로 만들었습니다.
- 책값은 뒤표지에 있습니다.
- 잘못된 책은 구입하신 곳에서 교환해드립니다.

허기진 인생, 맛있는 문학

생을 요리하는 작가 18인과 함께 하는 영혼의 식사

유 승 준 지음

소담출판사

삶에 지치고 허기진
이 땅의 모든 영혼에게 바칩니다

문학 속에 밥이 있고 밥 속에 문학이 있다

나는 오랫동안 '밥이란 무엇인가'에 대해 생각해왔다. 좀 더 고상하게 표현하자면 '인간에게 먹고사는 문제란 무엇인가'를 고민해온 것이다. 인간을 둘러싼 모든 문제는 바로 여기서부터 시작된다. '먹고살다'라는 동사는 '먹다'라는 동사와 '살다'라는 동사가 합쳐져 하나의 단어가 되었다. 먹는다는 것과 산다는 것은 각각 다른 의미를 지닌 말이지만 결코 분리될 수 없는 하나의 의미가 된 것이다. 먹지 않으면 죽고, 살기 위해선 먹어야 한다. 그러니 '먹다'와 '살다'가 '먹고살다'로 통일되는 것은 너무도 당연하고 자연스러운 일이다. 인간은 먹고사는 존재다. 이것이 인간을 이해하는 출발이다.

먹고사는 존재로서의 인간을 이해하고 나면 인간을 둘러싼 많은 문제들이 풀려나간다. 정치란 백성들을 편안하게 먹고살게 해주는 일이다. 그 어떤 사상이나 이념도 이것보다 우선할 수는 없다. 가장 훌륭한 정치가는 모든 백성들이 잘 먹고 잘 살 수 있도록 만들어주는 사람이다. 반면 최악의 정치가는 자기 백성들이 굶어 죽고 유리걸식하게 만드는 사람이다. 지금도 선진국이든 후진국이든 좋은 지도자는 경제를 활성화시키며, 일자리를 많이 만들어 취직 걱정이 없게 해주고, 노후에 대한 불안감 없이 편히 살 수 있는 나라를 만드는 인물이다. 유사 이래 동서고금을 통틀어 이러한 사실에는 조금도 변함이 없었다.

종교란 무엇인가? 내가 가진 밥을 이웃과 나눠 먹는 것이다. 굶주리고 지친 이웃을 진심으로 불쌍히 여기는 것이다. 내가 조금 덜 먹더라도 내 밥그릇에서 밥을 덜어내 이웃의 허기진 배를 채워주는 것이다. 유교의 인(仁)이나 불교의 자비(慈悲)나 기독교의 사랑이 모두 이에 기초하고 있다. 심지어 예수는 이렇게 말했다. "나는 하늘에서 내려온 살아 있는 빵이다." 생명의 양식을 주신 신을 외면한 인간들을 위해 스스로 밥이 되어 세상에 오신 예수를 믿는 게 기독교다. 김수환 추기경은 생전에 늘 "밥이 되고 싶다"고 했다. 내가 누군가의 밥이 될 수 있다면 기꺼이 그렇게 하는 것, 이것이 최고의 종교심이다.

그렇다면 문학이란 무엇인가? 문학은 언어를 통해 인간의 삶을 표현하는 예술이다. 시나 소설이나 희곡이나 동화나 매한가지다. 공상과학소설에서도 결국 주제는 인간의 삶으로 귀결되며, 동화 속에서도 인간의 문제가 궁극의 질문으로 던져진다. 인간의 삶이 빠진 문학이란 속 빈 강정조차 되지 못한다. 여기서 인간의 삶이란 박제화되거나 상상 속에서만 존재하는 허황된 삶이 아니라 생로병사와 희로애락의 한복판에 서 있는 현실 속의 삶을 의미한다. 문학 속에 등장하는 인간은 언제나 밥의 문제를 해결하기 위해 고민하는, 즉 먹고살기 위해 처절하게 몸부림치는 그런 존재라는 말이다.

그래서 나는 많은 독자들이 즐겨 읽는 한국 문학작품 속에서 이 밥의 문제를 어떻게 다루고 있으며, 등장인물들이 먹고사는 첨예한 문제를 어떤 방식으로 헤쳐나가고 있는지를 면밀하게 살펴보고 싶었다. 그리고 작품을 쓴 작가 자신은 이에 대해 어떤 생각을 가지고 있는지 알아보고 싶었다. 이 책은 1년 반 동안 이어진 이런 작업의 결실이다. 이 책에 소개된 작가들은 내 이런 의도를 이해하고 귀한 시간을 할애해 선뜻 인터뷰에 응해준 분들이다. 이분들께 깊은 감사를 드린다. 아울러 소중한 지면을 통해 연재가 가능하도록 도와준 잡지 「까사리빙」과 「에쎈」 편집부에도 고마운 마음을 전한다.

내가 생각하는 좋은 문학작품이란 사람 냄새가 나는 작품이다. 사람 냄새란 곧 밥 냄새다. 어린 시절 해 질 녘 어스름에 동구 밖까지 풍겨오던 구수한 저녁밥 짓는 냄새가 나는 그런 작품을 읽으면, 허기진 정신의 배가 가만히 부풀어 오르는 포만감을 느낄 수 있었다. 모처럼 고향 집을 찾은 자식을 위해 아껴두었던 묵은 김치와 산채 나물에 귀하디귀한 생선과 고기까지 마련해 김이 모락모락 올라오는 따뜻한 밥 한 상을 차려내는 그런 어머니의 마음이 느껴지는 작품을 읽으면 눈가에 눈물이 맺히면서 잃었던 식욕이 되살아나기도 했다. 한 줄의 문장 속에서 우리네 삶을 둘러싼 시간과 공간은 서로 얽히고설켜 맛있는 밥을 지어냈다.

이 책은 문학작품 속에 담긴 따뜻한 밥을 독자들과 함께 나눠 먹는 시간이자, 밥으로 대변되는 인간의 삶 속에서 발견해낸 문학적 성취를 작가와 독자들이 한자리에 앉아 확인하는 공간이다. 바다에서 밥상을 건져 올리는 한창훈을 만나면 바다가 달리 보일 것이다. 지금은 온데간데없어진 잃어버린 시절의 추억을 되찾고 싶으면 황석영을 만나 꿀꿀이 꽃섬탕 한 그릇을 먹어보길 권한다. 편혜영을 읽으면 패스트푸드처럼 천편일률적으로 반복되는 일상 속에서 한 줄기 빛과 같은 새로운 탈출구를 찾을 수 있을 것이다. 요리와 사랑이 만들어내는 단 한 번이라도 좋을 호사를 누리고 싶다면 손미나를 만날 일이다.

작가 백영옥과 이명랑은 자신을 둘러싼 환경을 십분 활용하고 극복하며 그 누구도 흉내 낼 수 없는 흥미진진한 작품을 완성해냈다. 아버지가 갈빗집을 운영하는 백영옥은 식탐과 우리 몸에 대한 구조적 탐구를 통해 『다이어트의 여왕』을, 재래시장에서 한식당을 하던 어머니 밑에서 자란 이명랑은 시장 사람들의 질펀한 이야기를 통해 인생의 근본 문제를 제기한 『삼오식당』을 각각 출간한 것이다. 이 밖에도 독자들은 박범신이 요리한 오므라이스와 미역국을 맛보며 두 남자의 눈물에 공감할 것이고, 해와 강물이 들어 있다고 우기는 신현림의 빵을 씹으며 인생의 유쾌함에 대해 생각하게 될 것이다.

한민족 오천 년 역사 이래, 우리가 먹고사는 근본적인 문제로부터 다소간 거리를 둘 수 있게 된 것은 불과 얼마 되지 않았다. 30년 전만 해도 우리 주변에는 끼니를 걱정하는 절대 빈곤층이 있었다. 백 년 전에는 도처에 굶어 죽는 사람들이 부지기수였다. 김훈은 그의 소

설『흑산』에서 그 시대를 살아가던 민초들이 하느님께 올리는 기도
문을 소개하고 있다.

주여, 매 맞아 죽은 우리 아비의 육신을 우리 아들이 거두옵니다.
주여, 당신이 십자가에서 죽었을 때
당신의 주검을 거두신 모친의 마음이 어떠했으리까.
하오니 주여, 우리를 매 맞지 않게 하옵소서.
우리를 매 맞아 죽지 않게 하옵소서.
주여, 우리를 굶어 죽지 않게 하소서.
주여, 우리 어미 아비 자식이 한데 모여 살게 하소서.
주여, 겁 많은 우리를 주님의 나라로 부르지 마시고
우리들의 마을에 주님의 나라를 세우소서.
주여, 우리 죄를 묻지 마시옵고 다만 사하여주소서.
주여, 우리를 불쌍히 여기소서.

　인간이 신에게 드리는 기도문 가운데 이보다 더 애절하고 절박한
기도문이 또 어디 있겠는가. 작가는 이 기도문을 쓰면서 너무 슬펐다
고 했다. 그러면서 그는 밥이 참 무섭다고 말했다. 밥이 무섭다는 그
의 말은 역설적이지만 그의 작품을 관통하는 명제이기도 하다.
　이 책은 지치고 허기진 인생을 찾아가 따뜻한 밥 한 끼 먹여주는
문학 속의 음식 이야기다. 문학이 밥 구실을 제대로 하려면 좀 더 허
기져야 한다. 그 허기를 채우기 위해 필사적으로 몸부림칠 때, 인생
이라는 이름의 밥상 위에 비로소 문학은 따뜻한 한 그릇 밥이 될 수

있을 것이다. 독자들도 이 책에 실린 시와 산문과 소설을 통해 문학 작품을 새롭게 감상하는 즐거움에 푹 빠져보기를, 그 깊은 맛을 오롯이 느껴보기를 바란다. 문학이 단순한 재미와 즐거움을 넘어 밥처럼 살이 되고 피가 되는 신비한 체험을 하게 될 것이다.

2012년 가을을 맞으며, 유승준

1부

문학은 밥이다

인생이라는 이름의 밥상 위에
바다만 한 반찬이 또 어디 있으랴

『인생이 허기질 때 바다로 가라』

ⓒ 김용철

여수시 연등천에는 지금도 포장마차 골목이 있다.

(……)

우산을 접으며 51번 집에 들어섰다. 그곳에는 나를 불러낸 친구와 그의 연인이 앉아 있었다. 둘은 만난 지 한 달 정도 되었는데 나를 불러낸 이유가 죽였다. 첫 키스를 했다는 것이다. 비는 주룩주룩 내리고 연애를 막 시작한 둘은 행복해 보였다. 인생에서 가장 아름다울 때였다. 내가 바라보자 아가씨는 부끄러운 표정으로 배시시 웃었다.

"한잔 하지."

"아, 해야지. 안주는 뭐로 할까."

"아가씨가 먹고 싶은 것으로 골라봐요."

"우리 병어회 먹어요."

"거 좋죠."

(……)

비 내리는 포장마차. 사랑에 빠진 남녀. 병어회. 이보다 더 완벽한 조합은 없었다. 친구는 세상을 통째로 얻은 듯했고 아가씨는 흐뭇한 얼굴이었다. 둘은 수시로 어깨를 치고 그것보다 더 자주 손을 잡았다. 볼에다가 슬쩍 입을 맞추기도 했다. 별로 할 게 없던 나는 최백호 노래를 불렀다.

두 사람은 손 흔들며 빗속으로 걸어갔다. 너무 딱 붙어 마치 한 사람이 가는 것 같았다. 보기 좋기도 하고 부럽기도 해서 멀어지는 둘을 나는 오래도록 바라보았다. 이제 미래만이 그들 앞에 있을 것이다. 양가 인사와 신혼여행과 출산과 아이 백일 사진 같은 것.

그러다 나는 다시 세상을 돌아다니게 되었다. 경상도 쪽 건설 현장에 있다가 반년.만에 돌아온 나는 다방에서 친구와 만났다. 아가씨와는 잘되어가느냐고 묻자 그는 머뭇거렸다. 커피 한 잔을 다 마시고 담배도 두 대 나 피우고 난 다음에야, 여자가 느닷없이 이별을 통고하고 가버렸다고 대 답했다.

헤어진 이유는 딱히 기억에 없다. 아마 주변에서 흔히 나오는 그런 이 유를 여자 쪽에서 댔을 것이다. 성격이나 문화 차이 같은 거. 그리고 부모 의 반대나 근사한 남자의 돌발적인 출현, 뭐 그런 것도 배경으로 자리하고 있었을 것이다. 친구는 최소한, 가난했다.

그의 허탈은 무겁고 깊었다. 그날처럼 비가 왔다. 우리는 걷다가 빗줄 기가 거세어지자 51번 포장마차로 들어섰다.

"뭐에다가 한잔 할까? "

내가 고개 들어 장어나 낙지 따위를 고르고 있는데 주인아주머니가 말했다.

"삼춘, 병어 잡서. 오늘 들어와 물이 좋아."

아주머니 말대로 병어 몇 마리가 반짝거리며 누워 있었다. 나와 친구는 잠시 눈빛을 교환했다. 다시 병어회. 비 내리는 포장마차. 실연당한 친구. 완벽한 조합이었다.

『인생이 허기질 때 바다로 가라』에 나오는 이야기 중 한 편이다. 한창훈의 책에서는 비릿한 바다 냄새가 난다. 살며시 바닷바람도 불 어온다. 그런데 그 냄새를 맡고 바람을 쐬다 보면 주르륵 눈물이 흐 른다. 사랑이, 슬픔이, 고독이, 인생이, 갑자기 코끝을 톡 쏘기 때문 이다. 바다에 관한 한, 나는 아직까지 이보다 더 짜릿한 작품을 읽어 본 적이 없다.

⊙ **지난 2011년 3월 초 대지진이 일어나기 전에 일본으로 문학기행을 다녀오셨죠?**

네, 6일부터 9일까지 일본 본토 최북단 아오모리 현(靑森縣)을 다녀왔어요. 신경림 선생님, 이경자 선생님 등 문인 열 명이 함께한 제비꽃 문학기행이라는 여행이었죠. 아오모리는 사과와 온천이 유명한 곳이자 눈으로 잘 알려진 고장이에요. 일본 근대문학의 거장 가와바타 야스나리(川端康成)가 소설 『설국雪國』을 쓴 곳이라고 하더군요. 제가 머물렀던 4일 내내 눈이 내렸어요. 『인간실격』이라는 작품을 썼던 소설가 다자이 오사무(太宰治)의 생가 등을 방문하고 돌아왔는데, 글쎄…… 저희가 탄 비행기가 일본에서 이륙하고 나서 두 시간 만에 첫 번째 지진이 일어났다고 하더라고요. 나중에 같이 갔던 기자가 이야기해줬어요. 거기 있을 때는 전혀 몰랐지요. 예보 같은 것도 없었고 아무 느낌도 받지 못했으니까. 직접적인 피해를 입은 센다이 현(仙臺縣)에서 약간 위쪽에 있는 지방이었어요. 그래선지 큰 피해는 없는 걸로 알고 있어요. 나중에 듣기로 사람이 한 세 명 정도 사망한 것 같아요.

삶과 죽음이 한순간이다

⊙ **바다에서 발생한 재난이라 남의 일 같지 않았겠어요.**

일본에서 돌아오고 이틀 뒤에 우연히 텔레비전을 켰더니 뉴스가 나오더라고요. 자동차가 떠내려가고, 배가 뒤집히고, 공장이 불타고 있었어요. 깜짝 놀랐지요. 참…… 끔찍하더라고요. 워낙 태풍 같은 걸 자주 보고 자랐기 때문에…… 어릴 때 봤던 그런 광경이 머릿속에 자꾸만 떠올랐어요. 인간이 정말 아무것도 아닌 존재구나, 물결이 덮쳐서 쓸고 가면 그대로 힘없이 쓸려가야만 하는 나약한 존재구나 하는 생각이 들었어요. 마치 개미집에 물을 뿌리면 수많은 개미들이 순식간에 다 쓸려가버리는 것처럼 말이에요.

⊙ **실제로 바다에서 일어난 자연재해를 직접 목격하거나 체험하신 일이 있나요?**

뭐, 태풍 정도죠. 방파제가 사라지고, 배가 뒤집히고, 파도에 휩쓸린 사람이 갯바위에 부딪혀 죽어가는 장면 같은 거요. 바다에서 사람이 실종되면 거의 죽은 거라고 봐야 해요. 나중에 시체라도 발견되면 다행이고요. 실종된 후에 살아남는다는 건 거의 불가능한 일이에요. 예전에 몇몇 작가들이 배를 타고 대양을 건너보자는 계획을 짜서 네 번인가 먼 바다로 나간 적이 있었어요. 그때 첫 번째로 탔던 배의 선장하고 친구가 됐는데, 그 친구가 한 번은 인도네시아 인근을 항해하다 보니까 바다 위에 수많은 시체들이 떠다니더라는 거예요. 그 무렵 인도네시아에 쓰나미가 덮쳐 굉장히 많은 사람들이 죽은 적이 있었거든요. 그때 죽은 사람들이 그렇게 바다 위에 방치되어 있었던 것이죠. 더 안타까운 것은 시신이라도 수습해주기 위해 바다에서 시체를 건져 올렸다가는 여러 가지 복잡한 법적 문제들이 발생하기 때문에 그냥 보고도 지나쳐야만 했다는 거예요. 그 친구는 그때의 기억을 오래도록 앓아야만 했어요. 참혹한 기억이었겠지요.

그는 일본 대지진 이후 한 신문에 쓴 위로의 글에서 이런 말을 남겼다. "삶과 죽음이 한순간이다. 재해는 '인간이란 무엇인가'를 물어볼 틈도 없이 찾아온다. 그게 오면 우리가 만들고 이루어냈다고 뻐기는 모든 것이 한순간에 사라진다. 살아남은 자가 할 수 있는 것은 그저 이웃의 참사를 대할 때의 태도에 대해 생각하는 정도이다. 무기력하다. '자연 앞에서의 겸손'이라는 흔해 빠진 말이 새삼 무겁고 아프다. 다시 한 번. 일본 전체의 슬픔에 어떻게 말을 해야 할지 정말 모르겠다."

한 번도 못 먹어봤다는 말은
한 번도 못 가봤다는 말보다 더 불쌍하다

◉ 책에 '내 밥상 위의 자산어보'라는 부제가 붙어 있더군요.

『자산어보玆山魚譜』는 한국 최고의 어류학서로 1814년에 손암 정약전 선생이 쓰신 책입니다. 자산은 흑산(黑山)이란 뜻이지요. 전라도에 있는 흑산도 근해의 수산 생물을 조사하고 채집해서 동식물 155종에 대한 명칭과 분포, 형태, 습성 등을 상세히 기록했어요. 1801년 신유사옥으로 유배 생활을 하던 저자가 오매불망 한양 땅만 바라보며 눈물로 세월을 보낸 게 아니라 유배지에 정착해서 바다로 나가 이런 실용적인 과학책을 집필했다는 게 정말 신기한 일입니다. 아무리 실학자였지만 그는 양반이고 사대부고 지배계급이었거든요. 바다를 그토록 천시하던 당시 시대 상황에서 이건 대단히 획기적인 일이었어요. 덕분에 우리 후손들은 아주 훌륭한 어류 사전 한 권을 갖게 된 겁니다. 이런 책 한 권이 우리나라에 있는 것과 없는 것은 정말 큰 차이가 있다고 봐야죠. 그만큼 가치가 높은 책임에도 불구하고 전부 한자로 기록되어 있어 사람들이 두루 읽지 않았습니다. 그래서 이걸 사람들에게 재미있게 알려줄 수 있는 방법이 뭘까 궁리하다가 그중 서른 가지의 해산물을 추려내 제가 겪은 거문도 바다 이야기를 곁들여 새로 풀어낸 겁니다. 2백 년 전의 흑산도 바다와 지금의 바다를 연결시켜본 것이죠.

⊙ 보통 사람들은 회를 먹어도 이게 어떤 생선인지, 어느 바다에서 잡은 건지, 얼마나 싱싱한지 잘 구분하지 못하는데, 작가는 전문가로서 회를 맛보면 이런 걸 대번 알 수 있나요?

저도 세세한 건 다 모릅니다. 이를테면 자연산 도미하고 양식 도미는 씹어보고 구분이 될 때가 있고 안 될 때가 있어요. 유난히 고소한 맛이 나면 그건 양식이에요. 겉으로도 표가 조금 나지만 배를 갈라보면 확 표가 납니다. 양식은 내장에 기름기가 많이 있는 데 반해 자연산은 거의 없어요. 양식과 자연산 회를 한데 섞어놓고 구분하라고 하면 수십 년 경력을 가진 전문가들도 구분하기가 쉽지 않아요. 일반적으로 도시 수족관에 오래 가둬둔 고기들은 상태가 좋지 않다고 봐야죠. 겉보기에는 자연산 고기들이 더 깨끗하고 좋아 보여요. 양식은 많은 고기들이 갇혀 살다 보니 서로 부딪혀서 상처도 나고 예쁘지가 않거든요. 활어회는 우리나라에만 있다고 해요. 의심 많은 우리나라 사람들이 주인을 믿을 수가 없어 살아 있는 놈을 눈앞에서 잡아야 직성이 풀리는 것이죠. 바다 요리의 천국인 일본에서는 선어회를 주로 즐기는데, 선어회란 신선한 생선으로 만든 회를 뜻합니다. 회는 죽은 뒤 여덟 시간 정도 지난 생선으로 만드는 게 가장 맛이 좋아요. 일종의 죽음의 시간이 주는 맛인 거예요.

⊙ 손암 선생이 벽문어(碧紋魚)라고 표기한 고등어를 내륙 사람이 섬에 들어와서 가장 놀라는 맛이라고 하셨지요? 고등어회가 그렇게 맛있습니까? 한 번도 못 먹어봤다는 말은 한 번도 못 가봤다는 말보다 더 불쌍하다고 할 정도로요?

그만큼 먹기 힘들고 안 먹어본 사람들이 많으니까 맛이 있는 거겠죠. 아직도 고등어회를 어떻게 먹느냐고 묻는 사람들이 많습니다. 잘 잡히고 먹기도 쉽지만 금방 죽기 때문에 먹어본 사람이 드문 거예요. 그러니 얼음에 잘 보관해야 합니다. 아주 싱싱한 게 아니면 횟감이 아니에요. 살을 눌러보아 조금이라도 물렁거린다 싶으면 회로 먹을 수 없어요. 일단 고등어회 맛을 본 사람들은 다른 회는 쳐다보지도 않는답니다. 이 회가 제일 맛있다, 저 회가 제일 맛있다, 말은 많지만 사실 가장 맛있는 회는 제철에 잡힌 펄떡펄떡 뛰는 싱싱한 고기죠. 그렇게 따지면 바다는 인간에게 사시사철 제일 맛있는 해산물들을 제공하고 있는 겁니다.

⊙ 거문도에 가면 '내가 왜 육지로 시집왔을까' 탄식하는 맛이라는 항각구 국을 먹을 수 있나요?

그걸 파는 식당은 없어요. 어딜 가나 먹을 수 있는 똑같은 음식 말고 거문도에서만 먹을 수 있는 토속적인 음식을 팔면 좋을 것 같은데 만들기가 힘드니까 다들 하려고 하질 않아요. 거문도 사람들은 엉경 퀴를 항각구라고 하는데, 이걸 팍팍 삶아 쓴맛을 우려낸 다음 된장에 버무리고 갈치를 넣어 젓국으로 간을 맞춘 게 바로 항각구 국이에요. 단맛의 갈치와 쌉싸래한 엉경퀴 맛이 잘 어울려 아주 일품이죠. 그런데 엉경퀴 구하는 게 쉽지 않아 만드는 집이 없으니 먹기가 힘들어요. 저희 집에 손님이 오시면 항각구 국 끓여달라고 하도 졸라대서 제가 피곤합니다. 아는 할머니 댁에 가서 겨우 항각구를 구해다가 끓여주지요.

⊙ 다른 해산물은 그렇다 치더라도 책에 인어가 등장하는 건 아주 특이하네요.
손암 선생이 책에서 인어에 대해 상당히 길게 설명해놓으셨다는 게 재미있는 일이죠. "모양은 사람을 닮았다. 역어는 바닷속 인어로서 눈썹, 귀, 입, 코, 손, 손톱, 머리를 다 갖추고 있으며 살갗이 옥처럼 희고 비늘이 없고 꼬리가 가늘다. 『술이기述異記』에 이르기를 교인(鮫人)은 물고기와 같으나 물속에서 옷을 버리지 않고 눈이 있어 곧잘 우는데 눈물이 구슬이 된다고 했다." 『자산어보』에 이렇게 적혀 있습니다. 사실 인어 이야기는 바닷가 마을 어디에서나 늘 있어왔어요. 동화에는 인어 공주가 빠지지 않고 등장하잖아요. 다만 확인할 수가 없는 것뿐이죠. 저희 동네에도 인어가 있다는 전설만 있어왔어요. 그런 이야기가 있었으니까 옛날 기록에도 남아 있는 거겠죠. 재미있어서 넣기는 했는데 인어를 어류로 분류하기도 그렇고 해서……. 책에 나오는 해산물 중 유일하게 먹어보지 못하고 쓴 거예요.

산은 풀어진 것을 맺게 하지만
바다는 맺힌 것을 풀어낸다

⊙ 그동안 '바다의 작가'로 불리며 바다를 배경으로 한 작품을 주로 써오셨는데, 작가에게 과연 바다란 무엇입니까?

가장 많이 받는 질문입니다. 사람들은 저를 보면 묻습니다. '당신에게 바다는 무엇인가'라고. 참 어려운 질문이죠. 아직도 그 답을 찾고 있는 중이에요. 제가 섬에서 태어나 바다를 벗 삼아 살아왔지만 바다가 뭔지 다 알고 있지는 못합니다. 다만 한 가지 알고 있는 건 산은 풀어진 것을 맺게 하지만 바다는 맺힌 것을 풀어낸다는 겁니다. 고시 공부할 때, 뭔가 인생의 중대한 결심을 할 때는 주로 산을 찾습니다. 거기서 어떤 형태든 매듭이 지어지거든요. 반면 실연당했을 때, 뭔가 인생의 뼈아픈 상처를 입었을 땐 대개 바다를 찾습니다. 바다가 가슴속에 응어리진 것들을 확 풀어주기 때문이죠.

⊙ 작가의 고향인 거문도가 옛날에는 '삼도', '삼산도', '거마도' 등으로 불리다가 청나라 제독 정여창이 작은 섬인데도 불구하고 유난히 학문에 뛰어난 사람이 많다고 해서 '거문도(巨文島)'라고 이름을 바꿔 부르게 되었다는 일화가 있더군요. 이게 사실인가요?

그 일화가 사실인지 아닌지 확인하기는 어렵겠지만 지금은 정설로 굳어져 있습니다. 그리고 실제로도 옛날 거문도에 유학자들이 많이 있었어요. 육지로 나가서 공부하고 돌아와서 후학들을 양성한 분들이 꽤 여럿이었죠. 19세기에 거문도가 전략적 요충지로 부각되면서 강대국들의 각축장이 되었기 때문에 영국 함선, 러시아 함선 등이 자주 들락거렸습니다. 그때 이 사람들이 다 중국 통역관을 데리고 왔는데, 거문도에 오면 유학자들과 필담으로 의사소통이 되니까 대단하다고 생각한 거예요. 이 멀고 궁색한 작은 섬에 학문이 상당한 유학자들이 많다는 게 신기했겠죠. 그래서 그런 이야기가 나오게 된 게 아닌가 생각해요. 거문도 사람들 기질이 좀 그래요. 배포가 크다고 할까요. 저희 할아버지 세대 때만 해도 작은 돛배를 타고 울릉도까지 가서 나무를 해오곤 했어요. 가는 데 두 달이 걸리고 거기서 두 달 동안 있다가 또 두 달에 걸쳐 돌아오는 거죠. 꼬박 반년이 걸리는 뱃길이었어요. 굳이 울릉도까지 가서 나무를 해온 이유는 집을 짓고 배를 만들려면 좋은 나무가 필요한데 울릉도 나무가 워낙 좋았기 때문이에요. 또한 육지에서 나무를 하려면 절차를 밟아야 하고 아주 복잡했거든요. 그러니 좀 힘들어도 울릉도까지 갔다 오는 게 속이 편했던 거예요. 갈 때 쌀을 가지고 가서 나무하고 바꿔 왔다고 합니다. 물물거래였죠. 그래서 거문도 뱃노래에 울릉도가 자주 나오는 겁니다. 그런 걸로 봐서 거문도 사람들 기질이 아주 대범하고 화통했다고 할 수 있어요.

⊙ **섬 여인들의 애환을 가슴 찡하게 쓰셨는데, 여자들이 섬에서 살기가 그렇게 힘드나요?**

여자들이 살아가기엔 너무 불편한 게 많은 곳이니까요. 섬이란 여자들에게 일종의 천형(天刑) 같은 곳이에요. 내가 왜 하필 이런 섬에서 태어났을까 하는 원망을 가지고 있지요. 일단 일이 너무 많아요. 밭일, 물일, 집일이 해도 해도 끝이 없는 데다 바닷바람에 피부도 많이 상하지요. 그러니 누가 섬에 남아 있으려 하겠어요. 그나마 남자들은 조금 있지만 젊은 여자들이 없어요. 물질도 다 할머니들이 하죠. 섬마을 총각들은 장가갈 여자가 없어요. 뭍에 사는 여자 중에 누가 섬으로 시집을 오려고 하겠어요? 이제 옛날 섬에서 느낄 수 있었던 그런 푸근한 공동체적 정서나 풍경은 찾아보기 어렵게 되었어요. 앞으로는 점점 더 심해지겠죠. 참 우울한 일이에요.

⊙ 거문도 여행을 가장 잘할 수 있는 방법 좀 알려주십시오.

여행객들이 갈 수 있는 코스는 정해져 있어요. 배 타고 가서 백도를 구경하고, 마을을 둘러본 뒤 거문도 등대를 보러 가는 것이죠. 우리는 기와집처럼 생겼다고 해서 기와집 몰랑이라고 부르는데, 건너편은 벼랑이고 안쪽은 마을 쪽으로 나 있는 야트막한 능선을 따라 올라가다 보면 거문도 등대에 이르게 됩니다. 능선 중간에서 동백꽃이나 바람과 파도가 빚어낸 갖가지 바위들을 볼 수가 있지요. 거문도 등대는 1905년에 남해 연안 최초로 만들어졌다고 해서 유명해졌어요. 섬이 크지 않으니까 대략 하루 이틀이면 다 둘러볼 수 있어요. 제가 볼 때 섬에서는 그냥 혼자 조용히 걸어 다니는 게 제일 좋아요. 마음에 뭔가 상처가 있거나 좀 깊이가 있는 분들은 차분하게 바다가 주는 분위기를 즐기죠. 그렇지 않은 분들은 아주 따분해해요. 동료들이나 후배들이 집에 놀러 왔을 때 지루해하거나 뭐 재미있는 거 없냐고 하면 제가 농담 삼아 "너는 안에 쌓여 있는 상처가 전혀 없구나" 하고 말하곤 합니다.

  그를 만나려면 바다로 가야만 되는 줄 알았다. 여수에서 배를 타고 거문도에 내리면 알싸한 바닷바람 사이로 헝클어진 머리에 어색한 미소를 날리며 그가 나와 반갑게 맞아줄 줄 알았다. 그러고 나서 파도치는 해안을 따라 걸으며 석양이 붉게 물들 때까지 두런두런 이야기를 나누는 멋진 인터뷰를 기대했다.

  하지만 그는 육지에 있었다. 그것도 서울 신촌 인근이라고 했다. 연희문학창작촌. 서울 시내 한복판에 이렇게 낭만적인 문학 공간이 있는 줄은 미처 몰랐다. 그는 여기서 생애 가장 따뜻한 겨울을 보냈다고 했다. 바닷가의 매서운 칼바람을 피해 정말 따뜻한 공간 속에서 실컷 작품을 쓸 수 있어 좋았다며 웃었다. 소설가답지 않게 잘생긴 거구의 바다 사나이가.

  일곱 살에 낚시를 시작했고 아홉 살에 해녀였던 외할머니로부터 잠수하는 법을 배웠다는 그는 어른이 된 뒤 음악실 디제이, 트럭 운전사, 커피숍 주방장, 이런저런 배의 선원, 건설 현장 막노동꾼, 포장

마차 사장 등의 이력을 쌓은 후 작가가 되었다. 돈을 못 벌어도 욕을 덜 먹는다는 것, 종이와 볼펜만 있으면 된다는 것, 이것이 그가 작가가 된 이유였다.

『노인과 바다』에서 산티아고 노인이 상어가 이글거리는 바다 한가운데서 청새치를 잡기 위해 생의 의지를 불태웠듯이 그 역시 부조리와 모순으로 가득 찬 인생의 바다 한복판에서 그만의 문학을 낚아 올리기 위해 생의 의지를 불태우고 있는 중이다. 헤밍웨이 역시 낚시를 즐기던 작가였지만 그가 레저형 낚시꾼이었다면 한창훈은 진정한 생계형 낚시꾼이다.

작가의 거문도 집 벽에는 딸이 쓴 시가 걸려 있다. 제목은 '아버지의 바다'다.

"나에게 있어 아버지를 상징하는 건 바이킹의 성지 푸른 바다…… 아버지와 나 사이엔 바다가 있다."

이 시로 백일장에서 대상을 탄 딸은 상금으로 아버지에게 용돈까지 줬다고 한다. 아버지와 딸 사이에 바다가 있다면 작가와 독자 사이엔 얼마나 깊고 푸른 바다가 있을까.

그는 더 이상 서울에 없다. 다시 그의 고향으로 돌아갔다. 이제 정말 그를 만나려면 바다로 가야만 한다. 인생이 허기질 때 바다로 가라 했으니 설마 모르는 체하지는 않겠지.

• • •

한창훈은 1963년 여수시 삼산면 거문도에서 태어났다. 세상은 몇 이랑의 밭과 그것과 비슷한 수의 어선 그리고 넓고 푸른 바다로만 되어 있다고 생각했다. 일곱 살에 낚시를 시작했고, 아홉 살에는 해녀였던 외할머니에게서 잠수하는 법을 배우기도 했다. 사십 전에는 기구할 거라는 사주팔자에 대략 들어맞는 삶을 살았다. 음악실 디제이, 트럭 운전사, 커피숍 주방장, 이런저런 배의 선원, 건설 현장 막노동꾼, 포장마차 사장 따위의 이력을 얻은 다음 전업 작가의 길로 들어섰다. 그 뒤로는 한국작가회의 관련 일을 하고 대학에서 소설 창작 강의를 하기도 했다. 그러는 동안에도 수시로 거문도를 드나들었다. 현대상선 컨테이너선을 타고 부산과 두바이, 홍콩과 로테르담 등 두 번의 대양 항해를 하며 근해에서만 머물렀던 답답증을 풀기도 했다. 특히 인도양과 수에즈운하를 거쳐 지중해를 통과한 다음 북대서양으로 올라갔던 두 번째 항해를 떠올리며 지금도 서쪽으로 눈길을 주곤 한다. 5년 전 고향으로 돌아와 원고를 쓰고, 이웃과 뒤섞이고, 낚시와 채집을 하며 지내고 있다. 1992년 대전일보 신춘문예에 단편 「닻」이 당선되면서 작품 활동을 시작했고, 바다를 배경으로 둔 변방의 삶을 소설로 써왔다. 소설집 『바다가 아름다운 이유』, 『가던 새 본다』, 『세상의 끝으로 간 사람』, 『청춘가를 불러요』, 『나는 여기가 좋다』, 장편소설 『홍합』, 『열여섯의 섬』, 『섬, 나는 세상 끝을 산다』, 『꽃의 나라』, 산문집 『한창훈의 향연』 등을 썼으며, 어린이 책으로 『검은섬의 전설』, 『제주 선비 구사일생 표류기』를 냈다. 대산창작기금, 한겨레문학상, 제비꽃서민소설상, 허균문학작가상, 요산문학상을 받은 바 있다.

황석영
© 최해성
한순간 봄바람처럼 사라져간
꿀꿀이 꽃섬탕의 아련한 추억
『낯익은 세상』

딱부리는 열네 살 소년이다. 팔다리가 길고 달리기를 잘해서 ‘깨비’나 ‘꺽새’라는 별명도 가지고 있었지만 그는 딱부리로 불리는 걸 좋아했다. 골목에서는 동네 형들에게 꿀리지 않으려고 늘 열여섯 살 행세를 했다. 변두리 산동네에서 노점상을 하는 엄마와 함께 살던 소년은 어느 날 트럭 화물칸에 실려 낯선 동네로 이사를 간다. 노점상보다 수입이 세 배는 더 좋다는 아빠 친구의 말에 엄마는 망설임 없이 이삿짐을 쌌다. 저물녘 도착한 낯선 동네에서 풍겨오는 냄새는 견딜 수가 없었다. 그것은 분뇨라든가 시궁창 냄새라든가 상한 음식물이나 된장, 간장을 끓이고 졸이는 듯한 역한 냄새였다.

엄마와 소년은 쓰레기 마을에서 첫 저녁 식사를 한다. 아빠 친구인 아수라 아저씨가 차려준 만찬이었다. 그를 처음 보았을 때 소년은 만화영화 마징가 제트에 나오는 악당 아수라 백작을 떠올렸다. 눈 아래에서부터 왼쪽 뺨을 거의 덮을 정도로 푸르고 큰 점이 있는 모습이 얼굴의 반은 남자고 나머지 반은 여자인 영락없는 아수라 백작이었기 때문이다. 소년은 꿀꿀이 꽃섬탕이라 불리는 찌개 맛에 홀딱 반하고 말았다. 소시지와 햄이 들어 있는 걸쭉한 건더기에 구수한 국물 맛이 기가 막혔던 것이다. 엄마는 반장으로 일하는 아수라 덕분에 하루 종일 쓰레기더미 속에서 폐품을 골라내는 일을 하며 짭짤하게 돈벌이를 했다.

사람들은 이 마을을 꽃섬이라고 불렀다. 딱부리는 낯선 환경 속에서 낯선 사람들과 어울리며 꽃섬에서의 삶에 적응해나간다. 아수라 반장의 아들인 좀 모자라는 땜통과 동네 아이들의 비밀 공간인 본부의 대장 두더지가 소년의 친구들이었다. 도시에서 떠밀려온 버려진 사람들이 사는 쓰레기로 뒤덮인 마을이었지만 이곳에서 딱부리와 땜통은 동심의 눈으로 아름다운 풍경들을 발견해낸다. 그것은 지금은 사라진 옛날 꽃섬의 모습과 마을의 주인이었던 도깨비들이었다. 낯선 동네 안에서 찾아낸 또 하나의 낯익은 세상. 그 매트릭스의 세계는 딱부리가 "아아, 다른 세상으로 날아가고 싶다"라고 중얼거렸던 욕망 저편의 세상이었다.

한국 문학의 거장 황석영을 다시 만난 건 정확히 11년 만이었다. 그는 한국일보에 10년 동안 연재했던 『장길산』이 출간된 지 몇 년 후인 1989년 3월, 북한의 조선문학예술총동맹 초청으로 북한을 처음 방문한 이래 10여 차례에 걸친 방북과 김일성 주석 면담 등으로 5년간 망명 생활을 해야만 했다. 1993년 4월 귀국하자마자 7년형을 선고받고 복역하던 중 1998년 3월 김대중 정부가 들어선 뒤 석방된 그는 10년간의 긴 공백을 깨고 『오래된 정원』으로 문단에 화려하게 복귀했다. 11년 전 여름, 내비게이션도 없이 어렵사리 찾아간 그의 집은 충남 예산군 덕산면 대치리에 있는 아름다운 전원주택이었다.

집 이름이 '연산재(然山齋)'였다. 그저 산처럼 살고 싶어 지은 집이라고 했다. 침실, 거실, 서가로 구분된 'ㄷ' 자 모양의 집은 작은 정원을 감싸고 있었다. 거실에서 양쪽으로 내다보이는 정원에는 예쁜 꽃들이 만발해 있었다. 수덕산 아래 위치한 집에서 보면 서해가 바라다보이고 언덕 너머에는 해미읍성이 자리한 명당이었다. 작가는 아내와 함께 5일장인 홍성장, 덕암장으로 장을 보러 다니고, 예산역이나 삽교역에서 장항선을 타고 기차 여행을 즐겼다. 그러면서 『오래된 정원』을 통해 이른바 1980년대 386세대들이 그토록 소중히 간직해왔던 '좋은 세상'에 대한 꿈과 희망이 지금은 다 어디로 가버렸느냐고 묻고 있었다.

11년 후, 그는 다시 일산으로 돌아왔다. 연산재 같은 전원주택은 아니지만 아담한 단독주택이었다. 어느덧 그는 고희를 눈앞에 둔 노작가가 되어 있었다. 검은 머리 사이로 드문드문 나 있던 흰 머리는 이제 머리 전체를 휘덮고 있었다. 전날 밤 마련된 술자리가 새벽까지 이어져 점심때가 훌쩍 지난 조금 전에야 일어났다는 그는 환한 미소와 너털웃음으로 낯선 손님들을 맞았다. 그에게서만 느껴지는 생명력과 활기에 장마철 찜통더위도 날아갈 듯했다. 그가 펴낸 새로운 장편은 『낯익은 세상』이었다. 그가 찾아 헤매던 오래된 정원을 낯익은 세상에서 드디어 찾아낸 것일까. 노작가의 얼굴은 그 어느 때보다 평온해 보였다.

지구 위에 집을 짓고 도시를 이루며 산다는 게
이렇게 덧없는 일이구나

⊙ **그동안 국내외 여러 곳을 옮겨가며 살아오셨는데 어디 살 때가 제일 좋으셨습니까?**
지금 와서 가만 생각해보면 역시 덕산 연산재에 살 때가 가장 좋았던 것 같아요. 요즘도 가끔 그곳 생각이 나고 그래요.

⊙ **지금 그곳에는 누가 살고 계신가요?**

당시 갑자기 영국으로 떠나는 바람에 급하게 팔았거든요. 집을 사겠다는 사람이 여럿 있었는데 오래 끌 수가 없어 어떤 여자 분에게 팔았어요. 그런 다음 2년 만에 영국에서 돌아왔는데 그사이에 집값이 엄청나게 올랐더라고요. 아마 누군가 별장으로 사용하고 있는 것 같았어요.

⊙ **소설 첫 장면에 엄마와 소년이 트럭을 타고 이사 가는 모습이 나옵니다. 예전에는 주로 이렇게 이사를 다녔죠. 저도 어릴 때 트럭 화물칸에 실려 이사를 간 적이 있었거든요. 이사 하면 선생님은 그 누구에게도 뒤지지 않을 만큼 많이 다니셨죠? 『장길산』 쓰실 때는 서른 번도 넘게 옮기셨다면서요? 왜 그렇게 많이 다니신 겁니까?**

환경이 바뀌면 생각도 좀 새로워지고 괜찮아지는 것 같더라고요. 그래서 집필실도 옮기고 집도 옮기고 그랬어요. 그런데 또 몇 달 지나면 그게 그거예요. 그러니 자꾸 옮기는 거죠. 다시 일산으로 이사 온 뒤 앞마당에 백송 나무 한 그루를 심었거든요. 그런데 집사람이 이러더라고요. 나는 나중에 저 나무 아래 수목장을 할 테니까 어디 딴 데 갈 생각 말라고요. 이제 더 이상 떠돌아다니며 살기 싫다는 거겠죠. 여기 완전히 터를 잡을 모양이에요.

⊙ **작품 제목은 『낯익은 세상』이지만 딱부리 입장에서 보면 본인 의사와 무관**

하게 계속해서 낯선 세상 속으로 들어가게 되더군요.

그렇죠. 패러디를 뒤집은 거예요. 거기 제시된 쓰레기장부터 시작해서 여러 가지 벌어지는 일들이 '낯설다고? 아, 여기가 낯설어? 이거 우리가 다 만들어놓은 거야' 이런 뜻이죠. 다 뒤집은 거예요. 소설 집필이 2011년 4월쯤에 끝났는데 그 전인 2월에 행사가 있어서 문인들과 일본을 갔었어요. 신칸센을 타고 동북부 여러 지역을 거쳐 올라가면서 이곳저곳에서 어묵도 사 먹고 사람들도 만나고 구경도 하고 그랬어요. 후쿠시마나 센다이도 지나갔고요. 그런데 돌아온 지 일주일 만에 그곳에 대지진이 일어난 거예요. 쓰나미가 밀어닥치고 원전 사고가 나고 난리가 났죠. 그걸 텔레비전을 통해 보면서 저곳에 얼마 전 내가 만났던 가게 주인이나 악수했던 사람들이 있었는데 그들이 일순간 다 사라져버렸다 생각하니 참 막막했어요. 소설을 쓰면서 그 기억을 떨칠 수가 없었죠. 체르노빌 때는 멀어서 실감이 나질 않았지만 이번에는 너무 생생했던 거예요. '우리가 지구 위에 집을 짓고 도시를 이루며 산다는 게 이렇게 덧없는 일이구나…….' 그래서 더 낯익은 세상에 대해 생각하게 됐어요. 히로시마의 폐허라든가 6·25 때 서울의 폐허 등을 떠올리면 이 세상이 참 낯선 세상이지만 한편으로는 '이게 다 너희들이 만들고 저질러놓은 세상인데 낯설다고?' 하는 물음을 던지게 되는 것이죠.

⊙ 딱부리와 땜통, 두더지 등 10대 중후반 아이들이 살아가는 모습을 보면서 이전 작품인 『모랫말 아이들』이 떠올랐습니다. 이미지가 많이 연결되더라고요.

아주 꼼꼼하게 읽으셨군요. 맞습니다. 이 소설은 『모랫말 아이들』의

연장선상에 있는 작품이에요. 땜통은 『모랫말 아이들』에도 나오는 캐릭터고요. 작품 속에서는 장소나 시간, 사람들을 안개 속에 있는 것처럼 추상화시켰지만, 누가 보더라도 난지도 이야기인 줄 뻔히 알죠. 옛날에 제가 영등포에 살았거든요. 둑만 넘어오면 여의도에 닿았어요. 여의도 일대에는 양말산과 호수가 있었죠. 호수에 목선을 건조하는 작업장이 있었고요. 양말산은 양과 말을 기르는 목장이 있던 곳이라 해서 이름 붙여진 산인데, 이 산을 폭파시켜서 호수를 메워 여의도 광장을 만들고 산이 있던 자리에 국회의사당을 세웠어요. 지금 아파트가 있는 자리의 절반 정도가 미군 비행장이었고 나머지 땅이 땅콩 밭이었어요. 우리 어릴 적에는 오목교에서 동작동 지나 방배동 정도까지 걸어서 왔다 갔다 하며 놀았죠. 마포가 바라보이는 한강변에서 자주 놀았는데, 그 근처에 큰 조개가 많았기 때문이에요. 거기서 보면 오른쪽으로는 밤섬이, 왼쪽으로는 꽃섬이 보였어요. 난지도의 옛 이름이 꽃섬이거든요. 밤섬은 물론 꽃섬에도 마을이 있었고 사람들이 많이 살았죠. 나중에 밤섬은 폭파시켜버렸어요. 지금 있는 밤섬은 모래톱이 스스로 모여서 생긴 거예요.

⊙ **선생님 어린 시절에 옛날 꽃섬을 가보신 적 있나요? 굉장히 아름다웠다면서요?**

가보진 못했고 강 건너에서 매일같이 보던 섬이에요. 멀리서 바라보면 섬 전체가 꽃으로 꽉 차 있었어요. 물이 맑고 깨끗해서 겨울이면 수만 마리의 철새들이 날아드는 자연의 보고였다고 해요. 그렇게 아름답던 꽃섬은 이후 서울의 쓰레기 매입지로 이용되면서 악취와 먼지로 뒤범벅된 쓰레기장이 되고 말았어요. 언제부터 난지도라고 불렸는지는 모르겠지만 난지는 난초와 지초를 아우르는 말이에요. 난지도는 우리 사회가 근대화 과정을 거치면서 정신없이 앞만 보고 달려온 자화상을 그대로 보여주고 있어요. 지금 겉보기에는 하늘공원이니 노을공원이니 그럴싸한 생태 공원으로 조성되어 있지만 여전히 그 밑에는 층층이 쓰레기가 쌓여 있고 거기서 침출수나 가스가 나온단 말이죠. 나중에 어떤 고고학자가 난지도의 한 단면을 발굴해서 들여다본다면 그 시대 우리들의 욕망과 생활상들이 고스란히 드러날 겁니다. 이를테면 근대화 과정에서 쌓여온 부정적이고 어두운 부분들을 그대로 덮어버린 채 그 위에서 살아가고 있는 모습을요. 그렇지만 한편으로 저는 거기서 자연의 힘이 얼마나 위대한지를 보게 돼요. 그런 독극물과 쓰레기 더미 위에 흙을 덮고 다져서 만든 산인데 그곳에 다시 풀이 돋고 꽃이 피고 나무가 자라고 온갖 새와 짐승들이 생겨나 살아간단 말이죠. 자연은 참으로 위대한 거예요.

"먹구사는 법을 먼저 배워야
진짜 일꾼이 되는 거란 말야"

　같은 곳인데도 꽃섬이라고 부르면 아름다운 풍경이 떠올랐고 난지도라고 부르면 코끝에 악취가 풍겨오는 듯했다. 쓰레기가 가득한 한 마을에 이토록 이질적인 느낌을 주는 두 개의 이름이 붙여져 있다는 게 신기했다. 작가는 먼지와 악취의 근원인 동시에 마을의 유일한 생계 수단인 쓰레기를 이렇게 묘사했다. 마치 도화지 위에 쏟아진 물감을 표현한 것처럼.

　"하늘이 붉게 물들면서 동이 터왔다. 쓰레기들은 더럽고 볼썽사나워 보였지만 검고 희고 붉고 푸르고 노랗고 알록달록 반짝이기도 하고 매끈거리기도 하며 네모나고 각지고 둥글고 길쭉하고 흐느적거리고 뻣뻣하고 처박히고 솟아나고 굴러 내리고 매캐하고 비릿하고 숨이 막히고 코가 싸하고 구역질나고 무엇보다도 낯설었다. 하나씩 쥐어보면 오래전부터 잘 알고 있던 물건들이었는데도 떨어져 나온 아기 인형의 다리처럼 어쩐지 무서운 데가 있었다."

◉ 엄마와 딱부리가 쓰레기 오두막 촌에 도착해서 처음 맛본 음식이 꿀꿀이 꽃섬탕입니다. 그 환상적인 맛에 파리 떼가 달라붙는 것도 상관하지 않고 허겁지겁 입에 떠 넣기 바쁘죠. 이때 아수라 반장이 말합니다. "이렇게 먹구사는 법을 먼저 배워야 진짜 일꾼이 되는 거란 말야." 결국 이들의 정체성은 도시를 기반으로 살아가기는 하지만 도시의 주인이 아니라 그저 먹고살기 위해 도시

주변을 떠도는 유목민 혹은 이방인 같은 존재들인 거죠?

그렇죠. 박정희 정권 이래 개발 독재가 이어지면서 1980년대 중반부터 우리 사회에 중산층이라는 게 생겨났어요. 그 중산층이 사회 주요 구성원으로 등장합니다. 이들이 바로 도시의 주인공들이라고 할 수 있어요. 반면 그즈음 아시안게임이나 올림픽을 대비해 도시 정비를 하면서 3백여 개의 산동네에 흩어져 살던 빈민들을 전부 외곽으로 몰아냈어요. 이 소설에 나오는 꽃섬 사람들이 바로 그렇게 해서 떠밀려난, 어떻게 보면 내버려진 존재들이에요. 도시에서 쓰레기처럼 쓸모없다고 내동댕이쳐진 것이죠.

⊙ **그런데 도시로부터 버려진 존재들이 모여 사는 이 꽃섬에도 도시와 동일한 법칙이 있고 서열이 있고 약육강식의 논리가 있습니다. 구청 구역과 개인차 구역이 나뉘고, 일선과 이선으로 구분되고, 돈과 계급의 논리가 적나라하게 드러납니다. 『강남몽』에 나오는 졸부들의 천박한 생존 법칙과 하나도 다를 게 없어요. 이걸 어떻게 이해해야 할까요?**

레비스트로스의 『슬픈 열대』를 보면 소위 우리가 야만인이라고 부르는 원시부족 사람들이 사는 곳에 가봤더니 바깥세상, 즉 서구 사회와 거의 다를 바 없이 그 안에도 선과 악이 있고 계급이 있고 사회 규범이 있더라는 거예요. 사람 사는 곳에는 어디나 그런 게 있게 마련인 거죠. 따라서 소설에 나오는 꽃섬도 어떤 고립된 공간이 아니라 자본주의사회의 한 부분이기 때문에 도시에서 통용되는 사회 규범이나 법도 같은 것들이 다 들어와 있는 거죠.

⊙ 자본주의의 달콤한 열매를 나눠 먹고 사는 중심부 사람들 안에 존재하는 논리가 자본주의의 중심부에서 밀려나 자본주의가 가진 폐해와 모순을 고스란히 떠안은 채 살아가는 주변부 하층민들 사이에도 똑같이 존재한다는 게 참 아이러니컬한 일인 것 같습니다.

재미있는 지적이네요. 예전에 누군가 감옥 이야기를 하더라고요. 감옥처럼 자본주의사회의 진면목을 잘 드러내주는 곳은 없다고 말이죠. 완력을 비롯해서 권력이나 금력의 영향과 한계가 가장 극명하게 나타나는 곳이 바로 감옥이에요. 뭐, 그런 것과 비슷한 거죠.

⊙ '시라이꾼'이라는 게 어떤 사람을 가리키는 말인가요? 사전에도 안 나오던데요.

예전에 쓰레기 속에서 폐품을 주워 먹고살던 사람들을 넝마주이 혹은 재건대라고 불렀어요. 쇠스랑을 들고 멜빵 달린 바구니 광주리를 메고 다녔죠. 넝마주이나 재건대가 공식 용어라고 한다면 시라이꾼은 자기들끼리 쓰던 은어 같은 거예요. 옛날에는 그런 친구들이 밥도 빌어먹고 그랬어요. 보통 때는 일을 하다가 때가 되면 밥을 동냥해 어울려 먹었죠. 간혹 지나가다 집에 아무도 없는 것 같으면 몰래 들어가 쓸 만한 물건을 훔쳐가기도 했어요. 그런 사람들을 양아치라고 불렀죠. 양아치라는 말은 동냥아치라는 말에서 왔고, 동냥아치라는 말은 움직일 동(動) 자에 방울 령(鈴) 자를 쓴 '동령'이라는 말에서 온 거예요. 동령은 번뇌를 깨뜨리고 불심을 강하게 일으키기 위해 흔드는 도구인데 각종 불교 의식에서는 물론 스님들이 탁발하는 과정에도 이걸 흔들었다고 해요. 그러던 게 널리 퍼져 구걸하는 사람들이

이 동녕을 흔들어 방울 소리를 내면서 다녔던 것 같아요. '동령아치'
가 '동냥아치'가 되고 나중에 '동' 자가 떨어져나가면서 '양아치'라는
말이 된 것이죠. 조선시대 때도 도시 빈민들이 있었어요. 주로 시구
문이나 왕십리 혹은 청계천 등에 모여 살았죠. 일제강점기 때 김두
한이 거기서 자랐다고 하잖아요? 그때도 보면 폐품 줍는 사람도 있
고, 뱀이나 거북이 등을 잡으러 다니던 사람도 있었는데 전부 도시
빈민들이었어요. 그러다가 1961년 5·16 직후 전국에 있는 이런 양
아치들을 전부 조직화해서 만든 게 바로 재건대예요.

**⊙ 꽃섬 아이들의 식생활이 아주 흥미롭습니다. 쓰레기를 뒤져서 먹을 만한 게
나오면 그냥 먹거든요. 옷에 쓱 닦아서 입으로 가져가든가 아니면 이것저것
한데 넣고 끓여 먹죠. 어른들도 아이들이 뭘 먹는지 크게 신경을 쓰지 않습니
다. 얼핏 자급자족하는 마을처럼 보여요.**

소설을 쓰면서 출판사에 부탁해 1970~1980년대 신문 자료를 다 모
아서 살펴봤더니 당시 양아치 아이들이 뭘 먹고 어떻게 살았는지에
관한 기사들이 나오더라고요. 우리도 어렸을 때 학교 갔다 오면 미
군 부대에서 나온 쓰레기를 뒤져서 햄이나 소시지 같은 거 나오면
냄새 맡아보고 대충 먹고 그랬거든요. 그걸 끓여 먹은 게 바로 부대
찌개였어요. 사람들은 꿀꿀이죽이라고 불렀죠. 시장에 가보면 상인
들이 미군 부대에서 나온 햄과 소시지를 넣어 끓인 부대찌개를 팔았
어요. 한 그릇에 10원이었는데 지금 생각해도 냄새가 아주 근사했
어요. 그때 아이들이 뭘 제대로 먹었겠어요. 햄이나 소시지면 난리
가 나는 거죠. 먹다 보면 담배꽁초도 나오고 그랬는데 그냥 건져내

면 그만이었죠. 그게 고급화되기 시작한 게 월남 전쟁 때부터였어요. 저도 참전했으니 경험을 했죠. 한국 병사들은 미군들이 먹는 씨레이션 전투식량이 나오면 느끼해서 몇 끼 이상은 도저히 못 먹어요. 그래서 한국 병사들을 위해 케이레이션이라는 게 만들어졌어요. 그 안에는 김치나 멸치볶음 등 우리 입맛에 맞는 음식들이 있었죠. 그러니까 전투식량이 나오면 그냥 먹을 만한 거는 골라 먹은 다음에 케이레이션에 있는 김치와 씨레이션에 있는 느끼한 고기나 햄, 소시지 등을 마구잡이로 넣고 부대찌개를 끓여 먹었던 거예요. 당시로선 상당히 고급 음식이었죠. 그때 거기서 그걸 먹어보고 제대한 사람들이 의정부 인근에서 부대찌개 장사를 시작했고, 지금은 의정부를 대표하는 명물로 자리 잡았죠. 사람의 풍속이라는 게 그렇게 만들어지는 것 같아요.

◉ **음식물 쓰레기를 골라 먹으며 자라는 아이들임에도 불구하고 누구 하나 탈이 나는 경우가 없어요. 가난과 역경은 사람의 몸을 환경에 적응하며 살 수 있도록 변화시켜주나 봅니다. 반면 요즘 아이들은 깨끗한 걸 그렇게 가려 먹는데도 아토피 피부염이 생기고 툭하면 탈이 나죠. 현대인들은 식품에 표시된 유통기한의 노예가 되어 살아가고 있는 것 같기도 해요.**

그때야 뭐, 사람이 대장균하고 같이 살았죠. 우리 어릴 때는 정말 별의별 걸 다 먹었어요. 위생 시설은 말할 것도 없고. 정말 형편없었어요. 그런 환경 속에서도 잘 살았는데 요즘 보면 정말 그렇게 조심하고 따져서 먹는데도 아이들 체력이 약하고 학교에서는 걸핏하면 식중독 사고가 나고 그러더라고요. 우리 몸도 변한 것 같아요.

사물의 지옥 속에서
　　우리가 원래 가지고 있던 영성은 다 어디로 갔는가

작가가 그려낸 꽃섬 아이들의 생존 방식은 다음과 같다.

"어른들이 살림을 해낼 짬이 별로 없으니 아이들은 언제나 배가 고팠다. 부모가 있는 애들은 늦기는 하여도 틈이 많이 나는 오전 시간에 아침 겸 점심을 챙겨 먹었지만, 저녁은 일 끝나고 동네 빈터에서 술추렴하기 십상인 어른들 틈에 끼어서 눈치껏 얻어먹어야 했다. 아이들은 어른들이 쓰레기장에서 걷어오는 먹을거리들을 저희끼리 집에서 아니면 꽃섬의 들판 아무 데서나 모여 앉아 끓이고 굽고 삶아 먹고는 했다. 거의가 유통기한 지난 통조림이나 비닐 포장된 햄 소시지 아니면 수산시장에서 버려진 생선 등속이었지만, 아이든 어른이든 먹고 나서 배탈이나 식중독에 걸린 경우는 거의 없었다. 설사야 더러 했을 테지만 누구도 속이 어떻다는 말을 꺼내지도 않았다."

⊙ **딱부리와 땜통이 만난 김 서방네 식구들은 누군가요? 도깨비 가족인가요?**
맞아요. 이 섬이 원래 가지고 있었던 모습이 도깨비라는 거죠. 도깨비는 사람과 귀신의 중간쯤 되는 존재라고 해요. 이를테면 부엌에서 아궁이에 불을 땔 때마다 쓰던 부지깽이 또는 매일 마당을 쓸던 빗자루 등 사람 손때가 묻은 이런 물건들이 도깨비로 변한다고 본 거예요. 옛날 꽃섬의 주인은 바로 이 김 서방네 식구들, 즉 도깨비들이었어요. 그런데 계속 섬에 문명의 흔적들이 밀어닥치고 사람의 손때가 묻거나 정이 깃들지 않은 생활 쓰레기들이 쌓이게 되니까 도깨비들이 살아갈 곳이 없어진 거죠. 이 소설에서 던지고 있는 질문은 오늘날 자본주의 체재에서 이루어지고 있는 대량생산과 대량 소비에 따른 사물의 지옥 속에서 우리가 원래 가지고 있던 영성, 즉 휴머니티라든가 사람과 사람 사이의 관계나 정 같은 것들이 어디로 갔는가 하는 겁니다. 도깨비가 사라진 것은 전기가 들어오고부터라는 시골 노인들의 말처럼, 지금의 세계는 우리와 더불어 살아온 도깨비를 끝없이 살해한 과정이었다고 본 거예요. 그래서 나는 우리 속에 있는 이 도깨비 또는 영성이나 정령을 불러내어 그이들의 마음으로 묻고 싶었습니다. 내 속에 그게 정말 아직도 살아 있는 거냐고 말이죠.

⊙ 도깨비를 가장 먼저 알아본 사람은 땜통입니다. 땜통은 지능이 좀 떨어지는 아이죠. 그리고 빼빼엄마도 도깨비를 알아보는데 이 여자 역시 정신이 나간 사람입니다. 딱부리는 땜통을 통해서 도깨비를 보게 되죠. 결국 섬 안에 있는 사람들 중 가장 마음이 순수하고 맑은 사람들이 도깨비와 소통하게 된다는 이야기인가요?

그런 거죠. 땜통이 모자란 아이라는 건 그만큼 순수한 영혼을 가졌단 걸 의미해요. 남들처럼 욕망도 없고 돈이 뭔지도 모르는 그런 아이니까요. 욕망을 가진 사람들로부터 소외된 일부 사람들만 도깨비들과 소통을 한 거예요. 욕망으로 가득 찬 사람들, 생산과 소비가 목적이 된 세상은 도깨비를 몰아냈을 뿐 아니라 더 이상 그들을 볼 수도 없는 겁니다.

⊙ 막내 도깨비의 요청에 의해 딱부리와 땜통은 빼빼엄마를 통해 메밀묵을 만들어 김 서방네 가족들에게 가져다줍니다. 도깨비들이 왜 메밀묵과 막걸리만 그렇게 좋아하는 겁니까?

옛날부터 전해 내려오는 민담을 보면 도깨비들은 메밀묵과 막걸리를 제일 좋아한다고 해요. 그래서 메밀묵만 갖다주면 뭐든지 다 해준다는 거예요. 어떤 자료에는 개고기를 제일 좋아한다고 쓰여 있기도 해요. 나중에 막내 도깨비가 땜통에게 돈과 금붙이가 있는 곳을 알려줘 보답을 하죠. 그런데 이게 함정이에요. 민담에 보면 도깨비들이 사람에게 어떤 보답을 했을 때 사람은 그걸 굉장히 도덕적으로 사용해야 돼요. 그렇지 않으면 그게 다 물거품이 되거나 오히려 화를 입게 되거든요. 소설 속에서도 땜통에게 준 돈을 딱부리와 엄마가 자신의 욕망을 위해 사용하려 하자 마을에 화재가 났을 때 다 타버리잖아요. 고스란히 날린 거죠.

⊙ 쓰레기가 된 욕망 속에서 또 다른 욕망을 캐내며 살아가던 꽃섬에 큰 불이 납니다. 이미 삼청교육대에 끌려가 돌아오지 않는 아빠와 노름판을 벌이다 살인 미수로 감옥에 간 아수라 반장에 이어 엄마가 그토록 애지중지하던 돈마저 다 태워버리고, 땜통도 슈퍼 마리오 게임기를 가지러 갔다가 연기에 질식해서 죽게 됩니다. 현실은 온통 불행의 도가니인데 딱부리는 혼잣말로 "아, 다행이다"라고 중얼거립니다. 뭐가 다행이라는 거죠?

딱부리는 삼청교육대에 간 아빠나 감옥에 간 아수라 반장, 병원으로 실려 간 빼빼엄마가 모두 소독이라도 한 것처럼 새사람이 되어 돌아오길 바랐어요. 그리고 자기는 절대 감옥이나 병원이나 학교 같은 데 갇혀 살고 싶지 않다는 바람을 다시 확인하죠. 그러던 어느 날 본부 앞마당에 앉아 저무는 강변을 바라보고 있는데 뭔가 거뭇한 그림자가 자기 옆에 와서 가만히 앉습니다. 도깨비가 되어 돌아온 땜통이었어요. 얼마 후 춤추듯 푸른 불빛으로 사라져가는 땜통을 보며 "아, 다행이다"라고 중얼거린 거예요. 죽은 줄만 알았던 땜통이 꽃섬의 진정한 주인인 도깨비가 되어 다시 자기 앞에 나타났다는 사실이 천만다행이라는 말이에요. 다 타버린 폐허 속에서도 온갖 풀꽃들이 솟아나 바람에 한들거리고, 그을린 나뭇가지 위에 여린 새잎이 돋아나듯 절망 가운데 빛나고 있는 한 조각의 희망을 발견한 거라 할 수 있어요.

작가들에 따라서는 결국 대파국이 올 거라고 비관적으로 보는 사람
들도 있지만 저는 기본적으로 동아시아 역사를 통해 이어져온 사람
이 가지고 있는 생각이나 관계들이 이 세상을 또 다른 세계로 만들
어가는 데 기여할 거라는 희망을 가지고 있어요. 저는 지금 제 문학
속에서 21세기에 가장 중요한 화두 세 가지를 연속적으로 다루고 있
는데, 첫째는 국경 없이 움직이는 이동과 이동하면서 만나게 되는
사람들 간의 조화예요. 『바리데기』와 『심청, 연꽃의 길』이 이런 주제
를 다룬 작품이죠. 둘째는 생존과 절제예요. 현재 지구가 여섯 번째
절멸기에 와 있다고 하더군요. 잘못하면 사람도 다른 종처럼 사라
져버릴 수가 있어요. 기존의 삶의 방식이나 생산 방식으로는 생존이
보장되지 않는다는 거죠. 셋째는 정체성과 보편성이에요. 각각의 삶
의 방식을 존중하면서도 누구나 공감하고 인정할 수 있는 공통의 가
치를 소유하는 겁니다. 서로 충돌하지 않고 상호 보완을 할 수 있는
이 세 가지 화두를 제 만년 문학의 주제로 다루고 있는 거예요. 만년
문학이란 시인 김정환이 말했듯이 치매의 문학이죠. 모든 것을 쓸어
버린 뒤의 폐허에 남아 있는 연민 같은 거라고 할 수 있어요.

아, 그래요. 그렇지 않아도 작년부터 그런 생각을 가지고 있었어요.

이제는 해외에도 아주 중요한 행사가 아니면 가지 않을 작정이에요. 나이도 먹었고 이제 어디 가서 접대하고 그럴 위치도 아니니까 조용히 한자리에 머물면서 작품을 쓰려고 해요.

　노작가와 나 사이에 놓인 건 빨간 토마토였다. 그는 속도 풀고 요기도 할 겸 토마토를 썰어 먹었고, 나는 유리잔에 담긴 토마토 주스를 마셨다. 접시 위에 놓인 토마토가 다 없어지고 주스 잔이 바닥을 드러낼 때까지 두 시간이 훌쩍 넘게 걸렸다. 작가는 운동하러 갈 시간이라며 자리에서 일어섰다. 근처에 있는 헬스클럽에서 두 시간씩 운동을 한다며, 함께 운동하기로 한 옆 동네 작가 김훈이 게을러서 잘 나오지 않는다고 혀를 찼다. 독자로서 치열했던 리얼리즘 문학의 지평을 넘어 거장에게서만 느낄 수 있는 만년 문학의 정수를 만끽하려면 그의 건강과 왕성한 활동을 간절히 기도하지 않을 수 없었다.

주택가 골목길을 돌아 나오는데 소설 속에 등장했던 꽃섬의 추석 풍경이 떠올랐다. 낯선 세상과 낯익은 세상의 경계는 어디일까? 생산과 소비, 욕망과 절제의 중도는 어디일까? 11년 만에 만난 노작가가 작품을 통해 내게 던져준 아주 무거운 화두였다.

"동네 사람들은 오랜만에 온갖 명절 음식 쓰레기로 포식을 하게 될 것이다. 도시 사람들은 멀쩡한 음식들을 미처 먹어치우지 못하고 묵히다가, 또는 너무 많아 먹다 먹다 질려서 버려대고 있었다. 비닐 속에서 녹아 미끈거리는 얼렸던 밥덩이며, 물주머니 같은 비닐에 가득한 굴이며, 말라비틀어진 생선이며, 녹지 않은 고깃덩이들, 겉잎사귀만 벗겨내면 아직도 싱싱한 노란 양배추, 새벽 수산시장에서 버려진 엄청난 내장들과 생선 대가리 꼬리 또는 팔다 남은 멀쩡한 것들, 그야말로 이런 때 며칠은 꽃섬 사람들에게 밤마다 잔칫날이나 마찬가지였다."

황석영은 1943년 만주 장춘에서 태어났다. 1962년 고교 재학 중 단편 「입석 부근」으로 『사상계』 신인문학상을 수상했다. 이후 한일회담반대투쟁에 참여했다가 경찰서 유치장에 갇히게 되고, 그곳에서 만난 일용직 노동자를 따라 전국의 공사판을 떠돌았다. 공사판과 오징어잡이 배, 빵 공장 등에서 일하며 떠돌다가 승려가 되기 위해 입산, 행자 생활을 하기도 했다. 그 뒤 해병대에 입대하여 베트남전에 참전하는 등 당대 역사의 큰 물줄기를 온몸으로 받아내는 삶을 살아왔다. 등단 이후 50년간 그는 「객지」, 「한씨 연대기」, 「삼포 가는 길」 등을 차례로 발표하면서 한국 리얼리즘 문학의 새로운 지평을 열었고, 장편 『장길산』, 『무기의 그늘』, 『오래된 정원』, 『손님』, 『심청, 연꽃의 길』, 『바리데기』, 『개밥바라기별』, 『강남몽』 등을 발표하며 불꽃같은 창작열을 보여주고 있다.

편혜영
© 최해성
오늘처럼 내일도 모레도 똑같은
식탁 앞에 앉게 된다면 나는 행복할까?
『저녁의 구애』

　장면 1 - 같은 시간에 같은 자리에 앉아 전날과 별반 다르지 않은, 거의 같다고 할 수 있는 밥을 먹으며 그는 자신이 날마다 정시에 복사실 문을 여는 것이 어쩌면 구내식당의 점심 때문이 아닐까 생각했다. 커다란 찜통에 찐 찰기 없이 푸석한 밥, 미지근하게 식은, 싱겁거나 짜서 입에 맞지 않는 국, 비계 많은 제육볶음이나 노랗게 구워진 차가운 생선구이 같은 것을 규칙적으로 먹기 위해서라고. 그렇게 늘 똑같은 한 끼 밥을 먹는 것으로 그는 어제의 낮과 오늘의 낮이 같음을 실감하고 오늘 밤과 내일 밤이 다르지 않을 것을 확신했다. 그런 실감과 확신을 통해 자신이 지하 복사실에 있는 동안 매일 낮과 매일 밤이 각각 다르게 흘러간다는 사실을 잊었다. 말하자면 조금씩 반찬이 달라질 뿐 본질적으로 같은 식단이라고 할 수 있는 정식 A세트는 그의 일상과 꼭 닮은 식사였다.

　장면 2 - 공장장은 아침에는 혼자 사택에서, 점심에는 직원들과 함께 휴게실에서 통조림을 반찬 삼아 밥을 먹었다. 저녁에는 통조림을 안주로 술을 마셨다. 왜 그러고 살았대? 누군가 깻잎에 흰 쌀밥을 말아 입에 넣고 우물우물 씹으며 물었다. 누군 안 그러고 사나? 밥을 씹으며 누군가 대꾸했다. 대답에서 비린 고등어 냄새가 풍겼다. 모두들 잠자코 국물이 스민 밥을 꽁치나 고등어 살점과 함께 입에 떠 넣었다. 유난히 천천히 밥을 씹었다. 모두들 약간의 시차를 두고 공장장의 일과와 식사가 자신들과 다르지 않다는 걸 깨달았다. 열심히 일했고 고분고분 살았지만, 어쩌면 그래서인지도 모르지만, 씹고 있는 통조림의 맛처럼 삶이 너무 자명해진 느낌이었다. 미래는 아직 시작되지도 않았는데 이미 지나버린 것 같았다. 지나버린 미래는 공장장의 현재와 다름없을 거였다.

　'인생이란 과연…… 뭘까?' 편혜영의 소설을 읽는 내내 머릿속을 맴돌던 질문이다. 우리의 삶은 우연의 연속일까, 필연의 반복일까? 아니면 우연과 필연이 뒤죽박죽 섞여 있는 혼돈의 연장일까? 어제도 오늘도 내일도 언제 어디서 무슨 일이 일어날지 모르는 우연의 연속이 우리의 일상이라면 우리는 행복할까, 불안할까? 과거와 현재와 미래의 삶이 잘 짜인 각본이나 매뉴얼처럼 어김없이 동일하게 반복된다면 우리는 안도감을 느낄까, 절망감을 느낄까? 매일 같은 시간 같은 장소에서 같은 밥을 먹는 생활과 매일 다른 시간 다른 장소에서 다른 밥을 먹는 생활 중 한 가지를 선택하라면 사람들은 어떤 방식의 생활을 선택할까? 작가의 말처럼 이 소설에는 필연도 진실도 아니거나 필연이거나 진실인 우연이 고스란히 담겨 있다. 그 우연과 필연이 던지는 질문 앞에 어떤 대답을 할 것인가는 독자들에게 주어진 이 소설이 줄 수 있는 거의 유일한 무한대의 자유다.

죽음을 기다리는 시간 동안 먹는 우동 한 그릇

◉ 무심코 서점에 들렀다가 책을 사게 된 독자들은 이 작품이 멋진 연애소설일 거라고 상상할 수도 있을 것 같아요. 제목도 그렇고 약간 에로틱한 표지 그

림도 그렇고…….

그런가요? 이 소설집에 여덟 편의 단편이 등장하는데 그중 「저녁의 구애」를 책 제목으로 정한 건, 가장 최근에 쓴 작품이기도 하지만 예전에 썼던 작품이랑 좀 다른 느낌을 가진 소설이라고 생각했기 때문이에요. 개인적으로 이 작품을 쓰면서 제가 많이 달라졌다는 느낌을 받았거든요. 다음 작품은 어떤 것일까 기대를 갖게 하는, 그런 게 있었어요. 제 소설 제목들이 좀 건조한 편인데 이 책 제목은 약간 서정적인 분위기를 주죠. 그래선지 제목이나 표지가 마음에 들었다는 독자들이 많은 것 같아요. 기존의 제 소설들과 다른 부분도 있고 같은 부분도 있지만, 저는 이 소설이 일종의 연애소설이라고 생각하고 있어요.

⊙ 「저녁의 구애」는 퇴사한 지 10년도 더 지난 어느 날 옛 직장 동료에게서 걸려온 한 통의 전화로부터 이야기가 시작됩니다. 상사로 모시던 어른이 곧 돌아가실 것 같으니 미리 조화를 보내달라는 내용이죠. 작가의 소설에는 이런 독특한 우연들이 계속해서 반복됩니다.

이 소설은 어떤 라디오 프로그램에서 청취자가 보내온 사연을 듣고 모티브를 얻어 쓰게 된 거예요. 직접 들은 건 아니고 남편이 듣고 재미있는 이야기라며 제게 전해줬어요. 사연을 보내온 사람은 꽃집에서 화환을 배달하는 사람이었죠. 한번은 주문을 받고 장례식장에 조화를 배달하러 갔는데, 그때까지 환자가 세상을 떠나지 않아 화환을 배달하지 못한 채 그가 숨을 거둘 때까지 병원 근처를 배회했다는 내용이었어요. 일 때문에 간 거지만 누군지도 모르는 사람의 죽음을 초조하게 기다려야만 하는 그 상황이 굉장히 아이러니하다고 생각했어요. 제가 그 이야기에다가 옛 직장 상사의 죽음이라는 상황을 덧붙여준 이유는 단순히 일로만 갔을 때 느끼는 회한보다는 아는 사람의 죽음을 기다리는 상황이 주는 회한이 훨씬 더 클 거라고 생각했기 때문이죠. 그러니까 이 소설 속 광경은 제가 상상 속에서 만들어낸 게 아니라 실제 있었던 일을 토대로 한 거예요.

⊙ **주인공이 고민 끝에 먼 도시로 조화를 배달하기 위해 떠납니다. 그런데 도착해보니 지인이 아직 운명하지 않았어요. 그는 인근 식당에 들어가 우동을 먹습니다. 누군가의 죽음을 기다리며 자신의 배를 채우기 위해 우동을 먹는 장면에서 저는 인생의 한 단면을 봅니다. 산 자와 죽은 자를 구분 짓는 건 결국 우동 한 그릇의 차이 아닐까요?**

제가 가장 많이 고민한 부분이에요. 낯선 도시에서 지인의 죽음을 기다리는 동안 주인공이 과연 뭘 하면서 시간을 보낼 것인가……. 저는 적어도 이 사람이 죽음에 대한 생각을 하면 안 된다고 생각했어요. 죽음에 가장 가까이 다가가 있는 사람이지만, 그렇기 때문에 오히려 죽음과 무관한 시간을 보내야 한다고 생각한 거죠. 그래서 우동을 먹으러 간 거예요. 식욕은 없지만 그냥 시간을 때우기 위해 습관적으로 뭘 먹는 거라고 할 수 있어요. 그러면서 예전에 지진이 일어났던 그 도시에서 만들었다는 어묵과 우동 통조림을 떠올리게 되지요. 통조림이야말로 지진 같은 위기 상황 속에서 먹는 음식이잖아요. 주인공이 이 도시에서 죽음을 기다리는 동안 해야 할 일은 아주 본능적인 생존과 관련된 일이어야 한다, 저는 이렇게 생각한 거죠. 우동이나 통조림의 등장은 그런 측면에서 이해되었으면 해요.

　죽음을 기다리는 시간과 우동을 기다리는 시간 사이에서 주인공의 시간은 멈추어 있다.
　"시간은 드문드문 이어지는 어른의 숨처럼 더디게 흘렀다. 김은 난생처음으로 누군가 죽기만을 기다린 40여 분에 대해 생각했다. 40여 분간 생이 더 이어지는 게 무슨 의미가 있을까 생각하고 죽음이 지연될수록 희박해지는 슬픔에 대해서도 생각했지만 대부분은 그저 멍하니 식당의 유리문 밖을 보았다."

◉ 하지만 주인공이 옛날에 먹어봤다는 어묵과 우동 통조림은 어디서도 팔지 않습니다. 수십 년간 슈퍼마켓을 운영한 주인조차 본 적이 없다는 통조림은 과연 실재하는 겁니까?
오래전에 강진이 일어났던 곳이지만 많은 사람들은 아무런 위험도 느끼지 못한 채 살아가고 있고, 재난에 대비해서 만들어진 어묵과 우동 통조림이 어디에선가 팔리고 있지만 대다수의 사람들은 그런 게 있는지도 알지 못하는, 그런 도시의 풍경을 그려보고 싶었어요.

◉ 지루함을 달래기 위해 국도변으로 나간 주인공은 트럭 전복 사고를 목격합니다. 불길에 휩싸인 트럭을 보며 그는 경찰이나 병원에 신고 전화를 한 게 아니라 여자 친구에게 전화를 걸어 불쑥 사랑을 고백합니다. 결국 이것이 '저녁

의 구애'인 셈인데…… 전혀 로맨틱하지가 않아요. 황당하면서도 조금은 잔인한 구애 아닌가요?

낯선 도시 안에서 주인공을 둘러싸고 있는 것은 온통 죽음의 그림자이고 죽음을 기다리는 시간들이에요. 그런 상황에서 조금이라도 벗어나고자 국도변으로 나왔지만 사고로 인해 또 다른 죽음을 바로 눈앞에서 목격하게 되죠. 이때 주인공에게는 자기 자신과 가장 가까이에 있다고 느끼는 대상으로부터 뭔가 위안을 얻고 자신이 살아 있음을 확인하는, 그런 시간이 필요했던 거예요. 그게 여자를 향한 구애로 드러난 것이죠. 여자에 대한 사랑 고백이 이 남자의 진심이었을까, 아니면 충동적인 것이었을까는 보는 시각에 따라 달라질 수 있겠지만 저는 진심이었다고 봐요. 남자는 그동안 여자에 대해 확신을 갖지 못하고 어정쩡하게 머뭇거리는 상태를 이어오거든요. 그러다가 자기도 알지 못했던 자신의 진심을 그 도시, 그 사고 현장에서 비로소 발견하게 된 거예요. 사랑을 고백한 뒤 남자는 급히 전화를 끊어버려요. 자신의 감정 표현에 스스로도 놀라고 당황한 것이죠.

내 일상과 너무도 꼭 닮은 점심 식사

◉ 「동일한 점심」에서 주인공은 매일 똑같은 점심 식사를 합니다. 인문대 구내식당의 정식 A세트죠. 생각만 해도 지겨울 것 같은데 매일 같은 시간 같은 장소에서 같은 식사를 반복하지 않으면 불안하고 초조해서 어쩔 줄 모르는 주인

공을 어떻게 이해해야 할까요?

이 작품은 특히 점심 식사 때마다 회사 구내식당에서 식판에 밥을 받아먹는 사람들이 많이 공감하시더라고요. 말씀하신 대로 이 단편은 매일 반복되는 일상의 지루한 패턴으로부터 벗어나고 싶기도 하지만 한편으로는 일상의 동일한 패턴에서 벗어나는 것을 굉장히 두려워하고 불안해하는 현대인들의 이중성을 드러낸 소설이에요. 주인공에게 우연히 그 균일한 일상으로부터 벗어날 수 있는 자극이 주어지지만 그는 매일 반복되던 자기 삶의 자리로 빨리 돌아가려고 몸부림치게 되거든요. 인문대 복사실 문을 조금 늦게 열더라도, 아니 하루쯤 문을 열지 않더라도 학교는, 사회는, 세상은 아무 일도 없는 것처럼 잘 돌아가는데도 불구하고 그는 복사실 문을 조금 늦게 열거나 오늘도 어제처럼 점심 때 인문대 구내식당 식탁에 앉아 있지 않으면 곧 세상이 어떻게 될 것같이 여기며 살아가요. 균일한 일상의 반복에 지루해하면서도 그 안락함에 취해 살아가는 우리 삶의 일상을 온전히 보여주는 인물이죠.

◉ 평론가는 이를 동일성의 지옥이라고 표현했던데, 매일 같은 일이 반복되면서 내일 나에게 무슨 일이 일어날지 뻔히 다 들여다보이는 삶이 사실은 지옥이 아니라 천국일 수도 있지 않나요? 내일 무슨 일이 벌어질지 모르는 불안감과, 오늘 한 끼 밥을 먹고 있지만 내일은 온종일 쫄쫄 굶을 수도 있다는 두려움이 바로 지옥 같은 삶이 아닐까 하는 생각이 들어서요.

작품을 읽는 독자들은 주인공의 반복되는 일상에서 지루함이나 갑갑함을 느끼실지 몰라도 소설 속 주인공은 매일 반복되는 동일한 일상에서 안도감을 느끼며 살아가는 존재예요. 오전이 오후와 같고 오늘이 내일과 같고 이번 주가 다음 주와 같은 그런 과거와 동일한 미래를 상상하는 과정이 전혀 불행하다고 느껴지지 않거든요. 언젠가 늦은 저녁 때 광화문 사거리에 서 있는데 주변에 있는 회사에서 야근을 한 직장인들이 우르르 몰려나오는 거예요. 어깨는 처져 있고 기름기 낀 머리에 피곤한 얼굴을 하고 있었어요. 그때 그 모습이 왠지 안쓰럽게 느껴지더라고요. 그들은 오늘처럼 내일 아침에도 출근할 곳이 있다는 사실에 안심하며 즐겁게 퇴근하는 건지도 모르는데, 저만 괜히 그렇게 느낀 거죠. 이 책의 주인공들 모두 동일한 일상을 살아가는 사람들이지만 자신이 불행하다고 생각하지 않아요. 저도 이들이 불행하다고 생각하지 않고요. 오히려 이들은 반복되는 일상 속에서 발견한 자신들의 행복을 지켜내려고 안간힘을 쓰는 사람들이라고 할 수 있어요.

◉ **프랑스 작가 뤽 랑은 그의 소설 『고문하는 요리사』에서 어떤 특정한 음식을 특정한 시간과 장소에서 지속적으로 먹는 행위는 동물뿐 아니라 인간에게도 정신적·육체적으로 상당한 영향을 끼쳐 그 사람의 사고와 행동을 규정하게 된다고 했습니다. 만약 우리가 주인공처럼 매일 똑같은 식사를 하게 된다면 모두 획일적인 사고와 행동을 하게 되지 않을까요?**

그럴 수도 있겠죠. 동일한 삶의 반복을 다양한 측면에서 보여주는 작품들인데, 그 안에 등장하는 음식의 세계가 또 하나의 의미를 던져주는군요. 이 소설의 주인공 역시 밖에 나가서 다른 음식을 얼마든지 사 먹을 수 있는데도 꼭 구내식당에 가서 매일 같은 식사를 하거든요. 자신을 둘러싼 동일한 환경 속에서 안락함을 느끼고 그 동일성 속에 식사도 반드시 포함되는 거죠. 그러니까 다른 식당에서 다른 메뉴를 먹고 싶다는 생각 자체를 하지 않는 거예요. 재미있네요. 갑자기 영화 「올드 보이」에 나오는 군만두가 생각납니다.

자명해진 삶의 흔적을 무심코 씹어 삼키는 맛

⊙ 「통조림 공장」이라는 단편도 아주 흥미로워요. 어느 날 갑자기 무단결근한 공장장이 주인공인데 얼굴 없는 주인공처럼 소설이 시작되자마자 사라져버립니다. 어디로 간 건가요?

그걸 많이 물어보시더라고요. 제가 독자들께 질문하지 말아달라고 부탁하는 게 바로 그거예요. 보통 후임 공장장이 되는 박이 죽여서 통조림 속에 넣었다고 생각하시는 분들이 많아요. 이 소설 속에서는 그가 그냥 사라지는 게 중요하지 어디로 사라졌을까, 어떻게 사라졌을까 하는 것은 중요하지가 않아요. 독자들이 궁금해하신다는 건 그를 사라지게 만든 저로서는 유쾌한 일이죠. 사라지게 만든 효과가 그만큼 컸다는 거니까요.

⊙ 통조림은 1800년대 초 나폴레옹이 전쟁에서 이기기 위해 군사 식량으로 처음 만들어 먹었다고 하더군요. 재난과 전쟁에 대비한 비상식량인 거죠. 그만큼 통조림은 일상적이지 않은 음식이고 위험이나 고난을 상징하는 절망의

맛이라고 할 수 있는데요. 통조림 공장을 소설의 무대로 설정하고 매일 통조림으로 식사하는 사람들을 주인공으로 배치한 이유가 있나요?

여러 단편에 통조림이 나오기는 하지만「저녁의 구애」에서는 재난을 상징하는 도구로 등장한 것이고,「통조림 공장」에서는 안에 들어 있는 음식보다도 밀봉된 통조림 캔에 관심을 두게 되어 등장시킨 거예요. 저는 캔 자체에 관심을 가지고 있었어요. 자기 비밀을 밀폐된 통 안에 은밀하게 담아두는 사람들을 묘사한 것이죠. 소설을 쓰면서 살펴보니 캔의 종류가 굉장히 많더라고요. 별의별 것을 다 담을 수 있었어요. 소설 속의 그들은 하루하루 통조림 공장에서 반복된 일을 하며 동일한 통조림을 만들고 맛도 느낄 새 없이 그걸로 식사를 해결하는 사람들이지만, 한편으로는 저마다 자기만의 비밀을 통조림 속에 숨겨놓고 살아가죠.「통조림 공장」은 바로 그들의 이야기예요.

◉ 어떤 인터뷰에서 "제 소설은 위험하지 않아요"라고 말하신 적 있죠? 그런데 거의 예외 없이 작가의 소설에는 실종, 살인, 유기, 사고 같은 위험 요소들이 지뢰처럼 깔려 있습니다. 그래서 문단에서는 그로테스크하다느니 하드보일드한 작가라느니 하는 말들을 하죠. 의도적으로 그렇게 쓰시는 건가요?

저에게 그런 평들이 쏟아지는 것에 대해 저는 굉장히 긍정적으로 생각해요. 수많은 동료 선후배 작가들 사이에서 뭔가 제 소설만이 갖는 특징이 있다는 거잖아요. 편혜영의 소설은 이렇다,라고 그 특성을 인정해준다면 저로서야 고맙기까지 한 일이죠. 나중에는 독자들이 지나친 선입견을 갖게 된 것 같아 조금 부담스럽기는 했지만……. 예를 들면「토끼의 묘」에서 묻지 마 살인 사건이 나오는데 전체적인 작품 상황 속에서 그 의미를 보는 게 아니라 웃통을 벗은 채 식칼을 든 남자가 무슨 일을 저지를지 몰라 무서웠다고 말하는 분이 계셨어요. 『사육장 쪽으로』라는 소설을 읽은 독자로부터 어떤 질문을 받았냐면, 저는 그저 '개가 아이를 물었다'라고 썼을 뿐인데, 그분은 '개가 아이를 물어뜯어 먹었다'라고 표현하시더라고요. 이런 식으로 소설의 한 장면을 증폭시켜 기억하시기 때문에 제가 더욱 엽기적이고 위험스러운 글을 쓰는 소설가로 인식되는 게 아닌가 싶어요. 하지만 시간이 지나면서 제 작품이 서서히 변해가면 이런 인식에도 변화가 있을 테니 편하게 생각하고 있어요.

⊙ **다음 작품으로는 어떤 걸 쓰고 계시나요?**

문예지에 1년 동안 연재했던 장편소설을 좀 더 다듬어서 2012년쯤 출간할 예정이에요. 제목은 『서쪽 숲에 갔다』고요. 제가 낯선 공간에 대한 공포가 조금 있는 편이에요. 작품에도 나오지만 저는 번잡한 도심에서 길을 헤매는 건 괜찮은데, 자연 속에서 맞닥뜨리는 낯선 것은 참지 못하거든요. 도시와 달리 표식이 될 만한 게 없기 때문에 길을 잃었을 때 더 공포를 느끼는 것 같아요. 새 장편소설은 거대한 숲이라는 공간을 처음 만나는 사람의 이야기예요. 올해는 단편을 계속 쓰고 있는데 『저녁의 구애』 이후 화자가 말이 많아졌어요. 원래 제 소설에서는 화자가 말이 별로 없었거든요. 앞으로 문장이 얼마나 더 길어질지 저 스스로도 기대하고 있어요.

⊙ **진짜 연애소설을 써보실 계획은 없나요?**

요즘 연애소설에 관심이 많아졌어요. 연애소설에서 제가 흥미로워하는 지점이 뭐냐면, 사람이 사람을 가장 좋아하게 되는 감정이 바로 연애인 것 같고, 자신에 대해 오해했다가 본래의 자기에 대해 제대로 알게 되는 상황도 연애인 것 같아요. 스스로도 몰랐던 자기의 감춰진 면을 드러내기도 하고, 자신에 대한 환상을 갖게 만드는 것도 연애라고 생각해요. 그래서 연애라는 감정에 관심이 점점 많아지더라고요. 예전에 선배 작가들이 왜 그렇게 연애소설을 쓰고 싶어 했는지 그때는 잘 이해가 되질 않았는데, 이젠 조금 알 것 같아요. 언젠가는 연애소설을 꼭 한번 써보고 싶어요. 아주 건조한 연애소설을.

　작가를 인터뷰하기로 한 이후 내 삶이 그로테스크해졌다. 아침에 집을 나서는데 엘리베이터 안에 낯선 안내문 하나가 붙어 있었다. ‘지진 발생 시 대피 요령’. 지금까지 한 번도 본 적이 없는 안내문이었다. 작가를 만난 카페에서 냉커피를 시켰다. 혹시 이 커피가 통조림 커피를 따른 후 얼음을 넣어 온 게 아닐까 의심스러웠다. 사진을 찍기 위해 여의도 공원으로 나갔다. 바람이 조금 불었지만 햇살이 뜨거웠다. 숲 속이나 벤치 어디에선가 눈이 빨간 토끼들이 툭 튀어나올 것만 같았다.

　하지만 아무 일도 일어나지 않았다. 비로소 내가 사는 아파트에 언제든 지진이 일어날 수 있다는 사실을 알게 되었지만 내가 할 수 있는 일은 아무것도 없었다. 안내문을 보기 전과 안내문을 본 이후의 내 삶에는 아무런 변화가 없었다. 냉커피도 맛있게 다 마셨다. 심지어 작가에게 리필해서 좀 더 마시지 않겠느냐고 묻기까지 했다. 꽃으로 만발한 여의도 공원에는 사진을 다 찍도록 토끼가 나타나지 않았다. 그로테스크한 건 내 마음이었지 삶 자체가 아니었다. 저녁은 집에 가서 어제처럼 아내와 함께 먹기로 했다.

. . .

편혜영은 1972년 서울 출생으로 서울예대 문예창작과와 한양대 대학원 국어국문학과를 졸업했다. 2000년 서울신문 신춘문예에 단편소설 「이슬 털기」로 당선하며 작품 활동을 시작했다. 장편소설 『재와 빨강』, 소설집 『아오이가든』, 『사육장 쪽으로』, 『저녁의 구애』 등을 펴냈다. 2007년 한국일보문학상, 2009년 이효석문학상을 수상했으며, 2010년에는 오늘의 젊은 예술가 상, 2011년에는 동인문학상을 수상했다.

배가 터지도록 먹고 또 먹지 않으면
도저히 견딜 수가 없어

『폭식』

　　민지환은 뉴욕 맨해튼에 있는 다국적 기업의 잘나가는 비즈니스맨이다. 그는 전 세계를 떠도는 글로벌 유목민으로 자본주의 먹이사슬의 상위 포식자가 되어간다. 맥도날드 햄버거와 튀긴 감자, 기름진 이탈리안 피자를 씹으며 지구를 뱅글뱅글 도는 동안 그의 통장엔 달러가 쌓여가고 그의 삶은 우아한 상류층 뉴요커로 변해간다. 일을 마치고 다음 주 본사로 돌아가면 새로 주문한 벤츠 오픈카가 그를 기다리고 있을 것이다. 그는 오픈카를 타고 나이아가라 폭포를 지나 우드버리 아웃렛 매장에 들러 구찌 시계와 니꼴밀러 서류 가방을 장만할 생각이다. 그런데 이 모든 게 하나도 즐겁지가 않다. 옆에 앉아 함께 기뻐해줄 사람이 떠오르지 않기 때문이다. 그는 되묻는다. 이 행복한 순간에, 어째서 난 혼자인 거지?

　　처음부터 혼자였던 것은 아니다. 그는 단란한 가정의 평범한 가장이었다. 그런 그에게 IMF 구제금융 사태가 쓰나미처럼 밀어닥쳤다. 아내가 벌인 사업은 부도가 났고 자신은 회사에서 해고를 당했다. 살길을 찾아 일본으로 떠났지만 그가 지구 곳곳을 누비며 악착같이 돈을 버는 사이 가족들은 뿔뿔이 해체되어버렸다. 그리고 마침내 아내는 이혼을 요구했다. 모두가 떠난 빈자리에 남아 있는 건 병든 육신과 폭식의 습관뿐이었다. 한국을 떠나던 날, 그는 누나가 만들어준 비빔밥을 눈물을 삼키며 목이 미어져라 퍼먹었다. 그 뒤 폭식은 그의 일상이 되었다. 배가 터지도록 먹고 또 먹지 않으면 도저히 견딜 수가 없었다. 다양한 씨앗과 열매들로 위를 빈틈없이 꽉 채운 채 평온한 얼굴로 죽음을 맞이했던 먼 옛날 린도우인처럼.

숲 속의 빈터와 린도우인

⊙ **책 표지를 처음 본 순간 저는 음식물이 가득 들어 있는 사람의 위장이라고 생각했는데, 어떤 사람은 그게 아니라 석류를 잘라놓은 모양이라고 하더군요. 어떤 게 맞는 건가요?**

사실은 석류가 맞아요. 그런데 사람의 위장을 상상하게 만드는 그림이죠. 위장으로 보인다 해도 나쁘지 않다고 생각하면서 만든 표지예요.

⊙ **대학에서 학생들을 가르치면서 박사 과정에서 논문을 쓰고 계시죠? 가르치랴 배우랴 논문 쓰랴 창작 활동할 시간이 없을 것 같은데요?**

학생들에게 소설 창작을 가르치고 있고 박사 과정에서도 소설 창작을 전공하면서 논문을 쓰고 있어요. 여러 가지 일을 하다 보니 늘 시간에 쫓기는 건 사실이지만 따지고 보면 전부 소설에 관한 거니까 한 가지 일을 하고 있다고 볼 수도 있죠. 박사 과정이 끝나면 좀 더 창작 활동에 많은 시간을 낼 수 있을 거예요.

⊙ **소설집 표제작인 「폭식」에 '숲 속의 빈터'가 등장합니다. 민 팀장은 영국 체셔로 출장을 갔다가 그곳을 찾아 미라가 된 린도우인을 보게 되죠. 바로 이 장면으로부터 주인공을 둘러싼 복잡한 내면세계가 실타래처럼 하나씩 풀려나옵니다. 작품 속에서 '숲 속의 빈터'와 '린도우인'이 상징하는 게 뭔가요?**

켈트족은 BC 약 2000년경부터 BC 1세기경까지 유럽 대부분의 지역에 살던 인도유럽어를 사용하던 종족의 일파라고 해요. 이 켈트족에게 전해오는 전설에 '숲 속의 빈터'라는 공간이 있어요. 켈트족은 숲을 굉장히 신성하게 여겼는데, 숲 중에서도 아주 깊은 숲 속에 들어가면 나무가 쓰러지거나 해서 자연적으로 만들어진 빈터가 있었대요. 그 빈터가 켈트족에게는 제의라든가 축제 같은 행사를 벌이는 중요한 장소였죠. 린도우인도 그 숲 속의 빈터에서 벌어지는 제의의 희생 제물이 된 거예요. 다양한 열매와 식물을 잔뜩 먹고 늪에 버려져 수장된 것이죠. 그 희생 제물로 초목의 신을 달래기 위해 제사를 올렸다고 해요. 이 소설에서 주인공은 자기 자신을 공동체의 어떤 위기 속에서 철저하게 버려진 한 개인으로 생각하게 되죠. 마치 린도우인의 죽음처럼 말이에요. 어느 날 갑자기 IMF 사태가 발생하고 정리 해고가 대대적으로 이루어지는 과정에서, 자신은 아무런 과실이 없었음에도 불구하고 회사를 살리기 위한 방편으로 정리 해고 대상이 되거든요. 그토록 충성을 다했던 직장에서도 버림을 받고 국가에서도 개인의 삶을 보장해주지 않았다는 측면에서 치명적인 상처를 받은 개인인 거죠. 린도우인도 마찬가지로 켈트족의 안녕을 위해 제의의 희생양이 된 거잖아요. 공동체를 위해서는 반드시 필요한 제의이고 누군가가 희생을 당해야겠지만 개인의 입장에서 보면 산 채로 위장을 꽉 채우고 수장된다는 것은 대단히 참혹한 일이지요.

　1984년 8월, 영국의 맨체스터 공항 가까이에서 상업용 토탄을 캐던 광부가 한 덩어리의 토탄을 분쇄기에 투입하려고 할 때 토탄에 붙어 있던 이끼가 떨어지면서 사람의 발이 나타났다. 고고학자들이 회수하여 감정한 결과 이 고대인의 인체는 지금까지 발견된 것 중에서 보존 상태가 매우 좋은 것이었다. '린도우인(Lindow Man)'이라 불린 이 남성은 켈트족이며 드루이드라고 불리는 지배 계급에 속해 있었다는 것이 밝혀졌다. 이 남성은 제비뽑기의 결과 종교 의식에 의해서 처형되었을 것이다. 물에 처박아 밀어 넣고 인후를 자르고 숨통을 가죽 끈으로 조이고 머리를 치는 잔인한 처형이었음에도 불구하고 남성의 얼굴은 평온한 표정이었다. 그가 스스로 원해서 맞이한 죽음이었다는 것을 짐작할 수 있다.

◉ 린도우인 미라를 본 그날 민 팀장은 저녁 식사로 나온 양고기 스튜를 반 이상 남기고 그나마도 소화를 시키지 못했습니다. 체증이 며칠 계속되다가 사라지면서 동시에 세상을 떠도는 동안 지속된 그의 오랜 폭식 습관도 없어지게 되죠. 주인공이 갖고 있던 이 끈질긴 폭식 습관은 어떤 의미인가요?

이 소설집에 나오는 다른 작품「롱아일랜드의 꽃게잡이」에 보면 미국 맨해튼에 있는 아주 값싼 중국 음식점이 등장해요. 4달러 50센트만 내면 밥은 물론 반찬 네 가지를 마음껏 골라 먹을 수 있는 곳이죠. 주인공 남자는 그곳에서 싸구려 음식을 먹으며 아무리 먹어도 채워지지 않는 깊은 허기를 느끼게 돼요. 그렇게 여기저기 외지를 옮겨 다니는 동안 그는 계속해서 살이 쪄요. 저도 미국에 있을 때 이와 비슷한 경험을 한 적이 있어요. 계속 배가 고프더라고요. 이방인이 되어 낯선 언어와 문화 속에서 지속적으로 긴장과 스트레스를 받으며 살다 보면 우리 몸이 어떤 위기감을 느끼는 것 같아요. 그러면서 언제든 배를 먼저 채우고 보는 습관이 생기게 되는 거죠. 삶의 기반이 불안하다고 느낄 때 찾아오는 위기감이나 공허감, 이런 것들이 폭식을 유발하게 되는 거예요. 또 다른 의미에서 폭식이란 우리가 살아가는 이 자본주의시대에 거대자본이 끊임없이 중소자본을 탐욕적으로 흡수해가는 과정, 도시가 지방이나 시골의 잉여 생산물을 끊임없이 빼앗아가는 과정, 혹은 좀 더 힘 있는 자가 자기보다 약한 자의 것을 끊임없이 탈취해가는 과정을 의미하는 것이기도 해요. 그런 멈출 줄 모르는 인간의 욕망을 폭식이라는 상징을 통해 드러내 보이고 싶었어요.

누가 포식자이고 누가 피식자인가?

◉ 민지환은 먹고사는 문제를 해결하기 위해 일본으로 도망치듯 떠나게 되잖아요. 누나가 만들어준 새빨간 고추장 비빔밥을 배터지게 먹고 나서 떠납니다. 그건 배가 고파서가 아니라 뼈를 깎는 각오와 울분으로 먹은 거라고 생각해요. 그렇다면 그때부터 이 사람은 폭식을 하는 게 아니라 허리띠를 졸라매고 하루 한 끼씩 먹어가며 돈을 벌어야 하는 게 아닐까요?

아이러니컬하게도 미국 같은 선진국의 최근 추세를 보면 저소득층 사람일수록 비만이 더 심해요. 패스트푸드 같은 싸고 간편한 음식을 주로 먹기 때문이죠. 돈도 없고 시간도 없는 사람들이라 이런 걸 먹는 건데 그러다 보면 매일 열량이 높은 음식을 섭취하니까 점점 더 살이 찌는 거예요. 반면 중산층 이상의 사람들은 좋은 음식을 여유 있게 골라 먹으면서 여가 시간을 이용해 적절한 운동까지 하니까 살찐 사람이 그렇게 많지 않아요. 주인공 아들도 일본에 가서 종일 방에 틀어박혀 만화영화와 컴퓨터게임, 초콜릿과 감자칩 그리고 콜라에 빠져 지낸 결과 이스트를 넣은 빵처럼 점점 살이 찌지요. "다시는 어느 누구도 자신을 이리저리 옮겨놓지 못하게 만들겠다는 듯이 체중을 늘려 바닥에 밀착해버렸다"라고 썼는데, 이들을 폭식으로 이끈 건 이런 어려운 경제적인 상황 때문이었다고도 할 수 있어요.

◉ 작품에 나오는 입사 동기 최 형과 민 팀장은 사고와 행동 외에도 먹는 음식에서 큰 차이가 나요. 최 형이 감방에 앉아 배급된 음식으로 연명하는 동안 민

팀장은 패스트푸드로 폭식을 하며 세계를 돌아다니죠. 매일 먹는 음식의 차이가 사고와 행동의 차이를 만드는 것일까요? 아니면 사고와 행동의 차이가 매일 먹는 음식의 차이를 만드는 것일까요?

흥미로운 질문이네요. 적절한 대답은 아닐지 모르지만, 최 형의 경우에는 강제로 이동이 금지되고 행동반경에 제한을 받는 사람이에요. 정상적으로 정주민의 삶을 산 게 아니죠. 반대로 민 팀장은 강제로 이주민이 되어 끊임없이 돌아다녀야만 하는 운명을 지니게 된 것이죠. 두 사람 다 해고자라는 절박한 사정 속에서 각기 자신의 처지와 소신에 따라 다른 행보를 하게 되지만 결국 강제로 이동을 정지당한 사람이나 강제로 이 땅을 떠나 이리저리 떠돌며 디아스포라의 삶을 살아야 하는 사람이나 다 같은 이 시대의 불행이라고 할 수 있어요. 강제적 정주자와 강제적 이주자 양극단의 모습을 동시에 보여주는

게 이 두 인물이에요. 지금도 세계화가 빠르게 진행되고 있지만 그 속도가 점점 더 빨라질수록 자신이 살던 고향이나 고장에서 더 이상 안정적인 수입으로 살 수 없어 더 나은 삶의 환경을 찾아 떠나야 하는 사람들이 많이 생겨날 거라고 생각해요. 동시에 국내에 머물러 있다 하더라도 자기가 태어난 고향이나 살던 고장에서 어쩔 수 없이 붙박이 생활을 해야 하는 사람들 또한 많아질 거예요. 어딘가로 떠나고 싶지만 시간도 없고 돈도 없고 일에 쫓겨서 도저히 떠날 수 없는 사람들이 생겨나는 것이죠. 경제적으로 어려운 사람들은 마침내 이 두 가지 길로 내몰리게 되는 거예요. 이게 후기 자본주의사회의 모습이라고 할 수 있죠. 소설 속 두 인물은 그런 상황을 상징적으로 보여주고 있어요.

◉ 민 팀장은 자본주의사회의 가장 큰 피해자예요. 포식자들에 쫓기는 피식자가 되어 세상을 떠도는 이주민의 삶을 살게 되죠. 그런데 나중에 다국적 기업의 비즈니스맨이 되면서 스스로 포식자가 되어 약자들을 탄압하고 그들이 가진 것을 빼앗는 존재로 돌변합니다. 처음에는 린도우인 같은 희생양이었지만 나중에는 희생 제물을 요구하는 초목의 신처럼 변하는 거죠. 결국 인간은 포식자와 피식자의 속성을 다 갖고 있는 양면적 존재가 아닐까요?

자크 아탈리는 21세기를 '유목하는 인간'을 의미하는 '호모 노마드의 시대'라고 정의했다죠. 어떤 학자는 노마드의 삶을 상층 회로와 하층 회로로 구분해서 설명하더라고요. 하층 회로는 끊임없이 이동하면서 계속해서 하층민의 삶을 살아가는 사람들이고, 상층 회로는 많은 임금을 받으면서 국제적인 일을 벌여나가는 지식인이나 전문

가들인데, 그들 또한 노마드인 건 마찬가지라는 거예요. 여기서 하층 노마드에 해당되는 것이 우리나라에 와 있는 이주노동자들이라고 할 수 있어요. 제가 『폭식』 이전에 썼던 『코끼리』라는 소설에서는 이주노동자들의 삶을 다뤘거든요. 그 소설에서 하층 회로를 경험하는 사람들을 다뤘다면 이 소설에서는 상층 회로를 경험하는 사람들을 다룬 거예요. 민 팀장이 비록 해고된 사람이긴 하지만 대학을 졸업하고 굴지의 대기업에서 일하는 사람으로서 지식인 혹은 전문가의 능력을 가진 사람이거든요. 국경을 넘는 것이 일상화 되어 있는 시대에 맞게 그런 사람들도 고국을 떠나 전 세계를 떠돌면서 일을 하는 거죠. 저는 이 소설을 통해 하층 노마드뿐만 아니라 상층 노마드 역시 굉장히 곤혹스러운 삶 속에서 정주하지 못하는 자의 불안과 고통 그리고 육체적 한계와 질병에 시달리며 살아가고 있다는 것을 말하고 싶었던 거예요.

⊙ 오수연 작가의 『부엌』이라는 소설을 보면 '끼르띠무카'라는 괴물이 나옵니다. 뭐든지 닥치는 대로 먹어 치우는 존재죠. 그러다가 결국 자기 자신까지 먹어버리게 됩니다. 오늘날 자본주의 체제가 먹는 사람은 배가 터지도록 먹고 굶는 사람은 한 끼 양식이 없어 죽어가는 극단적 양극화로 치닫고 있는데, 결국 이런 구조가 지속된다면 다 같이 파멸하는 종말이 오지 않겠어요? 승자독식이라는 자본주의의 모순에 의해 자기가 자기를 먹어 치우는 세상까지 가지 않으려면 폭식의 욕망을 끊어야 할 텐데, 과연 그게 가능할까요?

소설 마지막 장면에서 민 팀장은 일을 마치고 맨해튼에 있는 본사로 돌아가 풍요로운 뉴요커의 삶을 만끽하는 상상을 합니다. 그런데 이상하게 행복하지가 않아요. 자기가 꿈꾸던 경제적 가치와 신분 상승이 가시권에 들어왔음에도 불구하고 행복을 느끼지 못하는 장면에서 우리는 행복이란 무엇인가 하는 질문을 다시 한 번 던지게 됩니다. 물질적인 것만을 추구해서는 결코 행복할 수 없다는 것을 알게 되는 것이죠. 행복이란 맛있는 것, 아름다운 장면을 함께 나눌 수 있을 때 느낄 수 있는 거예요. 혼자 모든 걸 독식한다고 해서 행복한 게 아니죠. 자본의 폭식에서 벗어나 서로 나눔을 실천할 때 비로소 행복이 주어지거든요. 나만 잘산다, 우리만 잘산다, 이건 불가능해요. 함께 잘살아야 하는 거예요. 그런데 이게 어떻게 가능할 것인가, 참 어려운 문제지요. 해답이나 방법을 명쾌하게 제시할 수는 없지만 분명한 건, 그런 삶이 지속된다면 그 누구도 행복할 수 없다는 겁니다. 저는 나누지 못하는 행복은 마치 썩어가는 음식에서 부패한 냄새가 나듯 가치가 없다는 것을 호소하고 싶었어요. 제가 최근에 읽은 책이 환경 철학자인 제러미 리프킨의 『공감의 시대』라는 책이에요. 저자는 19세기와 20세기는 이성의 시대였고 그 이전은 신의 시대였다면 21세기는 공감의 시대라고 주장을 하죠. 인간에게는 이기적인 본성도 있지만 동시에 타인의 불행이나 아픔을 공감하고 함께 아파하는, 그래서 순수한 마음에서 도와주고 싶어 하는 이타적인 본능도 있다고 해요. 인간은 사회적 동물이고 관계를 통해서만 자신의 존재를 재확인할 수 있는 특성을 가진 존재이기 때문에 인간이 가진 이런 공감의 능력을 더 키워나간다면 거기서 어떤 희망의 빛을 찾을 수 있지 않을까 하는 거예요. 인간이 이기심만으로 똘똘 뭉쳐진 그런 존재만은 아닐 거라는 거죠. 저 또한 공감의 능력을 더 키우고 그

공감의 능력을 가진 사람들이 지도자가 되고 신뢰를 얻어 새로운 삶의 방식을 찾아나간다면 뭔가 새로운 길이 열리게 되지 않을까 하는 바람을 가지고 있어요.

네가 좋아하는 고들빼기김치 잘 삭혀놨는데…

◉ **민지환이 오랜만에 한국에 와서 자기 오피스텔에 들러 안식을 취합니다. 이때 오피스텔 관리를 맡았던 누나가 누군가에게 세를 줬다는 사실을 알게 되죠. 그리고 자신의 오피스텔에 세 든 젊은 여자를 만나게 됩니다. 이 둘은 우연찮게 하룻밤을 같이 보내지요. 이 낯선 해프닝은 작품 전체 속에서 어떤 의미를 갖는 건가요?**

아내는 일단 극한의 빈곤으로부터 벗어나긴 했지만 진정한 평화와 안정은 찾지 못한 상태예요. 그 이유는 남편인 민 팀장의 끊임없는 이동 때문이죠. 하지만 그건 민 팀장만의 잘못이라고 할 수 없어요. 이동을 강요하는 사회에 의해 한 가정의 평화와 안정이 깨질 수밖에 없는 상황인 거죠. 그러다 보니 결국 아내는 자신을 정신적으로 위로해주고 이해해줄 수 있는 다른 상대를 찾아 떠나는 거예요. 가족이 해체돼버리는 것이죠. 큰아이는 약간 문제가 있는 아이라 미국 사회에서 금전적 보조를 받기 위해서는 시민권이 있어야 하기 때문에 새로 결혼하는 양부의 아들로 호적에 올리려고 아내가 데려가게 된 거고, 작은아이는 굳이 양녀로 들어가고 싶지 않다면서 대신 아빠에게 사립학교로 보내달라고 요구를 하죠. 가족은 해체되지만 이들을 지속적으로 돌보기 위해 그는 계속해서 돈을 벌어야 해요. 그러던 차에 고국으로 돌아와 오랜만에 자신의 집에 들른 그에게 절실하게 필요했던 건 위로와 안식이었어요. 그때 거기서 한 낯선 여자를 만나게 되는 거죠. 낯선 여자와의 하룻밤이란 심리적인 불안감이나 공허함을 해소하기 위한 한 가지 방법인 거예요. 비록 돈은 잘 벌고 다국적 기업의 간부로 권력을 행사하긴 하지만 그의 내면은 황폐하고 불행하기 짝이 없거든요. 그런 상태에서 일시적으로나마 누군가의 위로를 받고 싶고 하룻밤만이라도 살림하는 여자가 사는 집에서 자고 싶은 욕망이 이런 일을 가능하게 만든 거라고 할 수 있어요.

⊙ 민 팀장의 아내를 보면 잘 이해가 되지 않습니다. 자기가 사업에 실패해 남편이 그 빚을 고스란히 떠안게 되고 어려운 경제적 상황을 극복하고자 온 가족을 데리고 일본으로 건너와 혼자 몸이 부서져라 일하고 있는데, 부부로서 함께 노력하지는 못할망정 바람을 피우면서 남편에게 이혼을 요구한다는 것은 대단히 비도덕적이고 몰염치한 일 아닌가요?

이기적인 여자라고 할 수 있죠. 그런데 이 아내는 오랜 기간 이방인 생활을 하면서, 그리고 남편과 긴 시간 떨어져 지내면서 심각한 우울증을 앓게 돼요. 정신적으로 병들어 있는 여자지요. 기약 없이 남편을 기다려야만 하는 삶, 또 언제 어디로 옮겨 가야 할지 모르는 삶, 이런 불안한 생활을 더 이상 하고 싶지 않았던 거예요. 나쁜 여자로 비칠 수도 있지만 그것 역시 강요된 이주민의 삶이 가져다준 한 결과라고 생각해요. 남편과 아이들로부터 위안을 얻지 못하고 소외되어 있다가 음악치료사에게 심리 치료를 받는 가운데 자기를 진심으로 위로해주는 그 남자에게서 애정을 느끼게 되는 거죠. 결국 이 소설은 한 개인과 가족이 해체라는 길을 향해 달려가지만 그건 비단 그들에 국한된 문제가 아니라 사회 전체의 구조적인 문제라는 거예요. 저는 그런 문제에 대해 경종을 울리고 싶었어요.

◉ 주인공은 계속해서 스스로에게 묻습니다. 여기가 어디지, 내가 왜 여기에 있는 거지, 나는 누구일까, 어디로 가야 하나……. 하지만 끝내 그 해답을 찾지는 못하는 것 같습니다.

그렇죠. 그러니까 답이 없다는 것이 이 시대의 불행이에요. 지금과 같은 삶의 방식이나 세계 구조 속에서는 쉽게 답을 찾을 수 없다는 것, 그것을 말하고 싶었던 거예요. 소위 성공했다고 말하는 상층 회로를 걷는 디아스포라 역시도 그 내면은 매우 고독하고 불안하고 황폐화되어 있다는 이야기죠. 정체성의 혼란과 흔들림 속에서 이방인들은 '나는 누구일까'를 끊임없이 질문하지 않을 수 없는 상황으로 내몰리는 거예요. 그것이 그들의 내면적 고통인 거죠. 정체성이 확립되어 있지 않은 상태에서 끊임없이 불안감을 느끼고 자기 존재감을 재확인해야 하는데 그게 결코 쉬운 일이 아니거든요.

◉ 작가는 그동안 자본주의 체제의 모순을 지적하고 이에 대한 질문을 던지면서 이주 노동자, 해고 노동자, 비정규직 노동자 같은 소외 계층의 아픔을 다루는 작품을 주로 써오셨는데, 작가로서 이런 문제를 다루어야 한다는 사명감 같은 걸 갖고 계신 건가요?

작가라면 동시대에 대한 관심을 놓지 말아야 한다고 생각해요. 물론 작가란 구체적인 개인의 경험을 재료로 삼아 허구의 세계를 구축해나가는 존재이지만 그 개인의 경험 역시 동시대와 결코 분리될 수 없는 경험이라는 거죠. 따라서 시대에 애정과 관심을 갖지 않는다면 작가로서 불구의 모습을 띠게 되는 게 아닐까 생각해요. 제 소설 속

주인공들은 어떤 문제적 상황을 드러내는 인물들이지만 그들의 개인적 감정이나 생활 정서는 이 시대를 살아가는 평범한 사람들의 그것과 맞닿아 있고 제 개인의 경험과도 많이 결합되어 있어요. 그냥 꿈꾸듯이 제 이야기를 독자들에게 전달하는 것보다는 저와 함께 살아가는 사람들과 동시대에 대해 더 깊은 관심을 드러내 보이고 싶은 마음이 있는 거예요.

⊙ **미국 뉴욕이 소설의 무대로 자주 등장하는 건 자본주의의 상징적 장소이기 때문인가요?**

그렇죠. 자본주의의 심장과 같은 도시죠. 금융·문화·경제의 중심지고요. 또한 맨해튼은 다른 어떤 도시보다 다인종 사회로서의 역사가 아주 깊어요. 이미 오래전에 다인종 사회가 되었고 다인종 문화가 정착되어 깊이 뿌리를 내린 곳이에요. 지금처럼 일상적으로 국경을 넘게 되고 세계화가 빠르게 진행될수록 전 세계 대도시들은 다인종·다문화 사회가 될 거라고 봐요. 저는 자본주의 체제가 갖고 있는 여러 가지 문제를 가장 잘 드러내고 있는 공간이 맨해튼이라고 생각했어요. 맨해튼은 빈부 격차가 아주 심한 곳이죠. 중산층 이상의 백인들은 너무나 쾌적하고 풍요로운 생활을 하고 있지만 흑인 중심의 하층민들은 아주 열악하고 지저분하고 마약과 총기로 얼룩져 있는 환경 속에서 살아가고 있어요. 맨해튼은 서로 다른 두 세계가 동시에 병존하는 곳이죠. 제가 만약 돈이 많고 주류에 편입된 사람이라면 살 만하겠지만, 그렇지 않은 하층민이라면 굉장히 살기 힘들 거예요.

공항으로 가는 차 안에서 민지환은 누나에게 전화를 건다.

"떠난다고? 얼굴 코빼기도 보지 못했는데, 벌써?"

그러고는 작은 분식점에 매여 꼼짝도 할 수 없는 자신의 처지를 원망하기 시작한다. 이런 더러운 놈의 세상, 한번 들러야지 하면서도 통 시간이 나야 말이지, 네 매형이 며칠째 집에 안 들어와서 나 혼자 주방 일에 손님 시중에 무진장 바빴어, 애고, 이 원수를 그냥, 하면서. 젖은 목소리로 미안해,라고 말한다. 누나는 결국 왈칵 눈물을 쏟는다.

"네가 좋아하는 고들빼기김치 잘 삭혀놨는데……"라며 다음 말을 잇지 못하는 누나. 갑자기 민지환의 눈에도 눈물이 맺힌다.

먹고사는 일 때문에 떠나려 해도 떠날 수 없는 자, 먹고살기 위해 머물고 싶어도 머물 수 없는 자, 남매라는 이름으로 얽힌 유일한 피붙이들 간의 마지막 대화는 이렇게 끝이 난다. 도대체 먹고사는 일의 끝은 어디일까? 주인공 남자는 그 끝이 어딘지 알지 못한다. 자신도 언젠가는 숲속의 빈터로 끌려가 린도우인처럼 위를 가득 채운 채 서서히 죽어갈 거라는 걸 알지만, 그럼에도 불구하고 배를 채우기 위한 폭식을 멈출 수는 없다. 어차피 인생이란 배가 터지도록 먹고 또 먹지 않으면 도저히 견딜 수 없는 허기를 채워가는 여정이니까.

· · ·

김재영은 1966년 경기도 여주 출생으로 성균관대를 졸업하고 중앙대 예술대학원 문예창작전문가 과정을 이수했다. 같은 학교 대학원 문예창작학과에서 박사 과정을 밟으면서 학부 학생들을 가르치고 있다. 2000년 문예지 『내일을 여는 작가』 제1회 신인상을 받으며 작가로서 활동을 시작했고, 대산문화재단과 문화예술진흥원의 창작지원금을 받았다. 소설집으로는 『코끼리』와 『폭식』이 있는데, 이 중 『코끼리』는 2012년도부터 고등학교 문학 교과서에 실려 청소년 독자들과 만나고 있다. 첫 소설집 『코끼리』에서 외국인 노동자들의 고단한 삶을 생생하게 그려내 독자와 평단으로부터 큰 주목을 받았던 작가는 두 번째 소설집 『폭식』에서도 자본의 논리가 횡행하는 이 시대가 인간을 어떻게 소외시키는지를 예리한 언어로 날카롭게 파고들고 있다.

신비로운 여행과 환상적인 요리가
만들어낸 두 연인의 뜨거운 로맨스

『누가 미모자를 그렸나』

　손미나가 돌아왔다. 이번에는 소설가로. 한동안 소식이 뜸했던 이유가 여기에 있다. 그녀의 첫 장편소설은 언뜻 보면 추리소설 같기도 하지만 사실은 지독한 연애소설이다. 미모자는 노란색으로 눈부시게 피어나 누구나 한 번 보면 반할 수밖에 없는 꽃이다. 그 미모자꽃이 주위를 온통 둘러싸서 꽃을 밟지 않고는 한 걸음도 걸을 수 없다는 프랑스 남부 프로방스의 봄레미모자 마을이 소설의 주요 무대로 등장한다. 그리고 연기자 지망생인 스무 살 청년 테오와 여덟 살 연상의 한국인 화가 레아, 대필 작가로 레아의 자서전을 쓰기 위해 파리를 찾은 장미와 뒤바뀐 가방 때문에 얽히게 된 프랑스 의사 로베르, 이 네 청춘들이 연인이 되어가는 긴 여정이 들판에 흐드러지게 피어난 미모자꽃보다 더 아름답게 펼쳐진다.

　이 연애소설을 제대로 즐기는 방법은 두 연인들을 따라가며 여행과 요리를 즐기는 것이다. 계획적이든 아니든, 원하든 원하지 않았든 간에 이 작품 속에는 신비로운 여행과 환상적인 요리가 가득하다. 파리의 축소판으로 불리는 리옹 역과 전설적인 식당 트랑 블루에서 음미하는 디저트 프로피트롤, 오색 물감이 번져나가듯 화려하게 내려앉는 노을이 일품인 항구도시 마르세유, 달에라도 가 닿을 듯 키 높은 시커모어나무가 줄지어 서 있는 보니외로 가는 길, 에펠탑이 바라보이는 몽마르트르에 자리한 테오의 스튜디오, 엑상프로방스 베트남 식당에서 맛보는 뜨끈한 쌀국수, 아리스토텔레스 클럽 만찬에 등장한 헤즐넛 거품과 양배추 퓌레를 곁들인 브르타뉴산 성게와 크루통이 들어 있는 셀러리 크림과 푸아그라 등…….

어느 가을날 아침 식탁 위에서,
소설이 내게로 왔다, 운명처럼

⊙ 아나운서는 말로 승부를 보는 세계이고 작가는 글로 평가를 받는 세계입니다. 말의 세계에서 글의 세계로 이동해 일해보니 뭐가 어떻게 다르던가요?

쉽게 떠오르는 것부터 말씀드리자면 방송국이라는 데가 워낙 특수한 곳이기 때문에 거기서 일할 때 나타나는 특징들이 저 혼자 글을 쓸 때와는 대비되는 게 참 많아요. 아나운서로 일을 할 때는 항상 어딘가에 노출이 되어 있는 상태죠. 정말 많은 사람들을 만나야 해요. 제가 사람 만나는 걸 좋아하는 편인데도 너무 많은 사람들을 만나다 보니 조금 지치더라고요. 하루는 내가 오늘 만난 사람들이 몇 명이었나 헤아려봤더니 3백 명이 넘었어요. 그냥 피상적으로 인사를 나누며 스쳐 지나갈 수밖에 없는 관계인 거죠. 반면 글 쓰는 일을 할 때는 혼자 있는 시간이 많을수록 좀 더 깊이 있는 글을 쓸 수 있기 때문에 사람 만날 일이 있어도 스스로 자제를 하게 돼요. 더 조용하고 차분하고 외롭고 고독한 셈이죠. 처음에는 이런 게 힘들게 느껴졌어요. 그렇지만 지금 생각해보면 작가로서 혼자 고독한 작업에 몰입하는 것이 제게 더 필요하고 어울리는 일인 것 같아요. 말은 입에서 나오는 순간 공기 중으로 없어져버리잖아요. 그래서 방송을 'ON AIR'라고 하죠. 무대 뒤의 허전함 같은 걸 많이 느끼곤 하는데, 그런 허전함을 어딘가 꾹꾹 눌러 담아 남기고 싶은 욕망이 글을 쓰게 한 원동력이 된 게 아닐까 생각해요. 방송은 여럿이 힘을 모아 만들어가는 거예요. 절대 혼자서는 할 수 없어요. 아나운서는 방송의 한 부분으로서만 존재하는 것이죠. 그런데 글 쓰는 일은 어떤 글을 언제까지, 어떻게 쓸지 저 혼자 결정하고 진행해야 하니까 제가 가진 모든 것을 다 쏟아 붓게 돼요. 저의 영혼까지 담아낸 완성품이기 때문에 책은 정말로 제 분신 같다는 생각이 들어요.

⊙ **파리에 머무는 2년 동안 오직 이 소설만을 쓰신 건가요?**

사실은 여행기의 다음 편을 쓰기 위해 파리에 머문 거였어요. 한 6개월 동안 시간을 보내다 보니 여행기를 통해 독자들에게 깊은 감동을 주고 진정한 성장이 이루어지는 모습을 보여주기 위해서는 작가로서나 인간으로서나 내 자신이 먼저 성장해야겠구나 하는 생각이 들었어요. 그래서 어디 가서 도를 닦고 수행하는 마음으로 저를 한번 들여다보고 글을 써야겠다는 다짐을 하게 되었죠. 소설은 저로서는 처음 시도해보는 장르이고 또 입체적이고 종합적인 분야라 여행기를 쓸 때와는 전혀 다른 세계로 들어가는 일이었어요. 하지만 꼭 도전해보고 싶은 목표였기 때문에 소설을 먼저 쓰고 여행기를 나중에 쓰기로 한 거예요.

⊙ **이미 여행 작가가 되어 베스트셀러까지 펴냈는데, 굳이 또 소설가가 되고 싶으셨던 이유가 뭔가요? '한 번쯤 몸을 던져볼 수밖에 없는 운명의 폭포였다'라고 고백하셨죠?**

『스페인, 너는 자유다』가 출간되고 나서 그 책을 보면서 글 쓰기를 잘했다는 생각이 들었어요. 안 그랬으면 한동안 주변 사람들을 붙들고 책에 담긴 이야기를 하느라 정신이 없었을 거예요. 그때 제 안에 실타래처럼 엉킨 많은 이야기들이 도사리고 있다는 걸 느낄 수 있었어요. 그러던 중 파리에 체류한 지 반년 정도 흘렀을 무렵인 재작년 가을 어느 날 아침, 에펠탑이 정면으로 보이는 집 앞 카페에서 식사를 하려고 주문을 했는데 갑자기 크루아상 한쪽이 눈에 확 들어오는 거예요. 노릇노릇하고 말랑말랑한 버터의 진한 기름기가 좌르르 흐르는 반달 모양의 빵이었죠. 매일 아침 식탁에 오르는 빵이었는데, 그토록 먹음직스럽게 생긴 빵이었는데 왜 생전 처음 보는 느낌일까 생각했어요. 그러면서 뭔지 모르겠지만 제 마음 속에 터뜨리지 않으면 안 되는 이야기들이 있다는 걸 다시 한 번 절실히 깨달았죠. 결국은 제 문제였던 거예요. 뭐랄까, 제 안에서 막 터져 나올 듯 부글부글 끓고 있는 그런 이야기들이 더 이상 갇혀 있지 않고 자유롭게 분출되도록 해주고 싶었어요. 에세이처럼 머릿속에서 생각의 흐름을 따라 잔잔하게 써 내려가는 그런 글이 아니라, 꽉 차서 곧 넘쳐버릴 것 같은 그런 글의 물꼬를 터줘야겠다고 생각했어요. 아무래도 여행기는 그 나라의 정서를 담아내야 하는 한계가 있기 때문에 그런 제약이 없는 상태에서 오로지 저만의 것을 담아내고 싶었던 거죠. 나만이 할 수 있는 이야기, 손미나만이 쓸 수 있는 소설을 써보고 싶다는 확신, 운명, 어떤 본능적인 직감 같은 걸 거기서 느꼈던 거예요.

⊙ 엄밀히 말하면 정식으로 등단한 소설가도 아니고 문단에서는 무명에 불과한 신인의 첫 소설인데, 신경숙, 김영하, 황석영, 이승우, 김탁환 등 기라성 같은 문인들의 지원과 격려가 책에 소개되고 있습니다. 굉장한 특혜라고 할 수

있을 것 같은데요?

지난 2005년 프랑크푸르트 국제도서전에 우리나라가 주빈국으로
참가하게 되었는데 제가 현장 MC로 한 달 동안 거기서 일을 했었
어요. 바로 그때 한국을 대표하는 많은 문인들을 직접 만나면서 친
분을 쌓을 수 있었죠. 그 뒤 파리에 있을 때도 당시 알게 된 시인이
나 소설가들이 오시면 찾아가 인사도 드리고 이야기도 나누고 그랬
어요. 그러다 소설을 써야겠다고 마음먹은 후 그분들에게 솔직한 심
정을 말씀드리고 조언을 구하게 된 거예요. 그분들로서는 의외일 수
도 있었겠지만 제 진심을 알고 나서 조언과 격려를 아끼지 않으셨어
요. 특히 신경숙 선생님 같은 분은 글을 대할 때보다 훨씬 더 따뜻한
마음으로 용기를 북돋아주셨고, 김영하 선배님이나 김탁환 선생님은
격의 없이 실질적인 도움을 많이 주셨어요. 이분들이 공통적으로 해
주신 이야기는 '시작은 네 마음대로 할 수 있지만 끝내는 것은 네 마
음대로 되지 않을 수 있으니 일단 끝내고 나서 보자'는 것이었어요.

소설 속 인물들이 자석을 들고 나타나 쇠붙이 같은 내 기억들을 쏙쏙 꺼내 썼다

◉ **제목이 여러 가지를 함축하고 있는데…… 직접 정하신 건가요?**

네. 제목을 먼저 정해놓고 글을 쓴 게 아니라 작품을 다 쓴 뒤에 제목을 붙였어요. 처음에는 그냥 미모자만 생각하면서 글을 썼는데, 시간이 흐른 뒤에 좀 허전한 것 같아 문장으로 고쳤죠. 미모자 그림을 그린 화가를 추적해가는 과정에서 장미가 했던 이야기들이 사실은 제가 하고 싶은 이야기들이었어요. 이 소설은 제가 제 자신에게 던지고 있던 질문들에 스스로 답을 찾아나가는 과정이었던 것 같아요. 저는 독자들도 장미가 미모자 그림의 비밀을 찾아가듯이 자기를 찾아가는 시간, 스스로에 대해 생각하는 시간, 숨겨져 있던 나를 만나고 대화하는 시간을 많이 가지면서 이 책을 읽으셨으면 좋겠다는 바람이에요.

◉ **구성이 독특합니다. '장미 1, 2, 3……', '테오 1, 2, 3……'으로 두 연인의 이야기가 나란히 이어지다가 끝에 가서 장미와 테오의 이야기가 랑데부를 하죠. 이런 병렬식 이야기 구조를 의도한 특별한 이유가 있으신가요?**

제가 의도했던 가장 확실한 장치가 바로 그거였어요. 김영하 선배님이 해주신 말씀 중에 이런 게 있었어요. 소설가는 첫 작품부터 트리플 악셀(피겨 스케이팅에서 공중 3회전 반 점프를 이르는 말로 상당히 난이도가 높은 연기다)을 뛰어야 한다고 말이죠. 이걸 쓸 수 있을까, 이런 걸

써도 될까, 하고 고민하고 망설이기 시작하면 소설을 제대로 쓸 수 없다는 말이었어요. 그래서 일단 하고 싶은 걸 다 해보자고 마음먹게 된 거예요. 저는 두 연인의 사랑을 나란히 대비시키면서 이야기를 이끌어가고 싶었어요. 그래서 처음부터 이런 구조를 의도했던 거죠. 국적도 다르고 성별도 다르고 자라온 환경도 다른 이 네 명의 사람들이 묘하게 얽히고설키면서 재미있게 서로 연결되어가는 과정을 그린 거예요. 그런데 이런 구조가 성공하려면 잘 짜인 가구처럼 이가 정확하게 맞아야 해요. 이 소설은 시점도 하나는 일인칭이고 하나는 삼인칭, 화자도 하나는 여자고 하나는 남자, 시제도 하나는 현재형이고 하나는 과거, 현재, 미래를 오가고 있어요. 이걸 다 맞춰가며 글을 쓰는 게 결코 쉬운 일이 아니었죠.

◉ **여행 전문가답게 작품 속에는 니스, 아비뇽, 에갈리에르, 카타케스, 라방두 등 남부 프랑스 지역과 물랭루주, 바스티유 광장, 퐁피두 센터, 노트르담 성당, 상젤리제 등 파리 시내의 그림 같은 여행지가 두루 소개되고 있습니다. 다 직접 다녀보신 곳들입니까?**

거의 직접 가본 곳이에요. 물론 이 작품을 쓰기 위해 간 장소도 있죠. 보니외하고 봄레미모자는 너무 아름다운 곳이라는 말을 주변에서 많이 들었기 때문에 꼭 가보고 싶던 곳이었는데 소설 덕분에 가게 되어 좋았어요. 정말 마음에 드는 고장이었죠. 다른 마을들은 자연스럽게 가보았던 곳인데, 우연치 않게 어떤 영감을 주는 일을 겪었다거나 마을 풍경을 보고 했던 상상이나 몇몇 화가와 얽힌 에피소드들을 글을 쓰면서 하나씩 끄집어내게 된 거예요. 남아프리카공화

국도 제가 아나운서로 일하면서 한 달간 프로그램 진행을 맡은 곳이었거든요. 그런 게 다 도움이 된 거죠. 제 속에 잠재되어 있던 수많은 기억들이 얽혀 있다가 글을 쓰기 시작하자 제가 설정한 소설 속 인물들이 자석을 들고 나타나 이 기억들을 쏙쏙 꺼내 쓰는 신기한 경험을 하기도 했어요. 나중에 편집부에서 책에 지도를 만들어 넣는다고 해서 받아 봤더니 제가 소설 속에서 정말 다양한 곳을 돌아다녔더라고요. 저도 놀랐어요. 그때서야 아, 내가 주인공들을 엄청 괴롭혔구나 하는 걸 깨달았죠.

◉ 소설 속에는 여행지만큼이나 다양한 식당과 식탁이 등장합니다. 첫 장면은 장미가 리옹 역의 전설적인 식당 트랑 블루에 앉아 레아가 즐겨 먹었다는 디저트 프로피트롤을 맛보는 것이고, 마지막 장면은 로베르가 장미에게 "미모자도 한창인데 오랜만에 뱅상과 그 부인을 초대해 함께 저녁이나 먹으면 좋을 것 같아서 말이야"라고 말하는 것입니다. 이처럼 두 쌍의 연인이 환상적인 요리 여행을 즐기는 것 역시 의도적인 장치인가요?

듣고 보니 먹는 장면이 참 많이 나오네요. 그런데 그건 의도한 게 아니라 무의식적으로 그냥 자연스럽게 들어간 거예요. 어제도 어떤 라디오 프로그램에 출연을 했는데, 진행하시는 분이 예전부터 잘 아는 사이라서 그런지 이야기 끝에 이렇게 묻더군요. 이 책에 혹시 먹는 이야기가 많이 나오느냐고요. 제가 워낙 여기저기 찾아다니며 먹는 걸 좋아해서 그런가 봐요. 리옹 역을 자주 가는데 트랑 블루는 워낙 오래된 역사적인 식당이라 일부러 들어가서 식사를 한 적이 있었어요. 그때 굉장히 깊은 인상을 받아서 아, 이런 장소라면 소설에 한

번 들어갈 수도 있겠구나 싶었죠. 그런 다음 실제로 첫 장면을 장미가 트랑 블루에 앉아 있는 것으로 설정하고 나서 세 번인가를 더 갔었어요. 그 후로 웨이터 아저씨랑 아주 친해졌죠.

⊙ 여행과 요리는 떼려야 뗄 수 없는 관계죠?

맞아요. 요리가 빠진 여행은 삭막하죠. 음식을 가리는 사람은 여행을 할 수 없어요. 아무거나 다 잘 먹고 즐길 수 있는 사람만 여행을 할 수 있지 먹는 걸 잘 해결할 수 없는 사람은 어딜 가든 즐거운 여행을 하기가 힘들죠. 제 소설 속에 여러 여행지가 자연스럽게 들어가 있듯이 그 속에서 맛보는 다양한 음식 이야기 또한 아주 자연스럽게 들어가 있는 거예요.

⊙ **사랑과 요리도 여행과 요리만큼이나 밀접한 관계라고 생각해요.**

그렇죠. 소설 속의 두 연인도 이곳저곳 분주히 다니면서 계속해서 맛있는 음식을 나눠 먹죠. 그러면서 점점 더 사랑이 깊어지는 것 같아요. 실제로 저희 어머니가 요리하는 걸 굉장히 좋아하셔서 저도 요리를 좋아하거든요. 그래서 시간이 나면 친구들을 불러 음식을 만들어주기도 하고 그래요. 저에게 음식은 단순히 배를 채우는 대상이라기보다는 다른 사람에게 사랑을 전해주는 매개체로 느껴져요.

⊙ **프랑스 요리를 잘하시나요?**

아뇨. 친한 요리사에게 배우기로 하고 한두 번 수업을 받기도 했는데, 정말 시간이 없어서 계속하기 힘들더라고요. 집중을 해야 하니까요. 이번에 다시 파리로 돌아가면 프랑스 요리도 배워보고, 와인 소믈리에 과정도 한번 밟아볼 계획이에요.

　의문의 죽음으로 미궁에 빠진 레아의 흔적을 찾아 프랑스 여행길에 오른 장미는 리옹 역에서 자서전 집필 자료가 든 가방을 통째로 잃어버리고, 뒤바뀐 가방의 주인인 로베르를 만나 그의 집에서 발견한 미모자 그림에 뭔가 결정적 단서가 있으리라 확신한 두 사람은 그림을 그린 화가의 족적을 찾아 나선다. 그러다가 둘은 점점 서로에게 끌리게 되고, 마침내 이 사랑의 감정은 런던의 한 부르고뉴 지방 음식 전문점에서 꽃피우게 된다. 하늘을 뒤덮은 회색빛 그림자를 뚫고 하얀 눈송이들이 쏟아지는 크리스마스이브의 화려한 만찬이었다.

로베르가 뭔가를 말하려는 찰나 입 안에서 살살 녹을 것 같은 푸아그라와 코코뱅 요리가 테이블에 놓였다. 꼴깍하고 군침 넘어가게 만드는 이 냄새. 오동통하게 살이 오른 영계의 살점에 적당히 스며든 와인소스와 각종 허브 향. 로베르가 코트 드 프로방스 생트 마르그리트 샤토의 화이트 와인을 내게 한 잔 따라주고 자기 잔도 채웠다. (……)

"오늘 같은 날…… 나와 함께 있어줘서 고마워요. 당신이 아니었더라면 난 지금쯤 보니외의 집에서 혼자 파스타나 만들어 먹다가 이런저런 생각에 빠져 밤을 지새웠을 거예요. 나로선 정말 최고의 크리스마스이브예요."

(……) 푸아그라와 가지 페스토 샐러드, 코코뱅으로 푸짐하고도 맛난 성탄 이브 저녁 식사를 마친 우리는 식당을 나와 길 건너편에 있는 펍으로 자리를 옮겼다. 빅토리아 여왕 시대의 실내장식을 그대로 유지하고 있는 올드 펍.

(……) 로베르가 다시 한 번 그의 맥주잔을 들어 목을 축였다. 나도 따라 한 모금, 유기농 맥주의 쌉싸름하면서도 구수한 맛을 음미해본다. (……)

"……나, 당신을 사랑하게 된 것 같아요."

"오, 로베르……."

(……) 어쩌면 우리는 이미 오래전부터, 아니 처음 보았던 순간부터 눈빛으로, 손짓으로 사랑한다 말하고 있었을지도 모른다. 점점 더 깊이 내게로 들어오는 그, 다시 그를 놓아주고 싶지 않은 나. 하지만 나는 아직 모른다. 내가 정말 오랜 짐을 내려놓고서 그와 함께 길을 떠나고 싶은 것인지.

저는 그렇게 믿고 싶어요.
　　운명적인 사랑이 분명히 있다고. 아직은.

◉ 바닷가 백사장 위에서 장미가 로베르에게 자신의 속내를 털어놓습니다. "아무리 노력해도 잡히지 않는, 그래서 날 정말 미치게 하는…… 다른 건 다 필요 없고 바라는 것은 오로지 그것 하나밖에 없는데 하필 그것만 내 인생에 허락되지 않은 것 같은 느낌, 그 절실함과 안타까움…… 로베르, 당신은 혹시 그런 느낌을 아나요?" 오랫동안 간직해왔던 장미의 절규입니다. 이런 느낌은 인간이라면 누구나 가지고 있는 근원적인 아픔 아닐까요?

장미의 고백은 저의 고백이기도 하고 모든 독자들의 고백이기도 해요. 저 사람은 다 있을 것 같고 모든 걸 갖췄을 것 같고 당연히 행복할 것 같아도 실상은 그렇지 않거든요. 그런 사람은 정말 없어요. 저마다 자기만의 아픔과 고통들이 있는 것이죠.

◉ 엇박자로 나아가던 테오와 레아의 사랑도 콩코르드 광장의 관람차 안에서 드디어 결실을 보게 됩니다. 그전에 테오가 이렇게 말하죠. "우주적인 움직임에 의해 운명 지어지는 것…… 그런 게 사랑일 거라는 생각이 들었어요. 나이나 국적, 신분, 하는 일…… 뭐 그런, 사회가 만들어놓은 기준이랑 상관없이 인간의 마음을 움직이는 힘은 따로 있다는 그런 생각. 거부할 수 없는…… 그러니까 말 그대로 잃어버린 반쪽을 찾은 것처럼, 자물쇠에 꼭 맞는 열쇠를 찾은 것처럼, 운명적으로 사랑에 빠지는 상대가 존재할 것 같아요…… 당신은 어떻게 생각해요?" 정말 어느 날 갑자기 벼락처럼 찾아오는 운명적인 사랑이

있다고 믿으시나요?

테오의 말은 어느 날 갑자기 한순간에 찾아온 것 같지만 옛날부터 어떤 우주적인 움직임이 있어왔기 때문에 그 운명에 의해 지금 여기서 사랑이 이루어지는 거라는 이야기예요. 저는 그렇게 믿고 싶어요. 운명적인 사랑이 분명히 있다고. 아직은. 어쩌면 제가 그런 운명적 사랑을 만나지 못해서, 그걸 바라기 때문에, 그런 사랑이 있다고 테오의 입을 빌려 이야기한 것인지도 모르죠. 우리가 소설을 읽으면서 대단한 지식을 얻거나 교훈을 얻지는 못한다 하더라도 한 번쯤 멋진 꿈을 꿀 수는 있잖아요? 저는 사람들에게 사랑에 관한 그런 아름다운 꿈을 꾸게 해주고 싶었어요.

⊙ 프로방스 에갈리에르 마을 농장 할머니가 가지고 있던 고흐의 사라진 그림을 손에 넣기 위해 최성렬 회장은 딸을 이용해 이 그림을 밀반입하려다 끝내 레아를 구렁텅이로 밀어 넣게 됩니다. 아무리 욕망에 눈이 멀었다 해도 아버지를 너무 잔인하게 그린 건 아닐까요?

맞아요. 어떤 기자는 저에게 아버지와 사이가 안 좋으냐고 물으시더라고요. 그런 건 아니고 레아라는 여자가 너무 많은 걸 가지고 있는 사람이기 때문에 남다른 어떤 치명적인 아픔을 갖고 있지 않고서는 테오를 선택할 수도, 그와의 사랑을 지켜갈 수도 없을 거라고 생각했어요. 그래서 레아에게 그런 아픔을 주는 존재로 아버지를 설정하게 된 거죠.

⊙ 프랑스와 스페인 국경 지대인 카타케스의 절벽에서 추락해 사망한 것으로 알려진 레아가 사실은 아버지의 그늘에서 벗어나기 위해 신분을 바꿔 테오와 함께 봄레미모자 마을과 포르크로 섬 등에 숨어 살게 됩니다. 장미는 결국 이 두 사람의 비밀을 밝혀내게 되지요. "믿을 수 없는 사실에 온몸이 떨려오고 점점 더 많은 눈물이 쏟아졌지만, 오랫동안 가슴 깊이 억눌려 있던 것들이 다 터져 나오는 것 같은 시원한 느낌이 들었다. 그것은 두 사람의 사랑에 대한 놀라움과 감동, 날아가버린 내 꿈에 대한 슬픔과 회환, 그들의 비밀스러운 인생을 지키게 된 나의 선택에 대한 기쁨, 그 모든 것이 뒤섞인 눈물이었다." 테오와 레아의 사랑을 지켜주면서 로베르와 자신의 사랑을 확인한 장미의 눈물로 저는 소설이 아름답게 끝났다고 생각했어요. 그런데 훗날 영화배우로 성공한 테오가 방송국에서 토크쇼를 하는 장면이 마지막에 소개됩니다. 이 부분은 너무 친절한 뒷정리가 아닐까 하는 생각이 들더군요.

그 부분은 처음에 계획한 대로 쓴 것이긴 한데 나중에 그냥 빼버릴까 생각한 적도 있어요. 말씀하셨듯이 그 부분이 없어도 소설 전체 흐름에 큰 지장이 없거든요. 아무래도 뒷맛이나 여운이 너무 적은 것 같아서 고민을 좀 했었죠. 그런데 저는 장미를 꼭 성공한 작가, 자기 이름을 당당히 내걸고 베스트셀러를 쓴 소설가로 만들어주고 싶었어요. 겉보기에는 테오가 유명 배우로 성공해서 파리 방송국 스튜디오에서 인터뷰를 하며 스포트라이트를 받는 것 같지만, 사실은 그의 이야기를 담은 소설을 펴내 일약 베스트셀러 작가가 된 장미의 성공을 그린 장면이거든요. 그 부분이 너무 친절한 뒷정리처럼 보였다면, 그건 순전히 장미에 대한 제 개인적인 애정 때문일 거예요.

⊙ **손미나 씨만이 쓸 수 있는 소설 혹은 앞으로 소설가로서 걸어가야 할 자신만의 길을 이번 작품을 통해 찾아내셨나요?**

글쎄, 그런 것까지는 잘 모르겠지만…… 첫 소설을 완성하고 나서 제가 어떤 사람인지 좀 더 알게 됐어요. 그동안 저에 대해 미처 생각하지 못했던 부분들을 새롭게 들여다보게 되었다고나 할까요. 작품을 쓰면서 깨달았어요. 이것이야말로 저와 저의 삶, 저를 둘러싼 모든 것을 사랑하는 길이라는 것을 말이죠. 1년 반 동안 외롭게 나와의 싸움을 해나가면서 누구에게도 제가 소설을 쓰고 있다고 말하지 못했어요. 혹시 쓰다가 다 끝내지 못하게 될까 두려워서였죠. 도저히 책으로 낼 수 없는 이야기가 나올지도 모르잖아요. 하지만 이제는 굉장히 자유로워지고 편안해졌어요. 반드시 해야 할 일을 드디어 해낸 기분이에요. 이제는 정말 이 길이 제가 가야 할 길이라는 걸 알고 스스로 그 길 위에 섰으니까 뚜벅뚜벅 걸어가야죠. 다음 소설도 빨리 쓰고 싶어요. 진짜 이상해요. 여행 에세이는 처음에 쓸 때 너무 힘들어서 다 쓰고 나면 다시는 쓰고 싶지 않은 기분이 들다가 차츰 시간이 지나면서 또 쓰고 싶은 마음이 들었었는데, 이번에는 원고를 다 쓰고 돌아서자마자 다음 이야기가 또 쓰고 싶어지더라고요. 제게 는 참 소중한 경험이었어요. 앞으로도 계속 여행하면서 에세이도 쓰 고 틈틈이 소설도 쓴다면 제가 점점 더 성장해가는 모습을 독자분들 께 보여드릴 수 있지 않을까 생각해요. 그러다 보면 언젠가 손미나 만의 소설이라는 게 나타나지 않을까요?

"소설가는 첫 작품부터 트리플 악셀을 뛰어야 한다"는 선배의 말 을 곧이곧대로 실천에 옮긴 그녀는 두려움이 없어 보였다. 이제 겨 우 첫 번째 소설을 썼을 뿐이지만 그녀의 소설 속에 나타난 다채로 운 이국적 정취와 세계 어느 나라 사람이든지 보편적으로 느낄 수 있는 섬세한 감정과 정서, 그리고 글을 읽으면서도 누군가의 말을 듣는 것 같은 독특한 구어체 문장 등은 작품의 편수가 더해갈수록 무서운 내공의 힘으로 발휘되리라는 기대를 갖게 했다. 더군다나 영 어, 프랑스어, 스페인어에 능통한 그녀가 지구촌 곳곳을 누비며 많 은 사람들을 만나고 다양한 경험을 쌓아 이를 소설 속에 녹여내고, 직접 자신의 소설을 외국어로 현지에서 출간하게 된다면 그 지평의 확장은 가늠하기 어려울지도 모른다는 생각까지 들었다.

개인적으로 이 소설을 읽으며 두 편의 영화가 떠올랐다. 테오와 레아가 파리 시내를 누비며 사랑을 발견하고 키워가는 모습은「퐁네프의 연인들」과 많이 닮아 있었다. 미쉘과 알렉스의 처지가 테오와 레아에 비해 많이 불우했던 것 외엔 모두 파리가 사랑의 도시라는 걸 또렷이 증명해주는 이야기들이다. 장미와 로베르의 사랑 또한 크리스마스이브의 화려한 만찬으로 결실을 맺게 되었다는 점에서「매디슨카운티의 다리」에 나오는 로버트 킨케이드와 프란체스카 존슨의 저녁 식사를 떠올리게 했다. 사랑은 시대와 지역과 장르를 뛰어넘어 모든 사람들을 감동시키는 마력의 언어라는 사실을 새삼 확인시켜준 작품이다.

언젠가 기회가 되면 겨울이 끝나갈 즈음 마을 전체가 노란 숲 속에 폭 싸여버린다는 봄레미모자 마을과, 바다 한가운데 떠 있는 평화 그 자체라는 코트다쥐르 해안의 포르크로 섬을 꼭 한번 가보고 싶다. 물론, 사랑하는 아내와 함께.

. . .

손미나는 고려대 서어서문학과를 졸업하고 스페인 바르셀로나 대학 언론학 석사 과정을 마쳤다. 1997년 KBS에 입사해 간판 아나운서로 자리매김한 그녀는 어느 날 갑자기 잘나가던 직장에 사표를 내고 세상을 누비는 여행 작가로 변신한다. '자유의 아이콘'이 된 그녀의 행보에 사람들이 박수를 보내는 이유는 남다른 용기와 도전 정신 때문이다. 첫 소설『누가 미모자를 그렸나』를 통해 그녀는 피해 갈 수 없는 인생의 파도 앞에 놓인 미미한 존재로서 인간의 갈등과 고뇌를 극복하는 데는 반드시 사랑과 용기가 필요하다는 것을 보여준다. 그동안 쓴 책으로『스페인, 너는 자유다』, 『태양의 여행자』, 『다시 가슴이 뜨거워져라』 등이 있으며, 번역한 책으로『엄마에게 가는 길』, 『연필 하나』 등이 있다.

백영옥
© 권용상
왜 세상 모든 여자들은 다이어트의
노예가 되어 살아가는 걸까?
『다이어트의 여왕』

　3년쯤 사귄 애인 하정민의 입에서 어느 날 예고도 없이 이런 말이 툭 튀어나왔다. "우리 헤어지자!" 휘청, 다리가 흔들렸지만 나는 쿨하게 대답했다. "그래, 헤어져." 구차해지고 싶지 않았다. 하지만 그 말을 내뱉는 순간부터 후회가 시작됐다. 나는 내가 남자 친구로부터 헤어지자는 말을 들을 정도로 뚱뚱하다고 생각한 적이 없었다. 나는 요리사다. 그것도 실력 있고 잘나가는. 요리사로 성공하기 위해 나는 더 건강해져야 했고, 하루 열다섯 시간씩 서서 일할 수 있도록 체력을 키워야 했으며, 어떤 것이든 먹고 정확한 맛을 그려내야만 했다. 다이어트란 요리사의 직업윤리를 망각한 철없는 짓일 뿐이었다.

　그러나 일방적으로 이별 통보를 받은 여자에게 자존심이나 자의식은 사치에 불과했다. 나는 하정민의 입에서 후회의 탄식이 나오도록 텔레비전에 나오는 여자들처럼 날씬한 미녀가 되고 싶어졌다. 내가 친구 김인경이 작가로 일하는 방송국의 한 다이어트 프로그램에 출연하기로 결심한 건 단지 친구의 집요한 설득 때문만은 아니었다. 나는 레스토랑 퍼플에 사표를 내고 '다이어트의 여왕'이라는 3개월짜리 합숙 프로그램에 참가했다. 우승 상금은 1억 원, 참가자는 모두 열네 명. 당시 내 몸무게는 98.3킬로그램이었다. 각기 다른 사연과 성격을 가진 열네 명의 여자들은 우승을 차지하기 위해 피를 말리는 대혈전에 돌입한다.

불굴의 의지를 가진 여인

⊙ **패션 잡지에서 레스토랑 담당 기자로 일하셨다고 들었어요.**

그 전에 한 인터넷 서점에서 에디터로 일했어요. 요리책 분야를 담당하는 에디터였죠. 그때가 2000년대 초반이라 인터넷 서점이 막 생겨날 무렵이었어요. 지금 인터넷 서점 MD들은 책을 파는 게 주된 임무지만 당시는 책을 읽고 좋은 책을 선정해서 보여주는 역할을 주로 했어요. 그래서 요리책을 참 많이 읽었죠. 그 후 지금은 없어진 레스토랑 전문 잡지에서 필자로 일하다가 패션 잡지로 옮겨 계속 그쪽 일을 하게 된 거예요.

⊙ **그러면 나름대로 좋은 레스토랑을 판별하는 기준이 있으실 것 같은데요.**

고백하자면 사실 저 레스토랑에 잘 안 가요. 별로 좋아하지도 않고요. 집에서 먹는 걸 훨씬 좋아해요. 물론 좋은 레스토랑에 가서 음식을 먹고 사람들이랑 이야기하고 그런 걸 싫어하지는 않지만 그냥 집에서 정갈하게 먹는 게 더 좋더라고요. 갈수록 '베이직'한 걸 선호하게 되는 것 같아요. 패션도 왜, 굉장히 전위적인 옷들이 많잖아요. 그러다가 결국에는 다시 단순한 스타일로 넘어오더라고요. 저도 좀 그런 것 같아요. 좋은 쌀을 쓰고 좋은 장을 쓰는 집이 좋아요. 밥과 국과 반찬의 차림새가 과하지 않고 기본에 충실한 식당이 좋은 식당이란 생각이 들어요. 서양 요리로 치자면, 좋은 오이나 좋은 오일, 좋은 머스터드, 좋은 발사믹 식초가 있는 그런 식당이요.

⊙ 직장 생활을 하다가 어느 날 갑자기 다 그만두고 작가가 되기로 결심한 이유는 뭔가요?

아니, 그게 순서가 잘못된 거예요. 저는 작가가 못 돼서 그렇게 여러 가지 일을 한 거지 그런 일을 하다가 어느 한순간 작가가 되려고 한 게 아니에요. 아주 오래전부터 작가가 되고 싶었어요. 지금 같으면 그렇게 무모하게 신춘문예에만 응모하지는 않았을 거예요. 하지만 그때 제가 알고 있는 작가가 되는 길은 오로지 신춘문예뿐이었고, 그래서 될 때까지 응모를 한 거죠.

⊙ 인터넷 서점과 잡지사를 다니면서도 계속해서 신춘문예에 응모를 하신 건가요?

당연하죠. 쉬지 않고 계속 시도했어요. 그런데 그게 잘 안 된 거죠.

⊙ 다른 길을 거쳐 작가의 길로 접어든 게 아니라 작가의 길을 가기 위해 다른 길을 거쳐온 거군요?

네. 그래서 사람들이 저를 보고 불굴의 의지를 가진 여인이라고 말하곤 해요. 대개 그 정도로 많이 떨어지면 포기할 것 같은데 저는 좀…….

⊙ 어떤 인터뷰 기사를 보니까 신춘문예에 백 번 정도 떨어진 것 같다고 말씀하셨더라고요.

그 정도로 많다는 의미죠. 세보면 그보다 더 많을지도 모르지만……. 대학교 1학년 때부터 응모를 시작해서 서른셋에 등단했으니

13년 동안 응모를 한 거예요. 중요한 건 서른세 살 때 당선이 돼서 끝이 난 거지 안 됐더라면 아마 지금까지도 계속하고 있었을 거예요. 저는 목표랑 꿈은 다른 거라고 생각해요. 우리나라 사람들이 대게 '다르다'와 '틀리다'를 혼용해서 쓰잖아요. 그리고 노는 것과 쉬는 것도 잘 구별하지 못하는 것 같아요. 저는 작가가 되는 게 목표가 아니라 꿈이었어요. 목표라는 건 수정이 가능하잖아요. 내가 서울대를 목표로 했는데 도저히 안 되겠다 싶으면 다른 대학으로 목표를 바꿀 수가 있는 거죠. 그런데 소설가가 못 되니까 드라마 작가나 하자, 이런 건 안 되는 거잖아요. 저는 꿈이 작가였어요. 원래 이야기하는 걸 좋아하고 책 읽는 걸 워낙 좋아해서 작가가 되겠다고 아주 오래전부터 정했었어요.

단팥빵, 짬뽕 그리고 김밥

⊙ 얼마 전 한 일간지에 쓰신 에세이를 읽었어요. 팔다 남은 케이크를 안주 삼아 소주를 마시던 어느 빵집 아저씨에 관한 글이었는데, 점점 사라져가는 동네 빵집이나 가게 등에 대한 아쉬움을 애절하게 표현하셨더군요.

실은 아쉬움보다 분노에 가까워요. "서울은 사라지는 가게들의 도시다"라고도 썼지만, 자영업자들의 몰락이랄까, 이런 현상들을 보면 굉장히 속상해요. 저는 도시 행정에 관해 잘 몰라요. 하지만 도시가 이렇게 거대한 프랜차이즈로 변해간다는 건 대단히 심각한 문제라고 생각해요. 지나치게 폭력적으로 바뀌는 거죠. 언젠가 친구들로부터 충무에 갔을 때 충무김밥을 먹으려고 찾아다니다 없어서 결국 김밥 천국에 들어가 참치김밥을 먹었다는 이야기를 들은 적이 있어요. 아니, 어떻게 시골이고 도시고 간에 놀부부대찌개, 김밥천국, 패밀리마트, BBQ치킨 등 온통 대기업 프랜차이즈뿐이냐고요. 작은 가게가 하나씩 문을 닫는다는 건 골목이 없어진다는 거거든요. 도시에 거대한 쇼핑몰 하나가 생기면 수백 개의 골목이 사라져버려요. 유년 시절 골목에서 뛰놀며 갖게 된 추억들이 골목의 파괴와 더불어 점점 없어지는 것이죠.

◉ **서울에서 군산까지 단팥빵을 먹기 위해 갔다 오신다고요?**

아, 군산에 가면 '이성당'이란 빵집이 있어요. 굉장히 오래된 동네 빵집이죠. 제가 그 집 빵을 아주 좋아해요. 그리고 그 옆에 '복성루'라

는 짬뽕집이 있는데요, 거기 짬뽕 맛이 기가 막혀요. 그걸 먹으러 생각나면 가는 거예요.

⊙ **최근에 출간된 『소울푸드』라는 책을 보니, 소설가가 된 이후 가장 많이 먹은 밥이 주먹밥이라고요?**
맞아요. 요즘도 자주 먹어요. 왜냐하면 빨리 만들어서 가장 맛있게 먹을 수 있으니까요.

그녀는 신춘문예 당선을 위해 노량진 고시촌에서 잠깐 생활한 적이 있었다. 성공을 꿈꾸는 젊은이들이 고시를 목표로 사투를 벌이는 그 치열한 현장 속에서 그녀는 작가의 꿈을 이루기 위해 홀로 소설 속을 유영하고 있었다. 그 무렵 새벽 4시에 거리에 서서 어묵 국물과 함께 먹던 천 원짜리 주먹밥이 그녀의 소울 푸드라고 했다. 그 천 원짜리 주먹밥이야말로 삶의 무게에 지친 청춘들의 허기를 채워주는 생명의 밥이었을 것이다.

"천 원짜리 한 장이 인생의 가장 힘든 때를 보내고 있는 사람들의 끼니를 해결해주고 있다는 생각에 울컥했다."

그녀는 이렇게 썼다. 그러면서 한마디 덧붙였다.

"허기란 우리 삶에 대한 가장 거대한 은유다."

⊙ **식당에서 식사를 자주 하다 보니 비싸고 좋은 재료로 만든 화려한 외식보**

다는 집에서 엄마가 만들어준 소박한 식사에 대한 열망과 향수가 점점 강렬해
진다고 말씀하셨죠? 결국 엄마표 밥상이 최고의 밥상이란 이야기인가요?

음…… 그런데 저는 그런 말을 굉장히 싫어해요. 정말 무슨 모범 답
안 같지 않아요? "돈 많으신데 뭐 하실 거예요?"라고 물으면 "불쌍한
사람들을 도와주고 싶어요"라고 대답하는 거나 마찬가지죠. 뭔가 좀
솔직한 것 같지가 않아요. 하지만…… 그럼에도 불구하고 뭔가 색다
른 관점을 가진 이야기보다는 좀 밋밋하더라도 맞는 이야기니까 그렇
게 말한 거예요. 미국의 유명한 레스토랑 '다니엘'에서 근무했다는 셰
프가 만든 송로버섯을 얹은 송아지 스테이크나, 도쿄의 '알랭 뒤카스'
에서 근무했다는 요리사가 만든 특제 소스에 졸인 기름진 푸아그라,
그리고 스페인의 '엘 불리'의 비법을 전수받았다는 청담동의 한 레스
토랑에서 말도 못하게 비싼 분자 요리(음식의 질감과 조직, 요리 과정을 과

학적으로 분석해 새로운 맛과 질감을 개발하는 요리)를 먹어보기도 했지만
바깥일 하느라 늘 바빴던 엄마가 부엌에서 집된장으로 보글보글 끓인
된장찌개나 국물 없이 자박자박 조린 김치찌개에 갓 지어 김이 모락
모락 나는 밥과 김치뿐인 밥상이 훨씬 더 맛있고 그리운 게 사실이에
요. 저희 아빠가 외식업을 하시는데, 딸이 작가라면서 매번 이런 글만
쓰고 있어서 사업에 전혀 보탬이 안 된다고 싫어하세요.

⊙ **어떤 종류의 외식업이죠?**

갈빗집을 하고 계세요.

⊙ **어렸을 때부터 고기를 많이 드셨겠네요?**

그랬을 것 같죠? 하지만 저는 고기를 별로 좋아하지 않았어요. 다만
먹는 것에 아낌없이 투자할 정도로 미식의 즐거움을 공유하는 집안
에서 태어났을 뿐 아니라 아버지 식당 주방에서 요리사들이 칼을 들
고 다듬고 썰고 분해하는 모습을 많이 보면서 자랐기 때문에 어려서
부터 요리하고 음식 만드는 일에 관심이 아주 많았어요.

자기 몸을 사랑하지 않고
　　거울 앞에서 재단하는 사람들

⊙ **『다이어트의 여왕』에서 방송국 최 PD는 프로그램 시작 전에 참가자 열네**

명 앞에서 오리엔테이션을 하며 이렇게 말합니다. "뚱뚱하다는 건…… 말 그대로 게으름의 다른 말이죠. 2008년 대한민국에서 발바닥에 땀나도록 열심히 사는 사람들은 뚱뚱하지 않습니다." 이 말 속에 우리 사회가 뚱뚱한 사람들에게 갖는 모든 편견과 오해가 다 들어 있는 것 같습니다.

저는 다이어트나 비만의 문제가 개인의 문제라고 생각하지 않아요. 개인의 문제라고 생각했다면 이런 소설을 쓰지도 않았을 거고요. 이건 굉장히 사회적인 문제이고 질병이라고 생각해요. 미국에서 비만한 사람들의 대부분은 흑인이나 히스패닉 쪽이에요. 비만의 원인은 부모의 돌봄을 못 받고 자라난 아이들이 주로 값싼 패스트푸드를 먹고 자라기 때문이라는 거죠. 우리나라만 봐도 신선한 유기농 제품은 가격이 얼마나 비싸요. 제일 싼 건 패스트푸드죠. 맥도날드 햄버거는 2시 이전에 가면 3천 원에 하나를 먹을 수 있어요. 그런데 하다못해 시금치 한 단도 마트에서 3천 원씩 하거든요. 두부 한 모에 1,500원에서 2천 원씩 해요. 흔히 건강을 위해 제철 과일과 제철 채소를 많이 먹으라고 이야기하는데, 실질적으로 그걸 먹을 수 있는 여건이 안 된다는 거예요. 따라서 이건 계층의 문제가 되는 것이죠. 비만이라는 건 개인이 게으르고 못나고 성실하지 못해서 생기는 게 아니라 이런 빈부 격차에 따른 계층 간의 문제이고 사회 전체의 문제라는 이야기예요. 최 PD는 사실 제가 하고 싶었던 이야기의 반대편 논리를 말하고 있는 거예요. 저는 좀 더 구조적인 이야기를 하고 싶었어요. 인간의 몸을 왜곡하는 미디어라든가 패션 산업이라든가, 이런 것들 있죠. 그런 것에 의해 강요되다 보니까 여자들이 자기 몸을 싫어한단 말이에요. 증오한다니까요. 거울 앞에서 자기 몸을 막 재단해

요. 배도 좀 들어가야겠고, 볼살도 좀 빠져야겠고, 다리도 좀 날씬해
져야겠고…… 이런 식으로 생각하죠. 내 몸을 있는 그대로 받아들이
고 사랑하는 사람이 의외로 거의 없어요. 이건 어떤 지식의 유무나
페미니스트가 쓴 글이나 인문학 서적을 읽고 안 읽고 하는 문제와는
전혀 상관없는 아주 즉흥적인 반응이에요. 각도를 잘못 잡고 찍은
여배우 사진 하나가 인터넷에 올라가면 얼굴이 너무 후덕해졌으니,
임신을 했느니…… 각종 루머들이 생겨나죠. 저는 이 소설을 통해
이런 현상에 대해 말하고 싶었어요. 소설을 쓰면서 다이어트 서바이
벌 프로그램을 만드는 작가도 만나고, 거기 참여했던 출연자도 만났
었어요. 그분들을 취재하다 보니 의지가 약한 분도 있고, 정말 자기
강령을 이렇게 늘어놓는 분도 있지만 좀 더 본질적으로 들어가보면
그건 개인의 기질이나 성향의 문제라기보다는 구조적인 문제가 훨
씬 더 많다고 느꼈어요. 요즘은 남자들도 그렇잖아요. 복근이니, 몸
짱이니. 이제는 남자들도 몸에 대한 왜곡된 스트레스를 많이 받게
된 것 같아요.

◉ '다이어트의 여왕' 프로그램에 참여한 열네 명의 참가자들이 각기 독특한
사연과 개성을 가지고 있는 것은 이런 구조적인 문제를 드러내기 위해 만들어
낸 의도된 다양성인가요?

그렇다고 할 수 있죠. 제가 이 소설을 출간하고 나서 인터뷰를 많이
했는데, 우연찮게 문학 담당 기자들 중에 젊은 여자들이 많았어요.
제가 작품을 쓰고 나서 민감할 때라서 더 그렇게 느꼈는지 모르겠지
만 여기자들 대부분이 아메리카노를 마시더라고요. "시럽 넣어 드릴

까요?" 하면 대개 "아니요"라고 말하고 그냥 마시더군요. 그런데 사실 우리 몸은 자연스럽게 단 것을 추구하게 되어 있어요. 어린애들은 단 거 되게 좋아하잖아요. 설탕이 들어가 있지 않고 느끼한 것, 이를테면 녹차 같은 거, 그 비릿한 맛을 처음부터 좋아하는 사람이 어디 있느냐는 말이죠. 그게 건강에 좋고 몸도 순화시켜주니까 좋아해야 한다는 식으로 학습을 받는 거예요. 이렇듯 식성조차도 다이어트나 심리적 차원에서 영향을 받고 있는 거죠. 얼핏 자기가 원래 그런 걸 좋아하는 취향인 것 같지만, 사실은 강요당한 취향일 뿐이에요. 그게 뭔가 세련된 것 같고, 살도 덜 찌는 것 같으니까. 그렇잖아요? 어떤 사람은 일반 콜라를 마시고 어떤 사람은 다이어트 콜라를 마시는 것처럼 말이에요.

◉ **열네 명의 참가자들에게 단계별로 과제가 주어지면서 하나씩 떨어져나가죠. 마지막에는 최단비와 정연두만 남게 되지만 이 과정에서 처절한 이전투구가 벌어집니다.**

저는 정연두가 다이어트의 여왕이 되는 과정보다 다이어트의 여왕이 된 이후의 이야기를 하고 싶었어요. 전 늘 그게 궁금했거든요. 오늘 아침에 일어나서 스마트폰으로 기사를 하나 클릭했는데, 〈개그콘서트〉라는 방송 프로그램에서 헬스걸이 살을 뺐다는 내용이었어요. 굉장히 뚱뚱한 여자 두 명이 살을 빼서 엄청나게 날씬해졌다는 거예요. 4주인가 8주 만에 무려 30킬로그램을 뺐다나요. 이런 게 메인 뉴스로 뜨는 게 지금 우리나라 현실이에요. 사실은 사람의 몸이 살이 쪘다 줄었다 하는 것만큼 드라마틱한 것도 없잖아요. 제가 이 소설을 쓰게 된 첫 번째 계기는 아, 저렇게 살을 많이 뺐는데 저 사람이 10년 후에는 어떻게 되어 있을까, 문득 그게 궁금했어요. 정말 저 몸을 그대로 유지할까, 아니면 몸이 또 불어나진 않을까, 뭐 이런 것들이 알고 싶었던 거죠. 말하자면 다이어트 여왕의 후기가 궁금했던 거예요. 그들의 삶이 얼마만큼 바뀌었을까? 자기 몸의 살을 덜어낸 것만큼 그 사람의 삶에 어떤 변화가 있었을까? 이런 것들에 대한 호기심으로 글을 쓰기 시작했던 거죠. 저는 원래 몸이나 욕망과 관련된 문제에 늘 관심이 있었어요. 제 단편집에도 몸과 관련된 이야기가 끊임없이 나와요. 「고양이 샨티」가 초기 단편인데 거기서도 실제로 자기 살을 칼로 잘라내는 장면이 나오죠.

살만 빼면 다 행복해지나요?

◉ 요리사 정연두가 실연의 상처를 극복하기 위해 다이어트 게임에 참여해서 좋은 결과를 얻게 되고 다른 사람들도 제각기 게임을 통해 어떤 변화를 추구하게 되지만, 나중에 이들이 다시 만났을 때 본성적으로 변한 건 아무것도 없다는 걸 깨닫게 됩니다. 살을 뺐을 때가 살이 쪘을 때보다 훨씬 더 행복한 것 같지도 않고요. 결국 살을 뺐다 줄였다 하는 문제가 사람들의 삶에 어떤 근본적 영향도 미치지 않는다는 메시지를 던져주고 있는 건가요?

그렇죠. 제가 던진 질문은 이거예요. '살만 빼면 다 행복해지나요?' 그건 마치 부모님들이 "야, 너 대학만 가면 멋진 애인도 생기고 잘생

긴 남자들이 줄줄 따라다니게 돼”라며 말도 안 되는 판타지를 심어
주는 거나 마찬가지예요. 흔히 “네가 살만 빼면 얼마나 예뻐지고 행
복해지는 줄 알아?”라고 말하지만, 그게 살만 빼서 되는 게 아니잖아
요. 하다못해 사과만 먹는 다이어트를 하면 부작용이 얼마나 심한데
요. 인간의 몸이 그렇게 단순하지 않거든요. 인간의 정신은 더 그렇
죠. 살을 빼면 훨씬 더 행복해지고, 열등한 인간에서 좀 더 나은 인
간으로 변하리라는 건 애초에 판타지라고 생각해요. 사람은 그렇게
쉽게 변하지 않아요. 변한 척할 수도 있고, 한순간은 변한 것처럼 느
껴질 수도 있겠지만 결국은 변하지 않아요. 저는 한 인물을 묘사할
때 그의 내면을 과거의 트라우마에서 찾는 방식이 좀 구태의연하다
고 생각했어요. 이 사람이 과거에 학대를 받았기 때문에 지금 뚱보
가 됐다는 식의 표현은 너무 진부하다는 거죠. 정연두는 어린 시절부
터 뚱뚱하다고 놀림을 받은 적도 없고, 집에서 뚱뚱하다고 뭐라고 했
던 사람도 없었어요. 굉장히 큰 체격이었음에도 불구하고 스스로를
사랑하고 자부심을 갖고 살아가던 사람이었거든요. 요리사라면 응당
체력도 좋아야 되고 잘 먹어야 되니까요. 어떻게 보면 정연두의 트
라우마는 ‘다이어트의 여왕’이라는 프로그램에 투입되면서 인위적으
로 이식된 거예요. 그러니까 전 트라우마가 사육되는 방식을 제 나름
대로 한번 그려보고 싶었어요. 결국은 구조에 대한 이야기를 한 개인
을 통해서 하고 싶었던 거예요. 많은 사람들이 게으르고 의지박약해
서 자기 몸을 관리하지 못한다는 죄책감을 갖고 살아가죠. 전 정말
이렇게 말하고 싶어요. 당신들이 뚱뚱해서 그런 게 아니다, 당신들의
몸에 대해 죄책감을 가질 필요가 없다, 당신의 몸은 충분히 아름답

다……. 사람들이 자기 몸을 덜 미워하고 덜 학대했으면 좋겠어요.

⊙ **지금 쓰고 계신 작품은 어떤 건가요?**

중국에서 가장 큰 인터넷 사이트인 신아닷컴과 국내 포털 사이트에서 동시에 연재하는 소설을 준비 중이에요. 한국 인터넷 사이트는 아직 확정되지 않았어요. 두 나라 인터넷에 동시에 연재하는 건 제가 처음이에요. 중국은 사회주의국가잖아요. 그래서 검열의 문제가 약간 있어요. 너무 체제 비판적이라거나 과도한 섹스 장면이 있다거나 그러면 검열에 걸리게 되죠. 그렇기 때문에 연재 전에 전문을 다 번역해서 봐야 해요.

⊙ **어떤 내용입니까?**

시간과 공간에 관한 건데…… 실연당한 사람의 이야기예요. 연재 끝나면 2012년 안에 책이 나올 것 같아요. 중국하고 동시에 출판될 예정이에요.

'다이어트의 여왕' 프로그램에 참여했던 슈즈 디자이너 송준희는 이렇게 외쳤다.

"전 아름다움이 지식보다 앞선다고 생각해요. 앞서죠, 당연히! 그것도 훨씬 더 우월하다구요. 쇼펜하우어나 소크라테스가 매력 없는 뚱땡이였던 거 모르시죠? 그 사람들이 잘생기고 섹시했다면 아마 연애하느라 바빠서 그런 어려운 철학이나 이론 따위 만들지도 않았을 거예요. 쇼펜하우어는 염세주의 어쩌구 하면서 자살할 것 같은 우울한 얼굴로 일흔세 살까지 살았다잖아요. 그때 평균 나이 계산하면 지금 같아선 백 살도 더 넘게 산 거 아닌가?"

그 어느 때보다 과학 문명이 발달하고 지식이 앞선 요즘 시대에 아이러니컬하게도 우리 몸은 점점 더 우상화되고 왜곡된 길을 향해 치닫고 있다. 다이어트의 왕국 대한민국에서 무시당하지 않고 살아가려면 여자는 이효리, 남자는 권상우처럼 얼짱과 몸짱으로 거듭나야 한다. 아름다움이 지식보다 앞선다는 송준희의 궤변에 선뜻 반박할 수 없는 게 현실이다.

다이어트가 신흥종교로서의 입지를 저토록 튼튼하게 굳혀간다면 요리의 미래는 어떻게 될 것인가. 내가 걱정할 일은 아닌 듯싶었지만 괜히 꺼림칙했다. 인터뷰를 마친 시각, 마침 저녁 식사 시간이었는데 웬일인지 식욕이 돋질 않았다. 버스 정류장으로 걸어가는 길에 식사량 좀 줄이라는 아내의 말이 귓가에 쩌렁쩌렁 들려왔다. 뒤를 돌아보았다. 아내는 없었다.

．．．

백영옥은 1974년 서울에서 태어났으며, 패션 잡지 기자로서의 경험을 토대로 2000년대 한국 여성들의 사랑 방정식을 간결한 문체와 흡인력 있는 스토리로 표현해 주목받는 소설가다. 책이 좋아 무작정 취직한 인터넷 서점에서 북 에디터로 일하며 하루 수십 권이 넘는 책들을 읽어 치웠다. 2006년 단편 「고양이 샨티」로 문학동네 신인상을 수상하고, 2007년 트렌드에 관한 발랄한 글쓰기가 돋보이는 산문집 『마놀로 블라닉 신고 산책하기』를 펴내 화제를 모으기도 했다. 첫 장편소설 『스타일』로 제4회 세계문학상을 수상했으며, 2008년에서 2009년에 걸쳐 YES24 블로그에 장편소설 『다이어트의 여왕』을 연재했다. 그 후 등단작인 문학동네 신인상 수상작 「고양이 샨티」를 비롯해 총 여덟 편의 단편이 수록된 『아주 보통의 연애』와 장편소설 『실연당한 사람들을 위한 일곱시 조찬 모임』, 산문집 『곧, 어른의 시간이 시작된다』를 발간했다.

온전한 한 끼 식사를 갈망하며
모진 세월을 견뎌낸 사람들의 이야기

『흑산』

다리가 놓여 자동차를 타고 들어갈 수 있는 섬은 더 이상 섬이 아니다. 그런 의미에서 선감도는 섬이 아니었다. 먼 옛날 속세를 떠나 선경에 살던 신선이 내려와 맑은 물로 목욕을 했다 하여 선감도(仙甘島)로 불리게 된 이곳은 길고 긴 시화 방조제를 통해 육지와 맞닿아 있었다. 작가가 머물고 있는 경기창작센터는 상상과 달리 예술적이지도 아름답지도 않았다. 섬, 창작촌, 이런 말들이 주는 환상은 여지없이 부서졌다. 회색빛 사각형 건물은 외딴 섬에 딸려 있는 수용소 같았다. 이곳에서 그는 5개월을 머물며 『흑산』을 완성했다.

소설은 18세기에서 19세기에 이르는 천주교 박해의 역사를 다루고 있다. 정약현, 정약전, 정약종, 정약용 4형제의 삶이 각기 순교자와 배교자의 길로 극명하게 대비된다. 이 밖에도 황사영, 정명련, 장창대, 구베아 등 실존 인물들과 마부 마노리, 사공 문풍세, 소작농의 아내 오동희, 비장 박차돌, 새우젓 장수 강사녀 등 민초들이 등장한다. 이들에게 순교와 배교는 삶의 다른 이름일 뿐이었다. 작가는 이렇게 말한다. "새로운 삶을 증언하면서 죽임을 당한 자들이나 돌아서서 현세의 자리로 돌아온 자들이나, 누구도 삶을 단념할 수는 없다."

오후 2시 30분. 작가는 늦은 점심 식사를 하고 있었다. 냉장고 옆에 놓인 자그마한 1인용 식탁에서 깍두기 한 알을 입에 털어 넣는 것으로 한 끼를 해결한 그는 설거지통에 밥그릇을 담근 후 손님 접대용으로 포도 한 접시를 내왔다. 선감도 인근 밭은 대부분 등고선 재배법을 이용하여 포도밭으로 경작되고 있다고 했다. 필시 그가 산책길에 포도밭에 들러 한 꾸러미 사 들고 왔음직한 포도는 제철이

지났음에도 달고 향기로웠다. 기독교에서 포도주는 피를 상징한다.
선감도 포도는 이날따라 유난히도 검붉은 빛깔을 띠고 있었다.

매는 책이 아니라 밥에 가까웠다

◉ 『흑산』을 쓰기 위해 경기창작센터에 일부러 입주하신 건가요?
그렇죠. 지난봄에 들어왔어요. 5개월 됐죠.

◉ 외떨어진 곳에 있으면서 흑산도로 귀양 간 정약전의 마음을 느껴보기 위해
서였나요?
흑산에 들어가서 쓸까 했는데…… 흑산에도 여러 번 가봤어요. 그런
데 거기는 너무 멀고 외져서 안 되겠더라고요. 그래서 이곳에 들어
오게 된 거예요. 여기는 글 쓰는 사람이 없어요. 화가들만 오는 곳이
에요. 전위적인 작업을 하는 젊은이들이 모여서 창작을 하는 곳이죠.
나는 자격이 없는데 그냥 밀고 들어온 거예요. 조용해서 집중이 잘
되고 찾아오는 사람도 없어서 아주 좋아요.

◉ 소설책이 나왔잖아요. 그러면 다 끝난 셈인데 왜 아직도 여기 계시나요?
집에 가서 며칠 있다가 너무 힘들고 시끄러워서 다시 내려왔어요.
이번 겨울을 여기서 날 생각이에요. 2012년 2월까지가 입주 기간이
니까 그때까지 있으려고 해요.

⊙ 혼자 겨울을 나려면 힘드실 텐데요.

견뎌야 해요. 힘든 걸 견뎌내야죠.

⊙ 밥 차려 먹는 일도 불편하시죠? 근처에 식당도 없던데.

멀리 가면 식당이 있어요. 내가 운동을 좋아하니까 멀리 걸어가서 먹고 와요. 나는 하루에 한 세 시간씩은 걸어요. 운동 삼아 갔다가 먹고 오는 거죠. 물론 자전거도 타요. 지난여름에는 비가 너무 많이 와서 자전거를 별로 못 탔어요.

⊙ 정약현, 정약전, 정약종, 정약용 4형제는 어떤 사람들이었나요?

정약현이 제일 큰형인데 어머니가 다르죠. 약현은 학문이나 저술이 두드러진 사람은 아니지만, 장남의 덕성이 있는 사람이에요. 동생들이 잡혀가고 사형당하고 그러잖아요? 그러면 집안이 풍비박산이 나죠. 그 집안을 끝까지 관리하고 유지한 사람이에요. 자기 고향을 지키면서 완전히 망가져버린 집안을 지켜나간 아주 훌륭한 분이었어요. 그는 천주교와는 관련이 없는 사람이에요. 정약전은 아주 호기 방탕하고 야생마 같은 인물이었어요. 현실의 문제를 현실적으로 받아들이는 사람이죠. 흑산에 귀양을 가서 곧바로 동화해버려요. 흑산 사람이 돼서 흑산인으로서, 유배인으로서 살아가죠. 새장가 가서 자식 낳고 아이들에게 『소학』을 가르치면서 사는 거예요. 그러니까 신앙인이 될 수가 없었던 사람인 거죠. 정약종은 순수한 신앙을 위해 목숨을 바치는 인물이에요. 다산은 그 반대의 길을 갔죠. 배교하고 학문의 길로 나갔어요. 형제들이 다 제각각으로 살았던 셈이죠.

◉ 소설 전체에 나타난 조선 후기 민중들의 삶은 하나같이 고달픕니다. 툭하면 관아에 끌려가 매를 맞아야 하고 매 맞지 않을 때는 먹고사는 일에 필사적으로 매달리지만 늘 굶주림에 시달립니다. 이런 고단한 민중들의 삶을 묘사하면서 "매는 책이 아니라 밥에 가까웠다"라고 쓰셨어요. 매라는 게 관념의 세계가 아니라 온몸으로 느끼는 현실의 세계라는 의미인가요?

관념이나 추상일 수가 없는 것이죠. 밥하고 똑같은 거예요. 밥은 내가 먹는 것만 밥이에요. 딴 놈이 먹는 건 아무 소용이 없어요. 남이 아무리 배불리 먹어봐야 결코 내 배가 부르지 않아요. 매도 똑같은 거예요. 딴 놈이 맞는 매는 나하고 아무 상관이 없어요. 그 아픔을 내가 알 수 없어요. 그저 무서울 뿐이죠. 따라서 추상이나 관념이 개입할 여지가 없는 거예요.

◉ 정약종은 순교 직전 하늘을 바라보며 누워서 죽게 해달라고 요청을 하죠. 이를 "이승에서의 마지막 사치였다"라고 표현했는데, 어찌 보면 이건 가장 무섭고 잔혹한 죽음 아닌가요?

그건 기록에 나와요. 다들 땅에다 머리를 박아놓고 칼을 내려치잖아요? 그런데 정약종은 하늘을 보고 죽게 해달라고 요구를 했고 형리가 그걸 받아들였대요. 눈을 뜨고 칼이 자신의 목을 향해 내려오는 것을 보면서 죽는 거죠. 가장 무섭고 잔혹한 죽음을 스스로 선택한 거지만 그는 끝내 승리자로서 죽은 거예요.

◉ 정약종은 모진 고문을 당할 때도 고요한 침묵 속에 좌정했고, 목에 칼이 날아오는데도 웃으면서 칼을 받았다고 쓰여 있어요. 인간으로서 도저히 감내하기 어려운 이런 고난을 기꺼이 받아들이는 그의 저력이랄까, 힘의 근원은 결국 신앙으로밖에 설명할 수 없는 것이겠죠?

그렇죠, 신앙의 힘이에요. 그런데 신앙의 세계는 내 영역이 아니에요. 나는 그 직전까지만 썼어요. 정약종의 외양만 쓰고 내면은 안 쓴 거예요. 그걸 썼다면 신앙소설이 되었겠죠. 나는 어쨌든 속세의 이야기, 신앙으로 진입하기 직전까지만 쓴 것이죠.

◉ 후기에 보면 말이나 글로써 설명할 수 없는 그 멀고도 확실한 세계를 향해 피 흘리며 나아간 사람들을 두려워하고 또 괴로워한다고 고백하셨어요. 순교자들의 삶과 죽음을 접하면서 왜 두렵고 괴로우신 겁니까?

배교하고 속세로 돌아오는 사람들 있잖아요, 정약전 같은 사람들. 우리 교회사에는 수많은 순교자와 배교자들이 있어요. 또 순교와 배교를 거듭하는 사람들도 있어요. 그런데 나는 배교하고 돌아서는 사람은 이해할 수 있지만 그 길을 끝까지 가서 순교하는 사람은 이해하기가 어려워요. 어떻게 저렇게 죽을 수가 있을까 싶은 생각이 들거든요. 그러니까 무서운 거죠. 결국 신이 어떻게 저런 죽음을 원할 수 있을까, 그 길로 사람을 인도하고, 그 길을 가도록 방치할 수 있을까 하는 생각을 하면 괴로운 거예요. 왜 신은 인간을 저 지경으로 만들어서 자기한테 오게끔 하는가 하는 회의도 들어요. 그건 내가 신앙인이 아니기 때문에 대답할 수가 없고 상상할 수도 없는 것이죠. 그게 신의 섭리라고 한다면 왜 신의 섭리가 하필 저렇게 작용되어야만 하는가 하는 회의가 있어요. 그 느낌이 무서운 거죠. 아, 참 신이 무섭구나, 하느님이 무자비하구나 하는 생각을 하는 거예요.

순교도 배교도 모두 삶을 위한 선택이었다

◉ 작품 속에는 신앙을 지킨 자의 죽음과 배교한 자들의 삶이 교차해서 나오는데, 작가는 그것을 선택이라고 하셨지요. 스스로 순교의 길을 걸어간 사람이나 배교의 길을 걸어간 사람이나 자신의 길이 진정으로 사는 길이라고 생각해서 각자 삶의 길을 찾아간 것이기 때문에 이는 선악의 문제가 아니라 단지 선택의 문제였을 뿐이라고 보시는 겁니까?

그걸 선악의 이분법으로 말하기는 참 어려워요. 다산이 배교하고 나서 학문을 이루잖아요. 나는 다산의 배교가 그의 인격적 결함을 뜻한다고 생각하지는 않아요. 그리고 그것으로 인해 그가 추구한 학문의 진정성이 훼손됐다고도 생각하지 않아요. 다산의 배교가 도대체 그의 정신 속에서 무엇을 의미하는가 하는 게 문제죠. 다산은 그 문제를 절대 입 밖에 내지 않았어요. 죽을 때까지. 그렇게 많은 저서를 쓴 분이 그 부분에 대해서는 하나도 쓰지 않았죠. 형제들 간에도 서로 말을 안 했어요. 그러니까 그들의 가슴속에 뭔가 깊은 응어리가 진 것이죠. 그들은 그렇게 서로 말을 안 하고 죽었어요. 그걸 내가 좀 말해 보려고 하는 거예요. 그것은 도대체 무엇인가? 그런데 나도 제대로 말을 다 못한 거죠. 결국 그것은 그들의 선택이에요. 그렇게 말할 수밖에 없어요. 그리고 배교도 순교도 택하지 않고 그냥 사라져버린 사람들도 있어요. 이를테면 박차돌 같은 인물이에요. 이 더러운 세상에서 살 수 없으니까 그냥 어디론가 가버린 거예요. 이렇게 없어져버린 놈이 둘이에요. 박차돌과 창대 아버지죠. 그 사람도 흑산에서 배 타

고 나가서 사라져버리거든요. 그게 그들의 선택이죠. 박차돌 같은 놈
은 어떻게 할 수가 없는 사람이에요. 죽을 수도 없고 살 수도 없는 놈
이죠.

**⊙ 순교나 배교는 그들의 선택이었기 때문에 그 어떤 가치판단도 할 수가 없
다는 건가요?**

그것을 후인이 함부로 이야기할 수가 없어요. 사육신 같은 사람들은
자신들의 정치적 정의를 위해 목숨을 바친 사람들이죠. 아주 훌륭한
학자들이었잖아요? 그러나 또 그 시대의 많은 학자들은 자신의 지식
인 동료들을 버리고 세조 편에 붙어서 나라를 만들어갔어요. 신숙주
나 최항 같은 큰 선비들과 그 밑에 있었던 수많은 청년 지식인들은
그 반대쪽 길을 간 사람들이에요. 이들은 세조를 도와서『경국대전』
을 만들고 여진족을 경계하여 함경도의 국경을 강화했으며 일본과
의 외교를 튼튼히 해서 나라의 틀을 만들어갔어요. 그런데 이를 두
고 이것은 선이고 저것은 악이라고 말해서는 안 된다는 거예요. 아
이들을 그렇게 가르치면 아이들이 바보가 돼요. 한 나라를 운영하
는 일에 사육신 같은 사람들만 있어서는 안 됩니다. 그 반대편의 사
람들도 있어야 해요. 사육신은 정말 훌륭하고 자손만대에 추앙받아
마땅한 분들이지만, 죽은 후에 그렇게 추앙받은 걸로 충분한 보상을
받은 거예요. 자신들의 정치적 정의를 위해 목숨을 바친 데 따른 찬
란한 영광을 누린 거죠. 그렇지만 다들 가서 사육신처럼 목숨을 버
리고 죽으면 나라가 어떻게 되겠어요? 이걸 놓고 학교에서 선악으로
구분해 가르치면 안 된다는 거예요. 그냥 세계를 구성하는 수많은

요소들을 객관적으로 가르치면 된다고 생각해요.

⊙ 하지만 가톨릭교회에서 순교자 정약종과 배교자 정약용을 같은 반열에 놓을 수는 없죠.

물론 그렇죠. 다산은 교회에서도 인정해요. 교회의 주장은 그가 배교했다가 나중에 다시 교회로 돌아왔다는 거예요. 교회에서는 그렇게 말을 하지만 이미 돌아가신 분의 내면을 놓고 내가 뭐라고 할 수는 없는 노릇이에요. 입 다무는 수밖에 도리가 없죠. 알 수 없으니까.

⊙ 50여 일을 감옥에서 버티면서 순교를 기다리던 사학죄인이 노모를 보고 배교를 하게 됩니다. 결국 그는 풀려나지만 장독이 퍼져 죽게 되죠. 감옥에서 이 소식을 들은 정약전은 죽은 배교자의 영혼이 천당으로 갔기를 바라면서 기도를 하거든요. 교회 입장에서 보면 이건 아주 미묘한 신학적인 문제예요. 그러나 이런 기도야말로 아주 인간적이고 감동적이죠.

배교자의 인간성이에요. 자기는 배교했지만 순교한 동생이 천당에 갔기를 간절히 바라는 마음과 함께 어쩔 수 없이 배교한 후에 죽은 다른 사람들도 그 절박한 사연으로 인해 역시 천당에 갈 수 있기를 바라는 아주 인간적인 마음이죠. 그 대신 나는 안 가겠다는 거예요. 나는 데려가지 마라, 나는 내 길을 갈 테니까 당신은 부디 천당에 가라는 겁니다. 인간적인 비겁함도 들어 있는 거죠. 나는 하느님이 계시다면 배교자들도 다 끌어안아야 한다고 생각해요. 매를 맞고 너무 아파서 어쩔 수 없이 배교를 했는데 그것 때문에 지옥에 가라고 한다면 너무 잔인하지 않나요? 다 천당으로 데리고 가야죠. 아마도 그랬을 거예요. 그 사람들을 다 지옥에다 버리지는 않았을 거라고 믿어요. 우리가 알 수 없는 거지만.

⊙ **어떤 절체절명의 선택을 할 수밖에 없는 상황에 처했을 때 죽음을 각오하고서라도 대의명분을 따르는 게 옳은 걸까요, 아니면 일단은 살아남는 게 옳은 걸까요?**

인간에게 그런 선택이 강요되는 상황을 만들면 안 된다고 생각해요. 그런 상황을 만들어놓고 거기다 인간을 세워둔 후 너의 길을 찾으라고 한다면 그건 너무 야만적인 일이죠. 우선 그런 시대나 상황이 오지 않도록 노력을 해야 해요. 내가 전에 쓴 『칼의 노래』에 명량해전이 나옵니다. 이순신 장군이 배 열세 척으로 왜선 330척을 무찌른 전투예요. 있을 수 없는 일이 벌어진 거죠. 우리나라 정치 지도자들이 그 책을 읽고 거기 매료가 됐어요. 그래서 자기도 그와 같은 방식으로 나라의 어려움을 헤쳐나가겠다고 이야기하는 사람이 있었어요. 나는 저 사람 참 미친 사람이라고 생각했어요. 그건 이순신이니까 되는 거예요. 아무나 되는 게 아니라고. 제 놈들이 나가면 백전백패예요. 그리고 일단 나라의 지도자라면 적들이 배 330척을 가지고 쳐들어오는데 우리한테는 배 열세 척밖에 없는 그런 상황을 만들면 안 되는 거잖아요. 적어도 2백 척은 가지고 있어야죠. 적들이 배 330척을 가지고 쳐들어오는데 겨우 열세 척만 가지고 국민들더러 나를 따르라고 한다면 누가 따르겠어요? 너 혼자 가서 죽으라고 하겠지. 그러니까 인간에게 그런 잔인한 선택을 할 수밖에 없는 상황을 만들면 안 된다는 거예요.

나는 정말 밥이 무서워요

⊙ 백성들이 관찰사 앞으로 올린 소장에 이런 말이 나옵니다. "무릇 배고픔을 면하자면 오직 먹어야 하는데, 하고많은 끼니 중에서도 지금 당장 먹는 밥만이 주린 배를 채워줄 수가 있습니다. 아침에 먹은 밥이 저녁의 허기를 달래줄 수 없으며, 오늘 먹는 밥이 내일의 요기가 될 수 없음은 사농공상과 금수축생이 다 마찬가지인 것입니다." 『칼의 노래』에도 이와 비슷한 문장이 나오지요. 현재의 밥에 대한 참으로 명쾌한 설명인 것 같습니다.

아주 단순 명료해요. 지나간 밥은 다 똥이죠. 이것이 밥에 대한 백성들의 인식이에요. 매하고 같은 거예요. 나는 아까 밥 먹을 때도 그런 생각을 했어요. 밥이란 게 도대체 뭔가. 꼭 목구멍으로 넘어갈 때만 밥이고 지나고 나면 말짱 헛것이 되잖아요. 그리고 우리가 열흘을 굶어서 죽는 게 아니에요. 한 끼를 안 먹으면 정신이 몽롱해지고, 두 끼를 안 먹으면 몸이 작동하지 않아서 누워 있어야 해요. 세 끼를 안 먹으면 정말 아무것도 할 수 없게 되죠. 나는 정말 밥이 무서워요. 아까 바다에 나가서 낚시하는 걸 봤는데, 물고기가 미끼를 물잖아요? 그놈은 뭘 먹으려다가 자기가 먹이가 되고 마는 거예요. 그걸 보니까 낚시하는 사람들이 참 불쌍해 보이더라고요. 참 저걸 재미라고 저러고 있나 싶어서.

⊙ 저는 『칼의 노래』를 읽으면서 이순신 장군에게는 두 개의 칼이 있다고 느꼈어요. 나라를 지키는 아버지의 칼과 백성들을 먹여 살리는 어머니의 칼이 그

것이죠. 아버지의 칼은 죽음을 부르는 칼이고, 어머니의 칼은 생명을 살리는 칼이에요. 이 두 개의 칼이 다 작동을 해야 백성들이 살 수 있는 것이죠. 그런데 『흑산』에는 어머니의 칼이 보이지 않아요. 아버지의 칼도 밖을 향해 있는 게 아니라 안을 향해 자기 백성을 겨누고 있어요. 그러니 백성들은 끝없이 유리걸식하면서 죽을 고생을 하며 살아가는 게 아닌가 생각합니다.

그때 천주교라는 게 다가오죠. 하나의 모성으로서 다가온 천주교에 백성들은 매혹을 느끼게 되는 거예요. 우리가 천주교를 받아들이게 된 시대적 상황은 그런 것이죠. 절망과 도탄에 빠져 죽기 일보 직전인 백성들에게 천주교가 새로운 희망이 되었어요. 정조가 죽고 순조가 즉위하면서부터 우리나라가 망해가기 시작했거든요. 세도정치가 시작되고 정순왕후가 수렴청정을 하게 되면서 결국 망하잖아요. 그때 역사를 다시 살펴보면 정말 슬퍼요. 해마다 백성들이 굶어 죽었다는 이야기가 나오지만 임금이 하는 일이라곤 기우제를 지내는 것뿐이었어요. 백성들이 고향을 등지고 유리걸식하면 세금을 걷을 수가 없고 장정들을 군대로 데려갈 수가 없어요. 또한 백성들이 유리걸식하게 되면 대개 강도나 폭도가 되거든요. 전염병도 돌게 되고. 그래서 나라에서도 그걸 제일 두려워했어요.

⊙ "살이 에이듯이 추운 날이다. 옷 없는 병졸들이 움츠리고 앉아 떨고 있다. 군량은 바닥났다. 군량은 오지 않았다." 『난중일기』의 한 장면입니다. "부자가 서로 잡아먹고 부부가 서로 잡아먹었다. 뼈다귀를 길에 내버렸다." 『징비록』의 한 장면입니다. 임진왜란 이후 수백 년이 흘렀음에도 불구하고 『흑산』에 등장하는 백성들의 삶은 하나도 변하지 않았습니다. 오히려 더 살기 힘들어졌죠.

왜 이렇게 백성들의 삶은 나아지지 않고 고단하기만 할까요?

학문적으로는 상당한 진보가 이루어졌어요. 다산의 학문이나 실학파나 북학파들을 보면 조선 후기의 학문적 성취는 상당했죠. 그런데 이것이 현실과 접목되질 않았어요. 현실의 문제를 개선하는 데까지는 나아가지 못했던 거죠. 정치권력과 결합될 수 없었기 때문이에요. 그러니까 현실은 점점 더 무너져갔죠. 이순신 장군 때는 좋은 화약이 있었거든요. 화약의 힘으로 왜적을 다 무찌른 거예요. 그로부터 50년 후에 병자호란이 일어났는데, 그때는 화약이 없었어요. 임진왜란이 끝나고 나서 화약을 관리하지 않은 거예요. 남한산성으로 피난을 가서 대포를 쏘지 못하고 조총만 쐈어요. 참 갑갑한 일이죠. 명나라의 보호 아래 있으면 화약 같은 게 필요 없다고 생각한 거예요. 그런데 불행하게도 청나라가 일어나서 명나라를 제압해버렸어요. 그러니까 나라가 개판이 된 것이죠.

⊙ 유사 이래 우리 민족이 비로소 먹고사는 문제를 해결하게 된 것은 불과 얼마 전의 일이죠?

그게 해결된 게 박정희 시대예요. 그 전까지는 밥을 못 먹었어요. 내가 중학생일 적까지 굶어 죽는 사람이 있었어요. 해마다 춘궁기가 되면 아사자들이 나왔다니까. 쌀값이 백 원 오르면 신문 사회면 톱기사로 나왔어요. 밥을 못 먹었거나 배불리 못 먹은 거죠. 『삼국사기』, 『삼국유사』, 『고려사』를 보면 해마다 굶어 죽는 사람들에 대한 기록이 나와요. 구석기 때부터 내 어린 시절 때까지가 그랬어요.

⊙ **과부 오동희의 기도문이 나오는데, 정말 뼛속까지 울리는 처절하면서 진솔한 기도문입니다.**

백성의 기도죠. 신학자의 기도가 아니에요. 우리를 자꾸 하늘로 부르지 말라는 내용이에요. 자꾸 하느님이 우리를 오라고 부르니까, 그러기 위해서 우리가 이렇게 매 맞아 죽고 힘들고 고달프니까, 우리를 부르지 말고 하느님이 직접 땅으로 와서 이 문제를 해결해달라는 겁니다. 이건 백성의 정당한 소망이죠. 참 슬픈 일이에요. 그 기도문을 쓰면서 너무 슬펐어요.

주여, 매 맞아 죽은 우리 아비의 육신을 우리 아들이 거두옵니다.
주여, 당신이 십자가에서 죽었을 때
당신의 주검을 거두신 모친의 마음이 어떠했으리까.
하오니 주여, 우리를 매 맞지 않게 하옵소서.
우리를 매 맞아 죽지 않게 하옵소서.
주여, 우리를 굶어 죽지 않게 하소서.
주여, 우리 어미 아비 자식이 한데 모여 살게 하소서.
주여, 겁 많은 우리를 주님의 나라로 부르지 마시고
우리들의 마을에 주님의 나라를 세우소서.
주여, 우리 죄를 묻지 마시옵고 다만 사하여주소서.
주여, 우리를 불쌍히 여기소서.

⊙ **황사영 백서가 북경 교회를 통해 로마 교황청까지 전달되었더라면 어떻게 되었을까요?**

그렇다 하더라도 그들이 군함과 군대를 보내지는 않았을 거예요. 조선에서 벌어지는 천주교인들에 대한 탄압과 박해의 실상이 공개되면서 외교적 압력은 거세게 전개되었겠죠.

⊙ 정약전이 자신의 책 이름을 『흑산어보』로 하지 않고 『자산어보』라고 한 까닭은 뭔가요?

그 부분을 쓸 때 고민이 많았어요. 정약전은 흑산의 검을 흑 자를 무서워했어요. 그런 두려움을 극복할 수 있는 어떤 소망 같은 걸 보고 싶었던 거죠. 검을 흑(黑) 자 대신 검을 자(玆) 자를 쓴 건 그 글자 속에 희미하지만 빛이 있다고 봤기 때문이에요. 여기가 유배지라는 사실을 끊임없이 일깨워주는 흑산보다는 뭔가 희망의 요소를 지닌 자산이라는 말을 좋아하게 된 것이죠.

해가 떨어지기 전에 사진을 찍기 위해 간조 시간에 맞춰 개펄로 나갔다. 자리에서 일어서는데 창가에 낡은 중국집 철가방 하나가 눈에 들어왔다.

"중국 음식 시켜 드셨나요?"

"여긴 배달 안 와요."

"그럼 이 철가방은 뭡니까?"

"산책 나갔다가 주워온 건데, 내 서류 가방이에요."

가만 들여다보니 문짝이 떨어져나간 철가방 안에 노란색 메모지와 흰 종이, 주홍색 파일 하나가 가지런히 놓여 있었다. 누군가의 한

끼 식사를 실어 나르던 철가방이 이제는 당대 최고의 문인 집필실에서 서류 가방 역할을 톡톡히 해내고 있었다.

바닷가로 나가자 긴 노둣길 양쪽으로 너른 개펄이 드러나 보였다. 흑산도 앞바다는 아니지만 마치 이곳이 흑산 바다인 양 정색을 하고 사진을 찍었다. 선이 굵은 작가의 얼굴에선 늘 비장감이 엿보였다. 남도의 많은 바다를 다녀봤지만 이렇게 긴 노둣길은 처음이었다. 정약종이나 황사영이 걸어갔음직한 고된 가시밭길처럼 보였다.

작가는 저녁 약속이 있다며 서울로 가는 차에 동승했다. 뒷좌석에 앉은 그의 휴대전화에서 심수봉의 '백만 송이 장미' 노랫가락이 울려 퍼졌다. 독자들은 김훈의 팬이지만 김훈은 또 누군가의 팬이었던 것이다. 음악은 경쾌했지만 가사는 애절했다.

> 진실한 사랑은 뭔가 괴로운 눈물 흘렸네.
> 헤어져간 사람 많았던 너무나 슬픈 세상이었기에
> 수많은 세월 흐른 뒤 자기의 생명까지 모두 다 주는
> 비처럼 홀연히 나타난 그런 사랑 나를 안았네.
> 미워하는 미워하는 미워하는 마음 없이
> 아낌없이 아낌없이 사랑을 주기만 할 때
> 백만 송이 백만 송이 백만 송이 꽃은 피고
> 그립고 아름다운 내 별나라로 갈 수 있다네.

슬픈 세상을 살다가 별나라로 간 사람들의 얼굴이 떠올랐다. 그들에게 삶이란 따뜻한 한 끼 밥 같은 게 아니었을까. 순간 뒷좌석에

서 굵직한 저음이 들려왔다.

　"저기…… 한대수 씨랑 정훈희 씨 세시봉 공연하는 거 보러 갈 거
니까 표 좀 예매해줘."

김훈은 1948년 서울 출생으로 고려대 정치외교학과와 영어영문학과에 입학, 중퇴했다. 1973년부터 1989년 말까지 한국일보에서 기자 생활을 했고, 「시사저널」 사회부장, 편집국장, 심의위원 이사, 국민일보 부국장 및 출판국장, 한국일보 편집위원, 한겨레신문 사회부 부국장급으로 재직했으며, 2004년부터 전업 작가로 활동하고 있다. 그의 대표작으로는 『칼의 노래』를 꼽을 수 있다. 2001년 동인문학상 수상작이기도 한 이 책은 이순신의 드러나 있는 궤적을 다큐멘터리식으로 복원하여 현실성을 부여하되, 소설 특유의 상상력으로 이순신 일인칭 서술을 일관되게 유지하여 전투 전후의 심사, 혈육의 죽음, 여인과의 통정, 정치와 권력의 폭력성, 죽음에 대한 사유, 문(文)과 무(武)의 멀고 가까움, 밥과 몸에 대한 사유, 한 나라의 생사를 책임진 장군으로서의 고뇌 등을 드러내고 있다. 이 밖의 저서로는 독서 에세이집 『선택과 옹호』, 여행 산문집 『풍경과 상처』, 『자전거 여행』, 시론집 『밥벌이의 지겨움』, 장편소설 『빗살무늬 토기의 추억』, 『현의 노래』, 『개』, 『남한산성』, 『공무도하』, 『내 젊은 날의 숲』, 소설집 『강산무진』 등이 있다.

이명랑
ⓒ 이규열
여자가 밥 팔아서 돈 버는 거,
이것처럼 슬픈 인생이 어딨어?
「삼오식당」

　나는 삼오식당 여주인의 세 딸 중 둘째다. 영철과의 결혼을 앞두고 있지만 하루하루가 심란하기만 하다. 영락없는 영등포 시장 장사꾼인 줄로만 알았던 영철이 경찰서장 아버지에 한국은행 다니는 형을 둔 대단한 집안의 아들이란 사실을 얼마 전에야 알았기 때문이다. 나보다 못한 남자를 만나 내 맘대로 휘두르며 살아야겠다는 의지로 고르고 고른 남자였건만 여지없이 뒤통수를 맞고 만 것이다. 스물다섯 꽃다운 나이에 대학원을 다니며 소설을 쓰는, 영등포 시장에서는 좀처럼 볼 수 없는 고학력 인텔리였던 나는 결혼이 개인 대 개인의 만남이 아니라 집안 대 집안의 만남이라는 사실 앞에서 절망할 수밖에 없었다.

　엄마는 사돈집에 기죽지 않으려고 서울에서 제일 비싼 호텔의 제일 비싼 방에서 약혼식을 치렀고, 예단비를 다른 집보다 두 배나 보냈으며, 신혼집에 천만 원짜리 보루네오 대리석 장롱까지 들여놓았다. 평생 뼈 빠지게 밥장사해서 번 돈을 딸자식 시집보내는 데 펑펑 써대는 엄마를 바라보며 나는 한숨짓고 눈물 흘리는 일 외엔 달리 할 게 없었다. 엄마는 그런 사람이었다. 일생 동안 남들에게 퍼주기만 하는 삶을 살았다. 커피 장수 차씨 아줌마, 공판장 담벼락 밑 평상 주인인 봉투 아줌마, 당진상회 할머니 등 시장 사람들에게 삼오식당은 고단한 일상을 달래주는 안식처요 쉼터이자 따뜻한 한 끼 밥 같은 존재였던 것이다.

　시장은 말 그대로 인생 전시장이었다. 온갖 삶의 군상과 악다구니들이 첨예하게 부딪치고 깨지고 뒹굴면서 하루가 가고 1년이 가고 인생이 지나갔다. 그 연옥 같은 시장 한 귀퉁이에 자리한 삼오식

당은 엄마의 인생 그 자체였다. 가난 앞에 주먹질 한번 할 수 없었던
세월의 막막함을 견뎌온 엄마는 "여자가 돈 버는 거, 이것처럼 슬픈
인생이 어딨어?"라고 말했지만 삼시 세 끼 밥 굶지 않고, 세 딸 번듯
하게 시집보내고, 허기진 사람들에게 고봉밥 한 그릇 내줄 수 있다
면 그것으로 더 이상 욕심이 없었던 엄마의 삶은 멋진 인생이었다.
정말 슬픈 인생은 아직도 이리 떼처럼 욕망의 노예가 되어 살아가는
시장 밖 사람들이었다.

삼호식당과 삼오식당

⊙ **영등포가 고향이시죠? 그래선지 영등포 시장을 다룬 작품을 많이 쓰신 것
같은데요. 어떤 분은 작가를 가리켜 '영등포의 수호신'이라고 부르기도 하던
데, 그러다 보니 은연중에 스스로 영등포 출신이라는 걸 강조하거나 내세우는
것 같다는 느낌도 받게 되더군요. 맞나요?**
아, 제가 내세운 적은 없어요. 처음에는 시로 작품 활동을 시작했거
든요. 관념시를 주로 썼어요. 그러다 문득 제가 살고 있는 곳에 관
한 이야기나, 먹고 자고 생활하는 삶의 냄새가 나는 글이 쓰고 싶어
졌어요. 그래서 글의 주제가 바뀌다 보니까 그것을 담아내는 그릇으
로서 시보다는 소설이 낫겠다는 생각을 하게 된 거죠. 첫 장편소설
『꽃을 던지고 싶다』는 그렇게 쓰게 되었어요. 처음부터 꼭 영등포
이야기만 써야겠다고 생각한 건 아니지만 제 고향 이야기를 쓰다

보니까 한 편 가지고는 모자라서 『삼오식당』, 『나의 이복형제들』까지 계속 쓰게 된 거예요. 저는 이 세 편의 소설을 스스로 영등포 3부작이라고 불러요. 하나의 특정 공간을 집요하게 파고들기 시작하니까 그때부터 주변에서 저를 그런 시각으로 바라보게 된 것 같아요. 마치 타이틀처럼 저에게 영등포를 안겨주신 것이죠. 특별히 내세우려는 의도는 없었지만 그렇게 불린다는 것에 대해 감사하게 생각하고 있어요.

⊙ 중앙대에서 박사 학위를 받으셨죠? 학생들을 가르치는 일과 작품을 쓰는 현역 작가의 일을 병행하기가 쉽지 않을 텐데 어떤 일에 더 무게중심을 두고 계신가요?

지금 저는 서울디지털대학교 문예창작학과에서 강의를 하고 있어요. 우리 학교는 온라인 대학이에요. 그러다 보니 제가 처음 문학을 접하게 된 계기와 비슷한 계기로 문학을 접하신 분들이나, 제가 문학을 부여잡지 않을 수 없었던 절실한 이유와 똑같은 이유로 문예창작학과에 들어오신 분들이 많아요. 만학도도 많고요. 본의 아니게 배움의 길로부터 멀어졌던 사람들 혹은 어떤 현실의 잣대나 밥벌이를 위해 다른 과로 갔지만 살다 보니 문학 공부가 너무 하고 싶어서 오신 분들이 대다수예요. 그래서 굉장히 보람을 느끼고 있어요. 제가 2008년 6월에 박사 학위를 받았는데, 그때부터 교수로 재직하면서 가장 왕성하게 작품 활동을 했어요. 2008년부터 3년 동안 1년에 열 권 가까운 책을 냈으니까요. 청소년 소설도 쓰고 동화도 쓰고, 그 와중에 인터파크하고 알라딘에 연재도 했어요. 사실은 그 어느 때보다 작가로서 열심히 활동했었던 것 같고, 또 한편으로 정말 사명감을 가지고 저처럼 글을 쓰기 원하는 학생들과 함께 깊이 문학을 나눴던 것 같아요. 학생들을 가르치기 시작하면 글 쓸 시간이 없어 창작 활동에 소홀하게 된다고 하는데, 저는 오히려 그 반대였던 셈이죠.

⊙ 그러면 학생들을 강의실에 모아놓고 강의를 하는 게 아니라 컴퓨터로 강의를 하시나요?

스튜디오에 가서 녹음을 해요. 하지만 문학이라는 특성상 온라인 교육만으로는 한계가 있죠. 그래서 수시로 인터넷이나 학과 사이트에 가서 학생들의 작품을 일대일로 지도하기도 하고 이런저런 대화를 많이 나눠요. 제가 소설 동아리를 맡고 있어서 오프라인 공간을 통해 학우들과 자주 만나고 있죠. 학우들의 열정이 정말 대단해요.

⊙ **이명랑이 본명이세요?**

네, 밝을 명(明) 자에 각시 낭(娘) 자예요. 그래서 발음대로 하면 이명낭인데, 아버지가 출생 신고할 때 호적에 이명랑으로 올리셨대요. 중국식으로 발음하면 '낭'이 아니라 '랑'이라는 거예요. 그래서 이명랑이 되었죠.

⊙ **'삼오식당'에 무슨 뜻이 있나요?**

제 어머니가 영등포 조광시장에서 삼호식당이라는 음식점을 하셨어요. 영등포에는 큰 시장이 두 개 있어요. 중앙시장하고 조광시장이에요. 중앙시장은 우리가 흔히 보는 재래시장이고 조광시장은 청과물 도매시장이죠. 삼호식당의 삼이 석 삼(三) 자고, 호는 좋을 호(好) 자예요. 세 가지가 좋다는 뜻이죠. 언젠가 어머니한테 여쭤봤어요. "엄마, 세 가지 좋다는 게 도대체 뭐야?" 그랬더니 이러시더군요. "나도 몰러." 작명소에서 장사가 잘될 거라고 해서 그냥 그렇게 지은 거라고 하시더라고요. 뭔가 좋은 뜻이 있겠지만 그게 뭔지는 몰라요. 소설 제목인 삼오식당은 어머니의 식당 이름을 그대로 쓰기가 뭐해서 약간만 바꿔 쓴 거예요.

AST
李明娥

⊙ 어머니가 하셨던 삼호식당의 주 메뉴는 뭔가요? 한정식인가요?

저는 이런 믿음이 있어요. 경동시장 같은 웬만한 시장에서 40년 넘게 식당을 하신 분들은 못 만드는 거 없이 온갖 음식을 다 하실 수 있다는. 제 어머니도 백반을 주로 하셨지만 해장국부터 닭갈비까지 못 만드시는 음식이 없었죠.

⊙ 소설 속 삼오식당도 마찬가지인 거죠?

그렇죠. 삼오식당에서 다룬 메뉴도 마찬가지예요. 코스대로 좍 나오는 게 아니라 그냥 상황에 맞게 즉석에서 만들어내는 거죠.

⊙ 작가가 영등포 시장에서 실제로 보고 자란 경험과 기억들, 그리고 어머니가 하셨던 삼호식당에서 몸소 겪었던 일들이 고스란히 작품에 반영되어 영등포 3부작으로 탄생한 거네요?

그럼요. 그 경험과 기억들이 없었다면 이렇게 써낼 수 없었겠죠.

커피 마시면서 우아하게 철학이나 논하는 남자들은
남자 같지가 않아

⊙ 지선은 많이 배운 여자임에도 불구하고 영철이 '막굴러먹은' 장사꾼이었기 때문에 만만한 상대라고 여겨 결혼을 결심합니다. 하지만 사춘기 때 지선은 친구들에게 지긋지긋한 영등포 시장에서 벗어나는 게 꿈이라고 말했잖아요?

그래서 열심히 공부해 대학도 간 거라고 여겨지는데, 어른이 된 뒤 영철을 신랑감으로 택한단 말이에요. 꿈이 변한 건가요?

언뜻 생각하면 의아해하실 수도 있지만 한 겹 더 속으로 들어가 보면 이해할 수 있는 일이에요. 그러니까 지선이 단순히 만만하기 때문에 영철을 선택한 건 아니에요. 저는 살면서 가장 싫어했던 말이 '송충이는 솔잎을 먹고 살아야 한다'는 것이었어요. 그다음 싫어했던 말은 '개천에서 용 나지 않는다'는 말이었죠. 인간은 어떤 환경 속에서도 더 나은 삶을 살기 위해 노력해야 한다고 믿기 때문이에요. 『꽃을 던지고 싶다』를 보면 결혼식을 앞둔 장면이 나와요. '이제 나는 내일이면 나와 같이 좋은 대학을 나오고 많이 배운 남자와 결혼하게 될 텐데, 과연 내가 이 남자하고 잘 살 수 있을까? 진정으로 이 남자가 사랑하는 사람이 바로 나일까?' 하고 묻게 됩니다. 그에 대한 대답으로 열네 살 여중생의 눈으로 본 시장 이야기가 나오거든요. 그리고 어떤 형태의 삶을 선택하든 내가 애써 묻어두려 하고 지우려 하고 잘라내려 했던, 과일 썩는 냄새가 진동하는 그 시장을 향해 운동화 끈을 질끈 묶고 달려가는 것으로 끝이 나죠. 『삼오식당』은 그 뒤편 이야기예요. 그런 과정을 거쳐 자발적으로 선택해서 시장 안으로 들어간 상태로 지선이라는 여자의 이야기가 시작되는 거거든요. 이를테면 저에게 시장에서의 삶은 그냥 단순한 경험이나 기억이 아니라 저를 이루고 있는 모든 것이에요. 제가 태어나서 서른다섯 살이 될 때까지 살았던 시장이라는 공간은 그 자체로 저를 이루는 모든 구성 요소인 거죠. 얼마나 많이 배우고, 돈을 얼마나 많이 벌고, 또 누구와 어울린다 하더라도 그 사실은 변하지가 않아요. 소설 속에서 지선이 영철을 선택한 것은 사실 제 모습을 표현한 거였어요. 어떤 외부적인 기준이나 요인에 의해서가 아니라 정말로 내가 갖고 있는 것을 똑같이 갖고 있는 그런 사람을 만났을 때, 서로가 자석에 이끌리듯 막 끌어당기는 그런 선택을 이야기한 거예요.

⊙ 지선의 중학교 때 친구 세 명 중 두 명은 이해가 돼요. 경숙은 일찍 세상을 떠나 영등포를 벗어났고, 정희는 남편을 잘못 만나 도망치듯 다시 영등포로 돌아오는데, 지선은 자의에 의해 얼마든지 더 나은 세상으로 벗어날 수 있는 상황 아닙니까. 그런데 자발적으로 영등포 시장에 남아 그들과 함께 살아간다 는 게 선뜻 납득이 되질 않습니다.

대다수 사람들이 그렇게 생각할 것 같아요. 이걸 어떻게 표현해야 할지 모르겠는데…… 제가 그랬기 때문에 한 치의 망설임이나 주저 함이 없었어요. 저는 누구보다 책을 많이 읽는 사람이지만 화이트칼 라의 남자에게서는 남성적인 매력을 느껴본 적이 한 번도 없었어요. 이건 순전히 제 취향이죠. 어려서부터 주변에서 늘 봐온 남자들은 과일가게 주인들이나 수박 나르는 인부들, 아니면 하차원 아저씨들 이나 통조림 가게 배달원들이었어요. 항상 땀을 뻘뻘 흘리며 일하는 남자들이었죠. 물론 소설에서는 삼오식당을 중심으로 벌어지는 억척 스러운 여자들 이야기를 하다 보니까 언뜻 남성들이 여성을 굉장히 핍박하고 불행하게 만드는 존재로 그려지고 있지만 실제로 제가 시 장에서 본 남성들은 언제나 열심히 노동하고 땀 흘리는 치열한 삶의 냄새가 배어 있는 아저씨들이었어요. 그래서 그런지 지금도 커피 마 시면서 우아하게 철학을 논하거나 책상에 앉아 문서 작성하는 지적인 남자들은 남자로 느껴지지가 않아요.

⊙ 블루칼라는 남자 같지만 화이트칼라는 남자 같지가 않다? 아주 독특한 남성관이시군요.

프랑스 작가 중에 아니 에르노라는 사람을 제가 굉장히 좋아해요. 그녀의 부모는 공장 노동자, 즉 프롤레타리아 계급이었는데 열심히 돈을 모아 조그만 식료품 가게를 열어요. 그 뒤 여윳돈이 생기면서 아니 에르노를 좋은 사립학교에 보내게 되죠. 대학을 졸업한 그녀는 대학에서 학생들을 가르치는 쁘띠 부르주아가 됐어요. 나중에 아버지가 세상을 떠난 후 그녀는 아버지의 삶을 소재로 한 『아버지의 자리』라는 작품을 써요. 작품 속에서 그녀가 말하길, 자신의 아버지와 어머니는 마치 방귀가 슬며시 흘러나오듯 사람들이 많은 자리에서 자기도 모르는 사이에 혹시나 상황에 맞지 않는 무식한 말을 해서 딸의 체면에 먹칠을 하게 될까 봐 매번 조마조마하셨다는 거예요. 그 부분을 읽고 굉장히 공감을 했었는데 저도 처음 문단에 나왔을 때 많이 힘들었어요. 어느 날 몇몇 시인과 식사를 하는 자리였어요. 제가 나이가 어리니까 당연히 앞에 앉은 분의 자리에 수저를 놓아드렸죠. 그런데 앞에 앉은 분이 인상을 쓰면서 "명랑아, 숟가락은 젓가락의 왼쪽에 놓는 거다"라고 말씀하셨어요. 그건 너무나 큰 충격이었어요. 식당이라는 곳은 끼니때마다 다른 사람의 끼니를 해결해주는 거지 가족들 끼니를 해결해주지는 않아요. 저는 아침에 일어나면 주방에 그대로 서서 밥을 먹고 학교에 갔어요. 식구들이 같이 밥을 먹어도 그저 한 끼 해치운다는 느낌으로 먹었죠. 밥상 위에 숟

가락을 놓을 때 젓가락의 왼쪽에 놔야 한다는 게 중요하다는 생각을
단 한 번도 해본 일이 없었던 거예요. 일반 가정에서 자연스럽게 행
해지는 가정교육이랄까, 그런 걸 받아본 적이 없었어요. 어떻게 보면
우스꽝스러운 사건이지만 이런 것 때문에 저는 늘 자신이 없었던 것
같아요. 그러다 보니 블루칼라 사람들하고 같이 있는 게 늘 마음이
편하고 좋았던 거죠. 지금은 그렇지 않지만 20대 때는 상당히 혼란
스러웠어요. 아니 에르노가 표현했던 것처럼, 불쑥 상황에 맞지 않는
말이나 행동을 하게 될까 봐서요.

내가 어른이 아니어서 할 수 없는 것,
그건 바로 생활이래

**⊙ 지선의 어머니는 사돈집과 수준을 맞추기 위해 너무 과하게 결혼 준비를
하게 됩니다. 이 어머니는 사위만 보면 딸이 아까울 지경이지만 사위 집안을
보고 일종의 대리만족을 느끼는 건가요? 아니면 딸자식에게 공부를 많이 시
킨 데 대한 어떤 보상 같은 걸 받는 심정인가요?**

소설에서는 정반대예요. 어머니는 송충이는 솔잎을 먹고 살아야 된
다는 생각을 가진 분이에요. 그래서 딸에게 장사꾼 사위를 적극 추
천한 거죠. 어머니는 땀 흘려보지 못한, 그리고 시장에서의 삶을 경
험해보지 않은 사람들은 우리 정서를 절대로 이해하지 못할 거라는
확신을 가지고 있어요. 그래서 일류 대학 출신에 부잣집 아들 사위

는 다 필요 없다고 생각한 거예요. 영철이 자기 생각에 딱 맞는 그런 사위인 줄 알았던 거죠. 그런데 사돈 집안의 실상이 그렇지 않았던 거예요. 소설 속에서 그려지는 지선의 어머니는 시장 밖 사람들이 시장 사람들을 깔보고 권력이나 돈이 좀 있다고 우쭐거리는 걸 같잖게 여기는 분이에요. '니들이 우릴 거부하냐? 우리도 마찬가지야', 이런 식이죠. 일종의 자존심인 거죠.

⦿ **보통의 어머니들은 자식들이 잘난 짝을 만나서 더 좋은 세상으로 나가길 바라잖아요?**
『삼오식당』에서 그려진 어머니는 대부분의 어머니들이 이해할 수 없는 사고방식을 가진 분이에요. 보통의 엄마라면 딸을 잘 키워서 잘난 사위 만나 좋은 집에 시집보내길 바라죠. 지선의 어머니는 전혀 달라요. 제가 마흔 중반쯤이 되면, 이런 시각으로 세상을 바라보며 사는 친정어머니에 대한 이야기를 소설로 써보려고 해요.

⦿『삼오식당』여주인의 캐릭터가 실제의 어머니와 비슷한가요?

비슷한 정도가 아니라 거의 백 퍼센트 동일 인물에 가까워요. 어쩔 수 없이 조금 변형은 됐지만요. 보통은 소설 속 등장인물의 캐릭터를 현실에서 그대로 따오지는 않는데,『삼오식당』여주인 캐릭터만큼은 제 어머니를 그대로 따왔어요.

⦿ 결국 지선과 중학교 때 친구들은 빨리 어른이 돼서 이 영등포 골목을 벗어나자고 결의하지만 자의든 타의든 한 명도 영등포를 벗어나지 못하게 되죠. 그만큼 우리 사회가 자기 앞에 놓인 현실을 벗어나기 어렵다, 계층 간의 이동이란 게 결코 녹록한 일이 아니다, 이런 걸 대변하는 건가요?

네, 저는 그렇다고 생각해요. 우리 사회가 점점 경제 수단이나 재화를 소유하지 못하면 그냥 뒤처지는 정도가 아니라 삶 자체가 버거워지는 상황이잖아요. 예를 들면 누구네 집은 서른다섯 평인데 우리 집은 스물다섯 평이다, 이런 건 상대적 결핍이지만 학교에 가고 싶은데 갈 수가 없고, 엄마 아빠와 함께 살고 싶은데 떨어져서 다른 곳에 살아야 한다, 이런 건 절대적 결핍이에요. 절대적 결핍은 사람을 굉장히 절망하게 만들죠. 그래서 저는 그런 절망적인 삶의 조건을 무조건 좋다, 그것이 바로 민중의 삶이다, 이렇게 이야기하고 싶지는 않아요. 시장 사람들에 관한 소설을 썼지만 그들의 삶이 행복하다거나 그럴싸하게 꾸며서 멋지게 이야기하고 싶지도 않아요. 결국 문학은 나를 인간답지 못하게 만드는 것들, 그것이 환경일 수도 있고 제도일 수도 있고 불평등일 수도 있지만, 보다 인간다워지기 위해 그 어떤 말로 형용할 수 없는 괴물들과 싸우는 것이라고 생각해요. 그렇기 때문에 앞으로도 계속 그로부터 벗어나지 못하는 사람들의 이야기를 써서 보여주려고 해요. 그리고 이런 괴물들과 싸우며 벗어나려고 발버둥치는 사람들의 의지 또한 그대로 보여주고 싶어요.

⊙ 0번 아줌마네 딸인 날라리 중학생 현미가 지선에게 묻습니다. "내가 어른이 아니어서 할 수 없는 게 뭐야?" 그러다가 나중에 스스로 답을 찾아내죠. "우리 작은언니가 그러는데, 그건 생활이래." 어른이 아니면 할 수 없는 일, 그것이 생활이라는 대답은 많은 것을 생각하게 해줍니다. 먹고사는 일을 책임진다는 것, 정말 힘들고 어려운 일이죠.

『삼오식당』에 나오는 연작 소설 중에 제가 가장 가슴 아프게 썼던 글, 그리고 시장 사람들의 삶을 가장 극명하게 문학적으로 형상화시킨 작품이 바로 「까라마조프가의 딸들」이에요. 지금도 그 생각에는 변함이 없어요. 소설 속 문장들은 당시 정말 제 마음 깊은 곳으로부터 우러나온 것들로 북받쳐서 쓴 글들이에요. 현미가 했던 말 역시 제가 체험하고 느꼈던 시장에서의 삶을 고스란히 반영한 말이었고요.

변함없이 항상 같은 자리를 지켰던 어머니

⊙ 당진상회 할머니가 얄밉잖아요. 밥 한 상 시켜놓고 온갖 요구를 다 하는데도 어머니는 그걸 묵묵히 받아줍니다. 빈 그릇을 갖고 와서 밥을 더 달라고 해도 군말 없이 고봉으로 채워주고요. 어머니가 가진 이 마음이 바로 밥장사하

는 사람의 마음이 아닐까 생각했어요. 그렇게 보면 삼오식당이라는 공간은 단순히 돈을 받고 밥을 파는 상행위 장소만은 아닌 것 같아요.

맞아요. 삼오식당은 상징적인 공간이에요. 제가 어머니의 삶을 보면서 느꼈던 것, 그리고 가장 존경하는 부분이 뭐냐면 어머니는 변함없이 항상 한곳에만 계셨다는 거예요. 요즘 사람들은 자식 교육이나 이런저런 목적을 위해 거주지를 자주 옮기잖아요. 제 어머니는 그러지 않으셨어요. 같은 자리를 묵묵히 지키고 있는 사람만이 주변 사람들에게 해줄 수 있는 게 있거든요. 어머니는 그걸 해주신 거죠. 거기 가면 언제든 그 사람이 있다는 것, 이건 정말 소중한 거라고 생각해요. 그 사람이 꼭 나를 반색하면서 상냥하고 따뜻하게 맞아주지는 않더라도 그곳에는 늘 그 사람이 있다는 사실이 위안이 될 때가 참 많죠. 제가 소설 속에서 그려내고 싶었던 삼오식당은 바로 그런 곳이었어요.

⊙ 어머니는 아직도 식당을 하시나요?

조광시장에 농협 공판장이 있었어요. 거길 중심으로 도매상들이 있고 개인 상회들이 있었는데, 어느 날 갑자기 농협 공판장이 발산동에 있는 강서시장으로 옮겨가면서 상인들도 덩달아 강서시장으로 떠나고 말았죠. 그래서 조광시장이 개인 상회들만 몇 군데 있는 작은 규모로 축소되었어요. 시장이 그렇게 되자 어머니도 더 이상 식당을 하실 수가 없게 되었죠. 밤에는 거의 폐가처럼 돼버리고 낮에도 두세 시만 되면 인적이 드물어지니 장사가 되겠어요? 하는 수 없이 2007년 말에 그만두셨어요. 제 작은 소원이라면 어머니가 하시던 삼호식당 자리에 문학을 필요로 하는 아이들을 위한 공간을 만들고 싶어요. 언젠가는…….

◉ 지선의 입을 빌려 밥장삿집 딸로서의 푸념이랄까, 하소연 같은 게 쏟아지죠. 조금만 잘못하면 "밥장사 하는 집 딸년이 다 저렇지"라거나 "지가 대학 나왔어야 근본이 어디 가냐구. 주막집에서 뭐 배운 게 있겠어?"라는 식으로 욕을 먹곤 합니다. 수많은 장사 중에 왜 밥장사를 가장 하찮게 보는지에 대한 한탄도 등장하죠. 따지고 보면 밥장사는 생명을 위해 양식을 공급해주는 거룩한 직업인데, 어째서 사람들이 이런 인식을 갖게 된 걸까요?

새벽부터 밤중까지 식당에는 하루 종일 온갖 사람들이 들락거려요. 특히 식사 때가 되면 미친 듯이 몰려와 빨리 밥 내놓으라고 소리를 질러대고, 저녁 때 일 끝나면 아저씨들이 들이닥쳐 거나해지도록 술을 드시죠. 시장 사람들에게 삼호식당은 가장 만만한 곳이었어요. 어머니의 식당에는 홀에 테이블이 다섯 개 정도 있었고 그 옆에 조그마한 방이 있었어요. 그 위에는 다락방이 있었고요. 그 다락방에서 제가 결혼하기 전까지, 그러니까 스물다섯 살 때까지 살았거든요. 식당이 돈을 버는 일터이자 먹고 자는 생활공간인 셈이었죠. 사실 무슨 일을 하든지 돈 버는 곳과 생활하는 곳이 분리되어 있어야 하는데, 이게 혼합되어 있으니 불편한 것도 많았고, 보기 싫어도 볼 수밖에 없는 것들이 있었어요. 그래서 더 그런 생각을 했던 것 같아요. 어머니가 장사하시는 걸 보면 열불이 뻗칠 때가 많았어요. 예를 들면 막걸리를 시키면 안주를 시켜야 되잖아요? 그런데 한 병도 아니고 겨우 한 잔을 사발로 시켜 마시면서 안주도 시키지 않는 거예요. 하차반 아저씨들 중에는 막걸리 한 병을 시킬 형편도 안 되는 분들이 많았어요. 그러다가 우리 식구들이 밥을 먹거나 그러면 밥도 얻어 드시고 김치도 얻어 드시고 그랬어요. 아예 막걸리 한 사발 시켜놓고 이거 가져와라, 저거 가져와라 하는 경우도 있었죠. 그럼 어머니는 그걸 다 받아주시는 거예요. 그러니 제가 열불이 안 나겠어요? 그래서 어머니가 돈은 못 벌었던 것 같아요. 늘 먹고살기가 빠듯했으니까요.

⊙ 평론가 임헌영 씨는 해설에서 에리히 프롬을 인용하면서 "무엇이 욕망으로 응축된 개체와 사회를 파멸과 멸망에 이르게 할까? 바로 시장 지향성(Marketing Orientation) 인간이다"라고 말합니다. 여기서 말하는 시장이란 영등포 시장 같은 곳이 아니라 돈과 욕망으로 뒤범벅된 자본주의 시장을 말하는 것이죠. 『삼오식당』에 등장하는 시장은 서민들의 애환이 고스란히 담긴 곳이니만큼 우리의 정신적 고향 같은 곳이잖아요. 그런데 자본주의가 발달하면 할수록 거대자본을 가진 대형 유통회사들이 기존에 시장이 하던 기능을 다 장악해버리고 있고, 전통시장이나 동네 구멍가게들은 설 자리를 잃어가고 있죠. 참으로 안타까운 일입니다. 이런 현실에 대해 누구보다 가슴이 아프실 것 같은데요.

2008년 초에 큰 충격을 받은 일이 있었어요. 제가 어려서부터 아저씨라 부르며 친하게 지냈던 분이 가게에서 목매달아 자살하신 거예요. 대형 마트의 횡포 때문이었어요. 과거에 상인들은 명절이 되면 대목이라고 좋아했지만 이제는 전혀 그렇지가 않아요. 대형 마트에서 배 5백 짝을 납품하라고 해서 가져다주면 명절에 3백 짝을 팔고 나머지 2백 짝을 다 반품해요. 그리고 팔린 배 값은 짧게는 3개월, 길게는 1년짜리 어음을 끊어 줘요. 평소 배 한 짝에 2만 원 하던 것을 명절이라고 4만 원이나 5만 원에 사서 납품을 했는데, 안 팔린 건 반품하고 팔린 건 어음을 끊어 주면 도매상은 그냥 죽으라는 거나 마찬가지죠. 버텨낼 수가 없는 거예요. 그러다 보니까 상인들은 명절 한 번 보내고 나면 돈을 버는 게 아니라 빚더미에 앉고 말아요. 며칠 전에는 이런 뉴스도 나왔더라고요. 어느 재래시장에 있는 중도매인들에게 대목이니까 물건을 보내라고 해서 보냈는데, 알고 봤더니 그 창고가 유령 창고였다는 거예요. 물건을 가로채서 먹고 튄 거죠. 지금 시장구조가 이런 식이에요. 예전에는 명절이면 저와 제 동생도 과일 가게에 나가서 정신없이 장사하고 그랬었는데…… 지금은 명절이 되어도 명절 같지가 않아요. 너도나도 대형 마트만 찾는걸요. 앞으로 어떻게 될지 정말 걱정이에요.

⊙ 남편분은 과일 장사를 하시나요?

제 남편은 과일 경매를 하는 경매사예요. 남편이 맨날 자기 이야기를 소설로 쓰라고 해요. 경매사 이야기를 다룬 소설은 아직 없다면서. 얼마 전 케이블 방송 드라마 〈총각네 야채가게〉 출연자들이 제 남편한테 와서 경매 수업을 받고 갔다고 하더라고요. 남편이 경매하는 거 보면…… 정말 대단하다고 느껴요. 어떻게 저렇게 할까 싶죠. 예전에는 수지식 경매라고 해서 손으로 했어요. 경매사가 경매대 위에 올라가면 물건을 사려는 상인들이 뼁 둘러싸잖아요. 이 사람들이 가리개로 가리고 이렇게 손을 놔요. 그러면 몇십 명, 몇백 명 사람들의 손가락을 1분 안쪽에서 보고 딱 낙찰을 시켜야 돼요. 남편을 보면 경매도 중독인 것 같아요. 가수는 무대 위에 올라가서 노래를 해야 신명이 나잖아요? 제 남편은 경매대에 올라가면 막 소리를 지르면서 손가락질을 하고 발을 구르고 온몸을 다 써가며 표현을 하더라고요. 저 사람이 내 남편이구나, 하고 신기할 때도 있어요.

⊙ 영등포 시장 이야기는 다 끝난 건가요? 다음 작품은 어떤 거죠?

요즘 제가 천착하고 있는 주제는 풍자와 해학이에요. 옛날에는 정말 이해를 못했거든요. 아니, 저 아줌마들은 저렇게 힘들게 살면서도 삼

삼오오 모여서 파 다듬고 생선 토막 내면서 왜 깔깔깔 웃고 저럴까. 이해가 되질 않았어요. 그런데 최근 들어 그런 게 이해가 돼요. 그러면서 우리 민담에 관심이 많아졌어요. 우리만이 가진 것이 해학인 것 같아요. 해학은 유머나 개그하고는 다른 것이죠. 앞으로도 풍자와 해학을 추구하는 작품을 계속 쓰려고 해요.

　　북촌 한옥마을처럼 많이 알려지지는 않았지만 서촌으로 불리는 통의동 한옥마을은 아기자기한 골목길을 걷는 맛이 일품이었다. 겨울과 봄 사이, 그림 같은 한옥 골목 몇 개를 돌아야 겨우 찾을 수 있는 갤러리 류가헌(流歌軒)에서는 '어머니에 관한 네 개의 기억, 또는 기록'이라는 주제로 임종진 씨의 사진전이 열리고 있었다. 작품 설명 속의 주어와 동사의 주체는 전부 어머니였지만, 그 어머니를 울고 웃고 살아내고 맞서게 만든 건 결국 자식이었다. 세계 모든 어머니들의 눈동자엔 하나같이 자식들의 얼굴이 그렁그렁 눈물처럼 맺혀 있었다. 그래서 어머니라는 이름은 모든 인간에게 두루 통하는 만국 공통어인 것 같았다.
　　한옥 두 채가 나란히 기와지붕을 맞댄 마당엔 푸른 하늘과 봄기운을 머금은 잔디가 'ㅁ'자로 마주하고 있었다. 어디선가 삐거걱 문을 열고 주걱이나 국자를 든 삼오식당 여주인, 아니 작가의 어머니가 나타날 것만 같았다. 어머니에 관한 기억은 영상이나 사진 혹은 이미지 없는 울림으로 존재하기도 하지만 냄새나 맛으로 존재하기도 한다. 내게는 더욱 그렇다. 아마 작가도 마찬가지였던 것 같다.

봄에 어울리는 구수한 쑥국이나 봄비 내리는 날 유난히 그리운 김치
부침개 속에서 나는 어머니를 보고 먹고 느낀다. 그러고 보면 우리
모두는 이제 기억 속에서만 존재하는 삼오식당의 한솥밥을 먹고 자
란 동기간들인지도 모른다.

· · ·

이명랑은 1997년 문학 무크지 『새로운』에 「에피스와르의 꽃」 외 두 편을 발표하면서 시인으로 등단한 뒤 1998년 장편소설 『꽃을 던지고 싶다』를 발표하며 문단과 독자들의 주목을 받기 시작했다. 이후 장편소설 『삼오식당』, 『나의 이복형제들』, 『날라리 on the Pink』, 『구라짱』과 창작집 『입술』 등을 연이어 출간하며 시대의 상처와 아픔을 특유의 풍자와 해학으로 위로하고 치유하는 글을 쓰고 있다. 현재 서울디지털대학교 문예창작학과 교수로 재직 중인 그녀는 1973년 서울 영등포 출생으로 1999년 이화여대 교육대학원을 졸업한 후 2008년 중앙대 대학원에서 문학박사 학위를 받았다. 어린 시절 한글을 깨치기도 전에 만화책에 빠져들었고, 한글을 알게 된 뒤로는 혼자 도서관에 가서 노는 일이 많아졌다고 한다. 또래 여자아이들의 고무줄놀이나 공기놀이를 함께 하기보다는 놀이하는 아이들을 지켜보거나 그 곁에 앉아 공상하기를 즐겼던 그녀의 취향은 훗날 소설 쓰기로 오롯이 이어졌다. 장편소설 『슈거 푸시』, 『여기는 은하스위트』, 소설집 『어느 휴양지에서』, 동화책 『흥부전』, 『조웅전』, 『오늘은 촌놈 생일이에요』, 『아무한테도 말하지 마』, 『메주 꽃이 활짝 피었네』 등을 출간했다.

손홍규
© 정문기
먹어야 할 것을 먹지 않고
먹지 말아야 할 것을 먹다 가는 것이 인생
『이슬람 정육점』

나는 상처투성이 아이다. 언제 어떻게 생겨났는지도 모르는 흉터가 온몸 가득한 나는 고아원에 버려진 존재였다. 하루 스물네 시간 나 자신과 마주치며 살아야 한다는 게 더없이 고통스러웠던 내 앞에 어느 날 하산 아저씨가 나타났다. 그는 내 안에, 나는 그 안에 담긴 깊은 슬픔을 보았다. 나는 하산 아저씨에 이끌려 고아원 문턱을 넘었다. 언제든 홀로 라면을 끓여 먹을 수 있다는 것, 그것이 내겐 자유였다.

하산 아저씨가 나를 데려간 곳은 미로처럼 골목이 갈라지고 이어진 낡고 후락한 산동네였다. 이곳에서 나는 고아원 시절과는 전혀 다른 미지의 세계를 경험한다. 『쿠란』을 달달 외울 정도로 독실한 무슬림이었던 터키인 하산 아저씨는 돼지고기를 파는 정육점 주인이다. 그리스인 야모스 아저씨는 종합병원에서 세탁 일을 하거나 장의사로 일하는 등 닥치는 대로 돈벌이를 하며 충남식당에 기생해 살아간다. 이 두 사람은 한국전쟁 때 유엔군으로 참전했다가 전쟁이 끝난 뒤 본국으로 돌아가지 않고 한국에 정착했다. 안나 아주머니는 이곳저곳을 전전하다 모스크가 있는 마을에서 밥장사로 재미를 보며 눌러앉았다. 이들은 틈만 나면 티격태격하지만 서로의 상처를 보듬으며 밥을 나눠 먹는 사이다.

동네 안에는 여러 명의 아이들이 살고 있다. 새끼 고릴라처럼 생긴 김유정은 말더듬이였지만 동물들의 말을 알아듣는 신기한 재주를 가진 녀석으로 소설가가 되는 게 꿈이라고 했다. 불치의 병을 앓고 있다는 맹랑한 녀석은 동화 같은 이야기를 사실이라 믿으며 쉬지 않고 주절거렸다. 어리지만 "죽을 건데, 뭐"라는 말을 입에 달고 살면서 어디서 배웠는지 알 수 없는 철학적인 화술로 해결사 역할까지 톡톡히 해냈다. 중학교도 가지 못한 나는 이 상처 많은 어른들과 아이들 사이에서 부대끼며 인생을 하나하나씩 배워간다.

어차피 나는 고향이 없었다. 그리워해야 할 원형의 풍경도, 회귀를 꿈꾸게 하는 낯익은 사물에 대한 기억도 없었다. 그러므로 어딜 가나 내겐 고향이고 모국이다. 누굴 만나든 그가 바로 내 오랜 벗이자 가족이다. 그건 곧 어떤 곳도 나의 고향이 아니며 그 누구도 나의 벗이나 가족이 아니라는 뜻이기도 하지만…….

앙숙인 그리스와 터키가
한국전쟁을 통해 형제가 되다

◉ **얼마 전 터키와 그리스를 다녀오셨죠? 간접 체험을 통해 작품을 쓸 때와 직접 가서 본 뒤에 느끼는 게 다를 것 같은데요. 이번 여행을 통해 이전과 바뀐 생각이 있나요?**

글쎄요, 크게 변화가 있다고 할 수는 없어요. 제가 그리스나 터키에 대해 간접적으로 이해하게 된 것은 그리스의 니코스 카잔차키스, 터키의 아지즈 네신이나 야사르 케말 같은 사람들의 작품을 통해서거든요. 이번 여행에서는 줄곧 터키에 머물다가 한 일주일 정도 그리스를 다녀왔어요. 그때 니코스 카잔차키스의 고향인 크레타에 갔다 왔죠. 결국 집으로 찾아가 직접 카잔차키스를 만났어요. 올해 아흔 살로 파킨슨병을 앓고 계시더라고요. 제가 찾아가지 않으면 생전에는 볼 수 없는 사람이고 평소에 작품을 좋아하고 존경했기 때문에 찾아갔던 거예요. 아지즈 네신은 이미 돌아가신 분이라 이스탄불 외곽에 있는 아지즈 네신 재단을 찾아간 걸로 만족했어요. 작품을 통해서만 만나왔던 분들을 직접 만나거나 흔적을 대해보니 소설을 쓸 때 인식하지 못했던 것들, 말하자면 웃음이 있으면 그 뒤에 눈물이 있고 눈물이 있으면 그 뒤에 웃음이 있는 복합적인 상황들을 이해할 수 있게 됐어요.

⊙ **갑자기 그리스와 터키에는 어떻게 가시게 된 거죠?**
한국문화예술위원회에서 예술가들을 해외에 파견해 견문을 넓혀주는 프로그램을 운영해요. 어느 날 문득 공고를 보니까 터키가 있더라고요. 그래서 신청을 했다가 덜컥 선발이 된 거예요. 덕분에 6개월 동안 숙식을 제공받으며 터키에 머물다 왔어요.

⊙ **이 작품의 시대적 배경은 1980년대이고, 공간적 배경은 모스크가 있는 한 남동 근처의 가난한 동네예요. 등장인물도 터키인 하산과 그리스인 야모스 등인데, 이런 독특한 배경을 설정하신 어떤 계기나 이유가 있나요?**
소설을 쓰게 된 동기부터 말씀드리자면, 사실은 제가 한국전쟁에 대한 소설을 쓰려고 오래전부터 많은 준비를 해왔어요. 한국전쟁 때 유엔군으로 참전한 나라가 열여섯 개국이잖아요. 그중에 그리스와 터키도 있거든요. 그리스는 수백 년 동안 오스만제국의 지배를 받아오다가 19세기에 들어서면서부터 비로소 독립 투쟁을 하게 되죠. 그래서 실질적으로 독립을 하게 된 것이 19세기였어요. 그런데 20세기 초에 접어들어 오스만제국이 무너졌을 때 그리스가 터키를 침략해요. 그리스 군대가 이스탄불의 코앞까지 밀고 들어갔는데, 이때 터키 공화국의 초대 대통령인 아타튀르크가 독립군을 이끌고 싸워서 그리스 군대를 물리치고 터키 공화국을 세우게 됩니다. 지금도 터키 바로 앞바다에 있는 로도스 섬이 그리스 섬이잖아요? 상식적으로 보면 터키 영해 안으로 그리스가 완전히 치고 들어온 셈이죠. 이렇듯 터키와 그리스는 역사적으로 늘 앙숙이었어요. 터키에 있는 동안 터키인들에게 그리스인이랑 터키인은 구분이 안 된다고 말했더니 굉장히 기분 나빠 하더라고요.

⊙ **한국인들에게 일본인같이 생겼다고 하면 기분 나빠 하는 것처럼 말이죠?**

그렇죠. 지금도 그리스와 터키는 사사건건 싸우고 있어요. 이런 역사적 배경 속에서 1950년 한국전쟁이 발발하자 그리스와 터키가 나란히 유엔군으로 참전을 해요. 어떤 터키 작가의 소설을 보면 이런 구절이 나와요. 한국전쟁에 터키 군대가 파병된 후 터키 사람들이 라디오를 통해 전쟁 상황에 대한 뉴스를 듣게 되죠. 이때 한국에 파병됐다가 돌아온 병사에게 빠짐없이 물어보는 게 뭐냐면, '그리스 놈들은 잘 싸우더냐?' 하는 거였어요. 전쟁이라는 것이 한 인간뿐 아니라 인류의 삶을 구렁텅이로 밀어 넣는 건데, 세부적으로 들어가 보면 그 양상은 아주 다양하고 복잡하며 반어적이고 역설적인 거예요. 원수지간인 그리스와 터키가 이 머나먼 한반도에서 서로 동맹국이 되었다는 것은 그들 사이에 얽힌 원한이 중요한 게 아니라 동료로서 같이 싸워서 살아남는 게 가장 중요한 현실이라는 거죠. 그런 의미에서 이들에게 전쟁은 긍정적인 게 되는 거예요. 그래서 한국전쟁을 다룬 소설을 본격적으로 쓰기 전에 그리스와 터키의 이야기를 따로 떼어 한 권의 장편으로 다루고 싶었어요. 그리고 일단 이태원이란 공간 자체가 우리한테는 여러 가지 의미가 있는 공간이잖아요. 다양한 이질적인 문화들이 집합되어 있는 곳이죠. 제 생각에는 우리가 이질적이라고 느끼는 이런 문화들이 사실은 오랫동안 우리 곁에 있었는데, 우리가 그걸 인정하지 않았거나 모른 척했다는 생각이 들었어요. 지금 다문화, 이주노동자 문제가 이슈가 되고 있잖아요. 그런데 이런 문제는 오래전부터 존재해왔고, 이방인들은 우리 안에 오랫동안 거주해왔어요. 이슬람이라는 것도 말하자면 오랜 세월 동안 우리와 같이 있었으나 우리가 보지 않으려 했던 것 중 하나인 거죠. 흔히 말해서 자기안의 타자라고 하죠. 우리 안의 이방인. 그게 실제로는 이방인이나 타자가 아니라 우리 곁에 늘 함께 있었던 사람들이라는 것, 그런 걸 보여주기 위해 일부러 1980년대라는 공간을 설정한 거였어요.

고만고만한 사람들이 누구나 편하게 올 수 있어
늘 붐비는 충남식당

◉ **전쟁이 끝나자 다들 본국으로 돌아가는데, 하산과 야모스는 한국에 그대로**

눌러살게 됩니다. 이들이 귀향하지 못한 것은 자신들이 가지고 있던 트라우마 때문인가요?

우리가 '어디에 넋을 반쯤 놓고 왔다'라고 하잖아요? 터키어로 한국인이 코렐리거든요. 그런데 코렐리라는 낱말이 다른 의미로도 쓰여요. 한국전쟁에 파병됐다가 귀환한 사람도 코렐리라고 부르죠. 그리고 또 다른 은어로도 쓰여요. 정신병자를 코렐리라고 하거든요. 그만큼 한국전쟁에 참전했던 병사들의 외상 후 스트레스가 심했던 거죠. 제가 작가의 말에도 썼지만 야모스나 하산이라는 이름은 전사자 명단에서 고른 거예요. 이 사람이 죽지 않고 살아서 한국에 남아 우리와 똑같이 현대사를 견디며 살았더라면 타인의 시선으로 봤을 때 우리의 모습이 과연 어땠을지를 한번 상상해본 겁니다. 죽은 분들을 불러낸 거죠.

◉ 하산 아저씨가 고아원에 가서 수많은 아이들 중에 하필 '나'를 지목해서 데리고 옵니다. 이건 두 사람이 가지고 있는 깊은 상처가 알 수 없는 인연으로 이어진 건가요?

실제로 터키 군인들이 한국에 주둔하면서 철수하기 전까지 제일 열심히 했던 것이 고아원 운영이었어요. 이슬람 성직자를 이맘이라고 하는데, 최초의 한국인 이맘도 바로 고아원 출신이었어요. 전쟁이 끝났다고 해서 모든 상처가 봉합되고, 삶의 조건들이 나아지는 게 아니잖아요? 여전히 전쟁 같은 갈등과 고난이 이어지는 것이죠. 소설에서의 소년은 말하자면 한국 현대사의 어떤 아픔을 상징한다고 볼 수 있어요. 하산 아저씨는 타자인 동시에 목격자로 우리와 더불어 살아가면서 아픔까지 함께 체험해주는 사람인 거예요. 과거의 상처를 지닌 채 우리 시대를 목격한 두 사람과 두 개의 상처가 만나는 것이죠.

◉ 하산 아저씨는 『쿠란』을 다 외울 정도로 신앙심이 깊은데, 왜 모스크 근처에는 얼씬도 하지 않고 이슬람교에서 철저히 금하는 돼지고기를 팔면서 생계를 유지하는 거죠?

그는 종교를 내면화한 사람이라고 생각해요. 교회에 나가고 절에 가야만 독실한 신자인 게 아니잖아요. 자신의 종교를 자기 삶의 원리로 받아들인 사람인 거죠. 이 사람이 그렇게 된 것은 결국 전쟁으로 인한 트라우마가 있었기 때문이고요. 소설에 표현되지는 않았지만 모스크라는 눈에 보이는 상징적인 것을 넘어서서 자기 삶 속에서 이미 내면화된 원리로 신을 받아들였기 때문에 굳이 모스크까지 갈 필요가 없는 거예요. 또 한편으로 그가 모스크를 완강히 거부한 건 그곳에 그만큼의 부조리가 있다는 암시이기도 하고요.

⊙ **이들이 가지고 있는 직업과 자신들이 체험한 트라우마가 상관관계가 있는 건가요?**

야모스 아저씨의 트라우마는 그리스 내전에서 생겨난 거거든요. 그리스 내전 당시 왕국 군대와 공화국 군대가 싸울 때 실수로 자기 가족들과 친척들을 죽였다는 것에 대한 트라우마가 있는 거죠. 그래서 그 트라우마에서 벗어나기 위해 한국전쟁에 참전했는데, 여기서 또 다른 거대한 공포를 목격하게 된 거예요. 그런 과정을 거치면서 자기와 같은 처지에 놓인 사람에 대해 점점 친근감을 느끼며 살아가는 사람으로 묘사된 겁니다.

⊙ **소설 속에서 안나 아주머니와 충남식당은 모든 사람들을 엮어주고 위로해주는 역할을 하고 있더군요. 그녀는 소년에게 충북식당, 강원식당, 제주식당, 호남식당 다 해봤지만 충남식당으로 간판을 바꾼 뒤 장사가 가장 잘된다고 말합니다. 근거가 있는 이야기인가요?**

근거는 없지만 식당 이름 중에 충남식당이 많기는 하죠. 충남이라는 이미지가 맛은 몰라도 인심은 보장할 것 같잖아요? 소설 속의 충남식당도 꼭 맛있어서 모여드는 식당이 아니라 고만고만한 사람들이 누구나 편하게 올 수 있어 붐비는 곳이에요.

내 몸에는 의붓아버지의 피가 흐른다

⊙ 작품 속에 상처 입은 어른들이 많이 등장하지만 비슷한 모양새로 상처 입은 아이들 또한 등장합니다. 인생에서 상처받고 그 상처를 치유하고 극복해나가는 과정은 어른들이나 아이들이나 다 비슷하다는 것을 실재적으로 보여주고 있는 건가요?

일차적으로는 역사가 되어버린 상처와 현재 진행형인 상처의 만남이라고 할 수 있어요. 상처에 관한 한 아이들이나 어른들이나 똑같다는 것은 굳이 말하지 않아도 다 아는 일이고요. 상처란 번식하는 거라고 생각해요. '우리는 상처가 있으니까 후대에게는 상처를 물려

주지 말아야지'한다고 해서 그렇게 되는 게 아니더라고요. 어떤 방식으로든 앞 세대의 상처가 변형되어 다음 세대로 이어지게 됩니다. 그렇게 봤을 때 역사적 상처와 현재 진행형 상처가 모습은 다를지라도 서로 다른 상처가 아니라는 것이죠. 결국 상처를 치유하기 위해서는 일괄 타결이 필요한 거예요. 역사적 상처와 현재 진행형 상처를 한꺼번에 풀어내려면 만나서 서로의 상처를 들여다보고 뭔가 방법을 찾아봐야 하지 않겠어요? 저는 혈연관계가 아님에도 불구하고 서로에게 인간다움을 보여주고 거기서 가치와 희망을 찾아냄으로써 상처를 치유할 수 있지 않을까, 하는 생각을 한 거예요. 그래서 "내 몸에는 의붓아버지의 피가 흐른다"라는 표현을 쓴 겁니다. 주인공에게 의붓아버지의 피가 흐를 리가 없잖아요? 여기서 말하고자 하는 것은 역사적 상처 또한 내 상처로 받아들이고 내 상처 역시 역사적 상처가 됨으로써 그 안에서 뭔가 상처를 치유할 방법을 찾아내겠다는 의지를 나타는 거라고 볼 수 있어요.

⊙ 소설 속 인물들의 국적도 다양하지만 이맘, 개신교 전도사, 가톨릭 신부 등 종교 지도자도 다양하게 나옵니다. 이 역시 소통의 연결 고리로 등장시킨 건가요?

제가 이런 농담을 자주 하거든요. "기독교예요?" "아니요." "불교예요?" "아니요." "그럼 무교시군요?" "아뇨, 조로아스터교인데요." 아무도 "이슬람교도신가요?"라고 묻지를 않아요. 그런데 한국에 이슬람교 신자도 꽤 돼요. 어떻게 보면 짬뽕이 되어버린 느낌이 들 수도 있지만 제가 신부도 등장시키고 전도사도 등장시킨 이유는 이들의 공통점을 보여주기 위해서였어요. 신부나 목사나 하산 아저씨나 이맘 같은 사람도 각각 종교는 다르지만 인간을 이해하고자 하는 어떤 공통점에서는 전혀 다를 게 없다는 걸 보여주려 했던 거죠.

◉ 종교와 음식은 아주 밀접한 관계에 있어요. 어느 종교든지 권장하는 음식이 있고 금기시하는 음식이 있죠. 어쩌면 인류의 역사는 금기시 되는 음식을 먹고 권장되는 음식을 거부해온 과정이 아닐까 라고도 생각되는데, 어떻게 생각하시나요?

글쎄요. 하산 아저씨가 전쟁 중에 자기 의도와는 무관하게 인육을 먹었던 경험이 바로 그런 의미라고 생각해요. 자기는 규율을 범하지 않았지만 전쟁이라는 상황이 규율을 범하게 만든 거잖아요. 그러니까 중요한 것은 규율 자체를 지키느냐, 안 지키느냐의 문제가 아니라 그 규율이 작동하는 우리의 삶 자체가 어떤 것이냐 하는 거죠. 실제로 삶이라는 게 규율에 따라 이루어지는 평온한 것이냐 하면 그렇지 않다는 거예요. 규율을 강조한다면 그것은 전쟁을 눈감아주는 것과 마찬가지잖아요. "너 왜 사람 고기를 먹었어?" "전쟁 중이었잖아요." "그게 말이 돼? 넌 규율을 어겼어." 그렇게 되는 거잖아요. 그러면 규율은 전쟁을 눈감아버리는 거죠. 그래서 규율과 삶 중 무엇이 우선이냐 했을 때 저는 삶이 우선이라고 봐요.

◉ 하산 아저씨가 라마단 기간 중 금식하다가 쓰러져 누운 후 소년에게 양고기 파산다가 먹고 싶다고 말합니다. 이 음식이 터키인들이 즐겨 먹는 음식인가요?

그건 저도 나중에 알았어요. 이 소설을 터키인이 현지에서 번역 중인데, 어느 날 그분에게서 연락이 왔어요. 양고기 파산다가 뭐냐는 거예요. 저는 인터넷을 검색해서 쓴 거였어요. 알고 보니 그게 잘못된 정보였던 거죠. 파산다라는 말은 인도 음식을 가리킬 때 쓰는 거지 터키 음식을 설명할 땐 쓰지 않는 용어였어요. 그래서 터키어판은 제대로 고쳤지만 한국어판은 아직 수정을 못했어요. 이 음식은 동그랑땡 같은 거예요. 다진 고기에 각종 양념과 야채를 넣어 완자로 만들어 굽거나 튀긴 터키의 전통 요리로 쾨프테^{kofte}라고 해요.

⊙ **하산 아저씨는 숨을 거두기 직전 소년에게 자신을 아버지로 불러달라고 합니다. 소년은 "고마워요, 아버지"라고 응답합니다. 마지막 순간 서로 아버지와 아들로 사랑을 고백함으로써 이들의 의붓관계는 피가 흐르는 혈연관계로 승화되죠. 그날 소년은 이 세계를 입양하기로 마음먹게 됩니다. 비로소 상처를 치유하고 세상과 소통하게 되었다는 의미인가요?**

소년이 하산 아저씨에게 고백합니다. "다음 생에서 꼭 다시 만나요." 하산 아저씨는 이렇게 대답합니다. "오, 잊었니? 우리가 전생에서도 그런 약속을 했다는 걸." 이슬람에는 윤회 사상이 없거든요. 하산 아저씨는 죽는 순간에 그 모든 것을 벗어난 사람이라는 걸 보여준 거예요. 전생에 우리가 그런 약속을 하지 않았느냐, 하는 것은 농담이기도 하지만 관념적으로 봤을 때는 윤회 관념을 인정한 거잖아요. 소년에게 맞춰주는 것이죠. 이해하고 사랑한다는 것은, 내가 저 사람처럼 되겠다기보다 적대적인 갈등을 적대적이지 않은 갈등으로 바꿔내는 힘이라고 생각해요. 무조건 갈등을 없애야 한다는 것은 현실적이지도 않고 올바른 방식도 아닌 것 같아요. 중요한 것은 이해와 소통이에요. 우리 식으로 말하자면, 그 사람을 용납할 수 있게 되는 거죠. 그게 바로 사람과 세상을 이해하고 사랑하는 길이고요.

자신의 존재를 상실한 채 상처투성이로 살아가던 소년은 하산 아저씨를 만난 후 말을 되찾고 정에 눈뜨면서 세상과 소통하게 된다. 하산, 야모스, 안나, 대머리 아저씨, 김유정, 맹랑한 녀석, 쌀집 둘째 딸 등 소설 속 인물들은 모두 쓰린 상처와 드러내고 싶지 않은 흉터를 품고 살아가는 사람들이다. 우리 곁에 늘 있었지만 무관심 속에 방치되어 있던 이웃들이다. 매일 밥을 먹지만 항상 허기진 사람들, 근원적 갈망을 채우기 위해 금단의 식욕을 충족시켜야만 하는 사람들이다. 인생은 이런 사람들과 함께 살아가는 것이다.

소년이 세상에 태어나 처음으로 사랑을 고백한 의붓아버지 하산이 세상을 떠난 다음 그는 아버지를 위해 11월 10일 오전 9시 5분, 홀로 모스크를 찾아 터키 독립 투쟁의 영웅인 아타튀르크를 추도한다. 신발을 벗고 사원 안으로 들어간 소년은 평소 아버지가 기도하던 모습이 떠오르지 않아 한국식으로 큰절을 한다. 부디 아버지의 신이 노하지 않기를 바라면서. 소년은 자신의 몸속에 여전히 하산의 피가 흐르고 있음을 느끼며 안도한다. 이슬람 정육점 문은 닫혔지만, 소년의 가슴속에 세상을 향한 문이 활짝 열린 것이다.

· · ·

손홍규는 1975년 전북 정읍 출생으로 동국대학교 국어국문학과를 졸업했다. 2001년 『작가세계』 신인상을 수상하며 등단한 이래, 도시화된 폭력적 환경 속에서 사라져가는 공동체적인 삶과 인간성 소멸의 현실을 풍자적으로 그려낸 소설을 발표해왔다. 그의 작품은 군더더기가 없다. 안정된 문장에 탄탄한 구조, 그에 더해 해박한 고유어 지식과 완벽한 전라도 사투리 구사, 그만의 언어 제련 솜씨로 아주 진지하게 희망과 변혁과 사람에 대해 이야기한다. 이것이 문단에서 손홍규를 주목하게 만드는 원동력일 것이다. 2004년에는 대산창작기금을, 2005년에는 문예진흥기금을 받았고, 2008년 제5회 제비꽃 서민소설상을 수상했다. 저서로는 소설집 『사람의 신화』, 『봉섭이 가라사대』와 장편소설 『귀신의 시대』, 『청년의사 장기려』, 『이슬람 정육점』 등이 있다.

2부

밥은 문학이다

오므라이스와 미역국 위로 뚝뚝 떨어진
두 남자의 눈물에 관하여

『비즈니스』

ㅁ시는 서해안에 위치한 조용한 지방 도시다. 그런데 역사적인 방조제 공사가 마무리되면서 갑자기 이곳이 중국과의 제일 교역지로 부상하게 된다. 서해의 중심 도시로 급성장한 ㅁ시는 이후 구시가지와 신시가지로 나뉘었다. 황강을 사이에 두고 세발낙지와 굴, 바지락이 넘쳐나던 개펄이 있는 지역이 구시가지, 수십 층짜리 아파트와 휘황한 위락 시설, 관공서와 상업 지구가 몰려 있는 지역이 신시가지다. 구시가지 사람들은 해안도로를 지나 파출부, 청소원, 짐꾼, 배달부, 일용직 노동자, 아파트 경비원 등으로 일하기 위해 매일 신시가지로 출근한다. 신시가지에서 구시가지로 들어오는 것은 쓰레기를 가득 실은 차들뿐이다.

신시가지 조성의 일등공신은 스스로를 '비즈니스맨'으로 부르는 시장이다. 마을 사람들 사이에선 '비즈니스'라는 말이 유행처럼 번져나갔다. 사법고시에 열 번 떨어진 뒤 사업에 실패하고 빚을 진 채 고향 집이 있는 ㅁ시로 내려온 남편을 둔 나는 구시가지에서 하루하루를 무기력하게 살고 있다. 그러던 어느 날, 나는 신시가지에 살고 있는 대학 동창 주리의 유혹으로 몸을 팔아 돈을 버는 '비즈니스'에 종사하게 된다. 나는 스스로를 '비즈니스우먼'이라고 부른다. 내가 돈을 버는 목적은 단 하나다. 아들 정우를 신시가지에 있는 좋은 학원에 보내 외국어고등학교에 진학시킨 다음 서울대학교를 들여보내 출세시키기 위해서다.

신시가지에 있는 부자들의 집이 차례로 털리는 도난 사건이 발생한다. 사람들은 신출귀몰한 그 도둑을 '타잔'이라고 불렀다. 나와 타잔은 우연히 비즈니스를 하다가 만나게 된다. 알고 보니 타잔은 내가 살고 있던 집 근처에 있는 쇠락한 동백횟집의 주인이었다. 그에게는 엄마를 잃고 외롭게 살아가는 자폐아 여름이가 있었다. 그와 나는 서로에게 호감을 느끼고 비밀스레 간직했던 비즈니스에 관해 털어놓는다. 생애 처음으로 나는 온갖 정성을 다해 타잔과 여름이를 위해 밥상을 차린다. 가을햇살 아래 마련된 이들의 식탁은 찬란했다. 마치 곧 다가올 비즈니스맨과 비즈니스우먼의 슬픈 미래에 대한 따뜻한 보상인 것처럼.

⊙ 이번 작품은 특이하게도 한국과 중국에서 동시에 출간이 되었지요?

그렇습니다. 지난해 한 출판사에서 흥미로운 제안을 해왔어요. 문학 교류 프로젝트의 일환으로 제 소설과 중국 작가의 소설을 한국의 문예지 『자음과모음』과 중국의 문예지 『소설계』에 동시에 연재한 후 책을 출간하면 어떻겠느냐는 거였지요. 저 역시 젊었을 때는 중국 고전을 읽으며 보낸 적이 있지만 나이 들면서 중국의 현대문학을 접할 기회가 별로 없어 아쉬움을 느끼고 있었어요. 그 전에는 정치적인 이유 때문에 교류가 거의 없었고, 1990년대에 들어오면서 유럽을 통해 겨우 일부 작가들을 만날 수 있는 정도였거든요. 나는 좋은 기회라고 여겨 흔쾌히 동의했어요. 그야말로 직거래 방식의 교류지요. 처음 있는 일이에요. 저는 이게 굉장히 의미가 있다고 생각해요. 그래서 중국 동시대 작가인 장원의 『길 위의 시대』와 제 소설 『비즈니스』가 따끈따끈한 상태로 양국의 독자들을 만나게 된 겁니다.

⊙ **소설 제목이 문학 용어가 아닌 『비즈니스』이고 표지 그림 또한 상당히 원색적입니다.**

중국어판의 제목은 『이팝나무』예요. '비즈니스'라는 제목은 부제로 붙어 있죠. 출판사에서 중국 사람들에게는 '비즈니스'라는 제목이 낯설게 느껴지기 때문에 바꿨으면 좋겠다고 하더군요. 알아서 하라고 그랬지요. 이팝나무가 중국에서는 좋은 이미지를 가진 나무래요. 그렇게 하되 원래 제목이 뭐라는 건 좀 밝혀달라 했더니 중국어 제목 아래 한글로 '비즈니스'라고 적어놨어요. 표지 사진이 다소 야한 느낌이 있지만, 자본주의 문명이 주는 안락한 소비 생활의 느낌이 잘 표현된 사진이라고 생각했기에 동의했습니다.

⊙ **오래된 도시 ㅁ시가 소설의 주요 무대로 등장하는데, 이 도시 안에는 구시가지와 신시가지, 가진 자와 없는 자, 떠난 자와 머무는 자, 성공한 인생과 실패한 인생, 짐승 같은 사람들이 사는 쇠락한 마을과 풍요로움이 넘치는 21세기형 꿈의 도시가 극단적으로 대비되어 나타납니다. 너무 이분법적인 구도 아닌가요?**

흔히 문화적·경제적 편차를 말할 때 강남과 강북으로 나누어서 얘기하곤 하는데, 사실 이런 건 이제 전국적인 현상이 되었어요. 우리나라 어디를 가든지 이른바 강남 같은 곳이 있고, 강북 같은 곳이 있어요. 도시뿐만 아니라 면 소재지를 가도 마찬가지입니다. 계급 간의 갈등은 여전히 남아 있지요. 그것이 우리 사회의 큰 문제잖아요. 우리나라가 이렇게 경제적으로나 문화적으로 계급 간의 편차가 심한 나라였구나, 이래선 안 되겠다, 소설을 읽으면서 이런 생각이 독자들의 머릿속에 떠오르겠지요. 작가는 그것을 제시할 뿐이고요. 우리가 안고 있는 이런 사회적 편차는 어쩌면 경제적으로 이만큼 부흥한 것을 다 까먹을 만큼 심각한 수준이라고 봤어요. 그래서 이런 문제를 좀 제기해봐야겠다고 마음먹게 된 겁니다.

⊙ 어느 사회나 상류층과 하류층, 부유층과 빈곤층은 있었습니다. 다만 이들 중간에 위치한 건강한 중산층이 얼마나 되느냐가 문제였지요. 이들이 사회 갈등과 편차를 줄여주는 일종의 완충지대 역할을 한 셈인데, 이 소설에는 그런 중간 지대나 완충지대가 없습니다.

뭐, 소설에서 사회의 모든 문제를 다 다룰 수도 없거니와 특히 현대 소설에서는 작가들이 질문을 던지고 문제를 제기할 뿐 답을 쓰지는 않습니다. 물론 그런 작가들도 있기는 하겠지만 제 스타일은 아니지요. 작가가 사회 제반 문제에 대한 해답까지 소설 속에서 진술할 필요는 없다고 생각합니다. 우리 사회가 가진 문제가 어디 이뿐이겠습니까. 짧은 소설 안에서 그걸 전부 다루려고 하는 건 욕심이지요. 다만 이 작품 속에서 제가 말하고자 했던 것은 우리 사회가 이미 경제적 가치의 효용성 때문에 국민이 보편적으로 가져야 할 윤리성 자체를 완전히 상실했다는 겁니다. 물론 '완전히'라는 말에 조금 어폐가 있을 수는 있지요. 경제적으로나 문화적으로 많은 어려움 속에서도 여전히 건전하게 견디며 살고 있는 견실한 중산층들이 있으니까요. 하지만 저는 우리 사회가 이토록 보편적 윤리성을 완전히 상실했음에도 불구하고 그런 처지에 놓여 있다는 사실조차 전혀 느끼지 못하는 불감증을 가진 사회가 되고 말았다는 것을 지적하고 싶었습니다.

⊙ 사업에 실패하고 빚을 진 채 몸까지 망가진 남편이 어느 날 아내에게 이렇게 말합니다. "앞으로도 가족을 부양할 수 있을 거라 말하진 못하겠어. 당신 아직 젊은데, 원한다면 이혼해도 좋아." 남편의 말을 듣고 아내는 울음을 터뜨립니다. 경제가 어려워지면 이혼하는 부부가 늘어난다고 합니다. 가정을 이루고 있는 기본 토대가 돈인가, 사랑인가조차 모호해진 세상입니다. 좀 가난해도 거친 밥을 서로 나눠 먹고 먹여줄 수 있는 게 가족 아닌가요?

물론입니다. 그래서 가정을 지탱시켜주는 토대가 사랑이 되어야지 돈이나 경제력이 되어서는 안 된다는 것을 강조하기 위해 이 소설을 쓴 겁니다. 그러나 우리 사회는 이미 그렇게 변해버렸습니다. 사실은 경제적으로 어렵고 IMF 사태 같은 게 와서 가장이 직장을 잃는다든가 했을 때 온전한 가정이라면 가족들은 서로 더 뭉치게 되죠. 아, 아빠가 지금 돈을 못 벌게 되었구나, 나라도 뭔가 일을 해서 보탬이 되어야겠다, 내가 나서서 우리 가정을 지켜야겠구나, 이렇게 해서 가족들의 사랑이 더 깊어져야죠. 그게 정상이에요. 어려울 때 더 결속하는 게 사랑을 기반으로 한 가족 관계일 거예요. 저는 소설 속에서 이제 우리 사회는 그런 사랑을 기반으로 한 가족 구조가 거의 와해 상태에 이르렀다는 심각한 위험신호를 보내고 있는 겁니다. 다 그렇다고는 할 수 없지만, 많은 경우에 아버지가 따 가지고 오는 과실에 따라서 가족 구성원들의 성공과 실패가 갈려져버리곤 합니다. 그 자체가 매우 비정상적인 일임에도 우리는 그걸 정상적이라고 여기면서 살아가고 있어요. 우리가 그렇게 살 수밖에 없도록 만들어놓은 것이 이른바 자본주의의 폭력성이라고 할 수 있지요. 그걸 극복하고 이겨내야 돼요. 이 소설의 눈에 보이지 않는 목적이 바로 그거예요.

이제 세상의 주인은 '자본'이고,
삶의 유일한 전략은 '비즈니스'다

⊙ **주인공인 '나'는 아들 학원비와 과외비를 벌기 위해 스스로 몸을 파는 여자가 됩니다. 낮에 몸을 팔고 돌아와 저녁 때 아들을 학원에 보내기 위해 김밥과 어묵을 사 먹입니다. 자신의 몸을 팔아 번 돈으로 맛있게 밥을 먹는 아들을 내려다보는 엄마의 심정이 어땠을까요?**

세상에는 굶주린 자식을 먹이기 위해 스스로 몸을 파는 여자들이 많습니다. 세계 도처에 다 있다고 봐요. 자식이 내 눈앞에서 굶어 죽어가고 있으면 어미로서 몸이라도 팔아 자식을 먹여야죠. 그건 당연하다고 봅니다. 하지만 이 소설에 등장하는 여자는 몸을 팔지 않아도 먹고사는 데 지장이 없는 사람입니다. 남편이 한 달에 돈 백만 원 정도씩 벌어 오고, 본인도 얼마든지 파출부라도 해서 돈을 벌 수 있는 데다 버젓이 집까지 있으니까요. 그 정도면 아이 하나 학교 보내면서 충분히 밥 먹고 살 수 있습니다. 그런데 이 여자는 오로지 아들을 신시가지에 있는 좋은 학원에 보내기 위해, 그래서 외국어고등학교에 진학시키기 위해, 최종적으로는 서울대학교에 들여보내기 위해 몸을 파는 거죠. 그래야만 아들이 자기들처럼 살지 않고 출세할 수 있다고 맹목적으로 믿고 있는 겁니다. 먹고살 수 있는데도 자식을 좋은 학교에 보내기 위해, 출세시키기 위해 몸을 파는 엄마가 있는 나라는 아마 세계에서 우리나라밖에 없을 거라고 생각합니다. 이게 우리들의 자화상이에요. 부정한다고 해서 없어지는 것도 아니지요. 실제로 남자들이 노래방에 가서 도우미를 불렀을 때 들어오는 여자들의 상당수가 이런 여자들이라고 봅니다. 저는 이런 현실이 너무 슬픈 겁니다. 우리나라가 동방예의지국이고 조선조 5백 년 동안 윤리적 도덕성 하나로 버텨온 게 사대부들의 전통이라고 할 수 있는데, 불과 20여 년 만에 자식 과외 공부를 시키기 위해 매춘까지 불사하는 엄마들이 있는 나라가 되었다는 게 한없이 서글프지 않습니까? 이런 현실이 아무렇지 않다면, 마음 아프지 않다면 그게 더 이상한 게 아닙니까?

지금 우리의 교육이 온전한가 한번 돌아봐야 합니다. 지난 50여 년 동안 우리 사회가 교육의 은혜를 받아서 잘 먹고살 수 있게 된 것은 사실이고, 이만큼 세계적인 경제 대국이 된 것도 사실이에요. 교육의 은혜가 아니었다면 이런 발전은 불가능했을 겁니다. 그런데 저는 지금 이대로 간다면 교육의 은혜로 받은 모든 걸 한순간에 다 까먹을 수 있다고 봅니다. 우리 교육 현실이 그 지경에 이르렀습니다. 이것은 어떤 교육 제도 때문에 생긴 문제가 아니라 교육을 바라보는 우리 각자의 태도 때문에 발생한 문제입니다. 우리는 교육이 사람다운 사람을 만들기 위해 가르치는 거라고 생각하지 않습니다. 현실적으로 좋은 대학에 보내서 의사나 판검사를 만들기 위해 존재한다고 생각하죠. 이런 의식 자체가 문제인 겁니다. 제가 이 소설 속에서 가장 강력하게 비판한 것이 교육 문제예요. 만약 우리나라가 계속 이런 상태로 나아간다면 머지않아 우리 시대에 파멸이 올 수도 있다고 생각해요.

저도 젊었을 때 아이들 가르치며 먹고살기 위해 열심히 일했지만,

따뜻하고 행복하게 살고 싶어 돈을 벌었던 거지 남들보다 부자가 되기 위해 번 건 아니거든요. 우리가 행복해지기 위해 돈을 번다면 행복해지는 게 목적이고 돈을 버는 것은 목표인데, 지금은 다들 돈 버는 것 자체가 인생의 목적이 되었어요. 남들보다 더 많이 벌고, 남들보다 더 높이 출세하고, 남들보다 한발 앞서 1등이 되는 게 목적인 세상이 되었다는 거죠. 많은 국민들이 불감증에 걸려 그게 마치 자신이 세운 목표인 것처럼, 자기가 스스로 생각한 것처럼 살고 있어요. 사실은 그게 자기 생각이 아닌데, 자기가 원했던 인생이 아닌데 말이죠. 이게 바로 자본주의의 폭력성이 우리에게 주입한 것이고, 우리는 그 포로가 되어 있는 거예요. 우리가 꿈꾸던 애초의 행복은 어디로 갔느냐 이거죠. 이렇게 살면 국민 1인당 GNP가 5만 달러가 된다 한들 행복해지겠어요? 1990년대 이후 우리 사회가 가지고 있는 이런 구조적 모순에 대해 강력하게 지적하는 소설들이 거의 실종됐어요. 저도 지난 10여 년 동안은 존재론적 질문을 가진 소설들, 삶의 유한성 문제라든가 인간의 본성을 묻는 소설들을 주로 써왔어요. 다른 작가들이 사회 비판적인 소설들을 많이 쓰면 마음이 좀 편하겠는데 그런 것 같지 않아서 제가 쓰게 된 거예요. 문학이 이런 사회 현실에 반응해야 하지 않겠나 생각한 거죠. 그래서 당분간은 이런 소설을 계속해서 쓸 계획이에요.

⊙ 현실이 아무리 그렇더라도 "이 나라는 학연과 지연으로 맺어져 굴러가는 나라라고 나는 생각했다. 남자의 인생은 어떤 사람들과 어떻게 맺어지느냐에 따라서 그 향방이 뒤바뀌었고, 여자의 인생은 어떤 남자를 만나느냐 하는 데

따라 그 성패가 결판나는 세상이었다. 이제 세상의 주인은 '자본'이고, 삶의 유일한 전략은 '비즈니스'다. 사랑과 결혼조차 일종의 '비즈니스'에 불과했다" 라고 쓰신 건 너무 비관적인 게 아닙니까?

우리가 그동안 경제를 중심으로 발전해온 것을 탓할 수는 없어요. 그렇게 하지 않았으면 이렇게 빨리 발전할 수 없었으니까요. 그러나 이제는 삶의 전략을 바꿔야 한다는 것이지요. 소설에 쓴 대로 세상의 주인은 자본이고, 삶의 유일한 전략은 비즈니스가 된다면 정말 곤란하지 않겠어요? 삶의 테제를 바꿔야 할 때가 된 거죠. 그렇지 않으면 우리는 행복해질 수 없어요. 지금 보세요. 연애도 사랑도 결혼도 다 비즈니스인 세상 아닌가요? 자식하고 마누라, 가장의 관계가 비즈니스가 되고 말았어요. 남편이 돈을 못 벌면 이혼을 하고 아비가 돈을 못 벌면 아버지로 취급하지 않는다면 이게 비즈니스지 뭡니까. 남편이나 아비가 따 오는 과실에 의존해서 비즈니스로 먹고살다가 못 따 오면 버리는 거 아닙니까? 자본주의가 가지고 있는 획일화되고 만들어진 가짜 자유, 그런 것들을 욕망이 빚어낸 어떤 폭력성이라고 할 수 있는데, 이미 그것은 가정 안에 깊숙이 들어와 있어요. 심지어 침대까지도 점령하고 있지요. 자본주의가 살 길은 하나밖에 없어요. 이윤을 만들어내는 것이죠. 이윤을 만들어내려면 소비를 재촉시킬 수밖에 없고, 소비를 재촉시키려면 사람끼리 절대 친해질 수가 없어요. 서로 경쟁 관계에 처하게 되니까요. 부모 자식 간도, 친구들끼리도 모두 서로 경쟁 관계가 되는 거죠. 그래야 소비가 늘어나니까요. "여보, 당신은 왜 빨리 과장 승진이 안 돼?" "이놈의 회사는 보너스가 왜 이렇게 적게 나와?" 이런 말들은 사랑하는 관계에서 할 수 있는 말들이 아니에요. 저는 자본주의가 부추기는 욕망의 확대 재생산 사이클이 가족 관계까지도 완전히 장악했다고 봅니다.

⊙ 인간의 소유욕과 탐욕, 많은 것을 가지고 싶고, 남보다 잘 먹고 잘살고 싶고, 이왕이면 좀 더 출세하고 성공하고 싶은 욕망은 거의 본성에 가까운 것 아닙니까? 자본주의사회 이전에도 이런 인간의 욕구는 끝없이 이어졌습니다. 지금에 와서 자본주의라는 체제에게만 모든 책임을 돌릴 수는 없는 거라고 생각하는데요.

아, 물론 인간의 본성에도 책임이 있지요. 어느 사회건 오로지 자본주의 때문에 완전히 타락하게 된다는 그런 뜻은 아니에요. 그러나 특히 우리 사회는 자본주의의 천박한 면이 과장되게 드러난 사회라고 할 수 있어요. 인간의 욕망은 여러 가지가 있습니다. 제가 대동여지도를 그린 김정호 이야기를 소설로 썼지만 그는 국가 권력이 장악했던 지도를 정밀하게 그려서 목판본으로 만들어 모든 백성에게 나눠주고 싶은 욕망에 가득 차 있던 사람이에요. 강남에 빌딩을 세우고 싶다는 그런 욕망이 아니지요. 교육이 뭡니까, 참된 욕망에 대해서 눈뜨게 하고 가르치는 것이지요. 그런데 지금의 교육은 어떻게 하면 빌딩을 세우고, 국회의원이 되고, 매출을 늘릴 수 있는가를 가르칠 뿐입니다. 저는 그걸 지적한 겁니다. 인간이 가진 본성적 욕망을 부정하는 게 아니지요. '그동안은 우리가 너무 가난했으니까 이제 돈 좀 벌자'는 욕망에는 당위성이 있었다고 봐요. 하지만 이제부터는 욕망의 층위를 그렇게 가져가면 안 된다는 것이지요. 사회 구성원들도 보다 진지하게 고민하면서 삶의 방식을 바꿔나가지 않으면 우리에게 희망이 없지 않느냐는 생각을 하고 있는 거예요.

이 시대 부자가 되고 싶은 사람들의 대부분은
꿈이 없는 사람들

⊙ 프란시스 베이컨의 말이 나오는데요. "돈은 최선의 종이요, 최악의 주인이다." 과연 돈은 어떻게 벌어서 어떻게 쓰는 게 좋을까요?

보통 "천억 원 매출을 올리는 회사를 만드는 게 꿈이다" 같은 말들을 하곤 하는데, 저는 그건 꿈이 아니라고 생각합니다. 목표에 불과하죠. 꿈이란 목표 너머에 있는 겁니다. 천억 원을 벌면 어떤 사장이 되겠다든지, 이 사회에 어떻게 기여하겠다든지, 이런 게 꿈이죠. 대통령은 목표에 불과한 것이지 대통령이 되는 게 꿈이라고 말할 수 없어요. 대통령이 되면 나라를 어떻게 만들고 싶은지, 어떤 대통령으로 역사에 남고 싶은지, 이렇게 눈에 보이지 않는 가치에 대한 추구가 꿈이라고 할 수 있습니다. 돈은 목표일 뿐이지 꿈이 될 수 없어요. 돈을 벌면 어디에 쓸 것인가, 그 돈으로 내 삶을 어떻게 개선하고 이웃들에게 행복을 줄 것인가, 이런 가치 지향적인 게 바로 꿈입니다. 요컨대 저는 이 시대의 부자들은 꿈이 없다고 생각합니다. 또 부자가 되고 싶어 하는 사람들의 대부분도 꿈이 없는 사람들일 겁니다. 반면 꿈을 가진 부자, 꿈이 있어서 부자가 되고 싶은 사람들은 위대하죠. 제 어법대로 하자면 이 소설은 꿈을 잃어버린 부자, 꿈을 잃어버려서 돈을 벌고 싶은 욕망에만 사로잡힌 사람들에 대한 이야기예요. 돈을 어떻게 벌어야 하는지에 대해서는 잘 모르겠지만, 꿈이 있다면야 많이 버는 게 좋지 않겠어요?

◉ 쇠락한 마을로 떠밀려온 실패한 가장이라는 측면에서 보자면 '나'의 남편과 '나'의 정부가 되는 동백횟집 주인이 다 같은 처지인데, 왜 '나'는 남편에게서는 좌절을 맛보고 정부에게서는 희망을 발견하며, 남편에게는 무관심으로 일관하면서도 정부에게는 사랑을 더 쏟아 붓지 못해 애태우는 여자로 그려지고 있는 겁니까?

같은 것 같지만 많이 달라요. 남편은 현실에 굴복한 사람이고, 동백횟집 주인은 아직 현실에 굴복하지 않았어요. 어떤 방식으로든지, 비록 도둑질이라는 행위는 나쁜 짓이지만 부조리한 현실에 시비를 걸고 도전하려는 의지를 가지고 있지요. 그런 삶이야말로 생생한 거예요. 그건 의미가 있죠. 권태에 빠질 겨를도 없고. 그에 비해 남편은 삶의 권태에 빠져들어 있을 뿐만 아니라 외부 세계, 사회구조가 만들어놓은 그것에 완전히 백기를 들고 누워 있는 형편이라고요. 삶이라고 하는 것은 습관으로부터 빠져나올 때 생생해지는 것이죠. 저는 여자들이 그런 남자를 좋아할 거라고 봐요. 윤리적으로 온당한지 아닌지를 따지는 건 그다음 문제고, 일단은 생의 의지가 충만한 남자에게서 희망을 발견하는 겁니다.

◉ 같은 연장선상에서 보면 자본주의로 충만한 세상으로부터 버려진 소외된 아이들이라는 측면에서 '나'의 아들인 정우와 동백횟집 주인의 아들인 여름이

는 비슷한 처지인데, 왜 '나'는 친아들인 정우보다도 정부의 아들인 남의 자식 여름이에게 더 진한 모성애를 느끼는 겁니까?

소위 우리들의 혈족 관계라고 하는 것은 천박한 자본주의가 가리키는 욕망을 따라 살 수밖에 없는 구조가 되었어요. 이 여자가 가정의 틀 속에 계속 있었더라면 비록 몸을 팔지는 않았다 하더라도 뭔가 다른 방식을 통해 아들을 좋은 고등학교, 좋은 대학에 보내려는 욕망을 버리지 못하고 살았을 거예요. 저는 우리가 가족이라고 부르는 이 혈연관계가 굉장히 소모적이라고 봐요. 오로지 혈연이라는 이유 때문에 끝없이 비합리적인 것까지 소모하고 얽혀가면서 살 수밖에 없는 게 있죠. 제 자신도 그걸 느껴요. 다른 친구들에게 "야, 서울대학교 가면 뭐해. 그게 오히려 불행한 거야"라고 말하고는 집에 돌아와 내 자식들을 보면…… 아, 이게 서울대학교에 보내고 싶단 말이죠. 이 여자가 가족을 떠나 여름이와 함께 지낼 때 마지막에 이렇게 말하지요. "지금…… 참 좋아……." 그 전에는 이런 감정을 한 번도 느껴보지 못했어요. 만약 이 여자가 모든 어려움에도 불구하고 '나는 정우를 끝까지 지켜야 돼' 하면서 그냥 가족과 함께 있었으면 그녀의 삶이 진실로 변하기는 어려웠을 거예요. 제가 생각할 때는 남편과 정우를 위해서라도 이 여자가 거기 머물러 있어서는 안 되는 거라고 봐요. 거기 그냥 있으면 그들은 아무런 변화도 겪지 못할 거예요. 이제 이 여자도 새로운 삶을 시작할 것이고, 정우나 남편도 더 이상 이렇게 살아서는 안 되겠다는 어떤 자각을 갖게 되겠지요. 그렇다면 이들 가족이 헤어지는 것이 오히려 좋은 축복일 수 있는 거라고 생각해요.

의무감과 습관으로 차려낸 차가운 밥상과
사랑과 정성이 가득 담긴 따뜻한 밥상

◉ 소설 속에 등장하는 모든 인간관계와 가족 관계 중 가장 가슴 찡한 장면이 바로 햇빛 좋은 어느 날, 주인공 여자가 동백횟집으로 가서 사랑하는 남자와 그의 아들을 위해 정성껏 밥상을 차리는 순간입니다. 오므라이스와 미역국, 겉절이와 두부전으로 차려진 따뜻한 식탁 앞에서 여름이는 오므라이스를, 아빠는 미역국을 먹으며 끝내 눈물을 떨어뜨립니다. 저는 이 모습이 해체된 가정의 복원이랄까, 잃어버렸던 가족의 재회를 상징하는 거라고 봤습니다.

우리 가정이나 사회가 이렇게 된 것은 순정을 잃었기 때문이라고 봅니다. 그래서 작품 속에 순정이라는 말이 많이 나오지요. 적어도 자폐아인 여름이에게는 그런 순정이 있습니다. 좋은 고등학교를 가야 한다거나 출세를 위해 매진해야 한다거나 하는 시각으로 인생을 바라보지 않아요. 원래 있었던 자기의 본성으로 세계를 바라봅니다. 이에 반해 정우나 다른 세상 사람들은 본래의 순정을 상실한 상태예요. 이것이 비극의 시작이지요. 정우나 남편에게서 느끼지 못했던 순정, 자신의 본성 속에 내재되어 있던 순정을 주인공은 여름이와 그의 아빠에게서 발견하게 되는 겁니다. 그것이 바로 따뜻한 밥상, 가장 순정적인 밥상으로 드러난 것이지요. 여름이 같은 경우에는 엄마가 없었고, 결핍이 많은 가정의 아이였기 때문에 이 여자가 자신의 존재감만으로 그 결손 상태를 완전히 메울 수가 있었지요. 자기 집에서는 아이를 가르치기 위해 돈벌이를 하는 엄마로서만 존재감을 가질 수 있었지만 여름이에게 가면 돈벌이를 하지 않아도 본래 자기가 가지고 있던 엄마로서의 존재감을 가질 수가 있었어요. 정작 자기 아들한테는 엄마의 자리를 유지하지 못하고 있지만 여름이 앞에서는 사랑만 베풀면 되는 엄마의 자리를 회복할 수 있었던 거죠. 그러니까 정우나 남편을 위해 마련한 밥상은 의무감과 습관으로 차려낸 차가운 밥상이고, 여름이나 그 아빠를 위해 마련한 밥상은 사랑과 정성이 가득 담긴 따뜻한 밥상일 수밖에 없는 겁니다.

1990년대 페미니즘이 폭발한 이후 사회 안에서 여성들에 대한 잘못된 예우는 관성적으로는 남아 있을망정 제도적으로는 완전히 없어졌어요. 경제 제일주의가 빚어낸 모순 중의 하나인 억울하고 소외되었던 어머니의 자리를 우리가 복권시켜놨으니까, 이제는 사회가 아버지의 짐도 나눠 져야 한다고 생각합니다. 이게 윤리적인 거라고 봐요. 가부장제 시절 가장이 가지고 있던 절대 권력 중의 하나는 절대적인 부양권이었어요. 가족들을 반드시 먹여 살려야 한다는 것이요. 그런데 만약 아버지가 아프거나 일을 할 수 없게 되면 어떻게 되느냐, 자식에게 절대적인 부양권이 부여됩니다. 열 살 먹은 아이라도 거리에 나가 걸식을 해서 가족을 먹여 살려야 하는 겁니다. 그게 가부장제 안에 있는 가치거든요. 하지만 지금은 등골이 빠지는 한이 있어도 아버지가 벌어 오지 않으면 안 되는 세상이에요. 열 살 먹은 아이가 가족을 위해 길거리에서 구걸하지 않지요. 만약 그런 일이 벌어진다면 다들 아버지를 욕합니다. 이상하게 페미니즘의 폭발로 가정 안에서 점점 더 소외되고 많은 짐을 지게 된 것이 아버지입니다. 우리 사회가 너무나 많은 욕망들을 부추겨놓았기 때문에 가족들도 모두 아버지를 욕망으로만 바라보고 있어요. 가족이라는 것은 어떤 위치가 됐든 소외된 한 사람만 힘들면 평화가 유지될 수 없어요. 힘든 사람이 있다면 무조건 그 짐을 나눠 지려고 해야 가족인 것이지요.

⊙ 타잔으로 불리던 '나'의 정부는 이팝나무 아래에 아내를 묻고, '나'는 여고 시절 이팝나무 아래서 남편을 만나 결혼하게 됩니다. 이팝나무가 상징하는 게 뭔가요?

여름이 되기 직전에 핀다고 해서 입하목(立夏木)으로도 불리는 이팝나무는 아주 탐스러운 흰 꽃을 피우는데, 보리 수확을 앞둔 가장 배고픈 기간에 피는 꽃으로 사발에 소복이 얹힌 쌀밥 같다고 해서 이밥나무로 불리게 되었답니다. 어려웠던 시절 모진 시집살이 끝에 죽어서 흰 꽃으로 다시 피어난 한 여인의 슬픈 설화가 담긴 꽃이기도 하지요. 저에게 이팝나무는 두 개의 얼굴로 보입니다. 하나는 자본주의적 삶의 질주가 불러온 윤리성 상실에 따른 황폐한 모습이고, 다른 하나는 순정이 있을 뿐 가난과 굶주림으로 빈사(瀕死)에 이른 창백한 모습이에요. 소설 속에서는 사랑과 배고픔의 기호와 상징으로 쓰였다고 볼 수 있죠.

⊙ 원고지에 글 쓰는 걸 오랫동안 고집하셨는데 요즘에는 컴퓨터로 글을 쓰시지요? 인터넷에 소설을 연재하고 계시기도 한데, 시대의 흐름이나 변화를 두려워하지 않는 편이신가요?

제가 『촐라체』라는 소설을 최초로 인터넷에 연재했어요. 『은교』는 최초로 전자책으로 만들어 출간했습니다. 처음에 『은교』를 전자책으로 출간하려 했을 때 출판사에서 반대를 하더라고요. 전자책으로 만들어봐야 별로 팔리지도 않을 텐데 왜 그러느냐고요. 그래서 제가 출판사 사장을 설득했어요. 분명한 것은 우리가 새로운 문화에 대해 거리를 두거나, 내가 마음에 들지 않는 문화라고 해서 거부하면 우리 삶은 죽은 거나 마찬가지예요. 제 나이가 이제 예순여섯입니다. 옛날 같으면 노인이지요. 제 친구들을 만나면 요즘 젊은 사람들은 버릇이 없고 네티즌들은 너무 천박하다는 식으로 말하곤 합니다.『촐라체』를 인터넷에 연재할 때도 많은 친구들이 말렸어요. 인터넷에 글을 쓰면 저급하다는 말만 듣고 욕 얻어먹기 십상이라는 거였죠. 하지만 저는 생각이 전혀 달랐어요. 나이를 먹을수록 다른 문화에 대해 벽을 쌓으면 안 돼요. 우리는 강력하고도 예민하게 새로운 문화에 반응해야 돼요. 그래서 제가 먼저 문을 연 거지요. 요즘은 인터넷에 스무 명 이상의 소설가들이 작품을 연재하고 있잖아요? 제가 시작할 때는 전혀 없었던 풍경이에요. 그런 면에서 저는 어떤 편견도 없이 활짝 열려 있는 사람입니다.

◉『은교』에 실린 작가의 말을 보면 "지난 10여 년간 나를 사로잡고 있었던 낱말은 '갈망'이었다"라고 하면서『촐라체』,『고산자』,『은교』를 갈망의 3부작이라 표현하셨는데, 구체적으로 무슨 뜻입니까?

사전적으로 보면 '갈망'이나 '욕망'이 같은 의미일지 모르겠지만 저에게 갈망이란 보다 근원적인 것에 대한 욕망을 가리키는 것이고, 욕망이란 이 소설에서 비판한 대로 자본주의가 가리키는 소비에 대한 욕망을 말하는 겁니다. 좋은 옷을 입고 싶다, 고급 차를 타고 싶다, 넓은 집에 살고 싶다, 하는 것은 욕망이라고 불러도 좋을 것이고, 영원히 살고 싶다, 죽기 전에 사랑의 완성을 보고 싶다, 불변의 행복감을 맛보고 싶다, 하는 것은 갈망이라고 부를 수 있을 겁니다. 이런 건 살아생전 거의 이룰 수 없는 욕망이거든요. 저는 제 아내와 37년 동안 원만하게 잘 살고 있어요. 그렇지만 연애할 때를 생각하면 사랑은 다 까먹고 깊은 우정으로 살고 있는 거죠. 사랑은 유지가 안 돼요. 그런데도 우리는 죽을 때까지 사랑의 완성을 꿈꿉니다. 절대 불가능한 꿈이거든요. '행복해지고 싶다…….' 때때로 이게 행복이라고 착각할 때가 있지만 하룻밤만 자고 나도 어제 행복하다고 느꼈던 것들이 다 없어지고 남아 있질 않아요. 그럼에도 불구하고 우리는 늘 이룰 수 없는 꿈, 즉 갈망을 품고 살아갑니다. 사람이 품위 있게 살려면 갈망을 많이 가지고 있어야 해요. 내면에 욕망만 가득하다면 제아무리 출세하고 성공한 사람이라 해도 천박한 삶을 살고 있는 거죠. 이룰 수 없는 것에 대한 꿈이 많다는 건 어쩌면 우리 인생에게 주어진 진정한 아름다움이라고 생각해요.

작가는 이번 소설을 쓰면서 깊은 슬픔을 느꼈다고 했다. 그는 자신이 겪은 슬픔에 대해 이렇게 적어두었다.

"'신시가지'로 상징되는 그곳에 무엇이 있는가. 보다 넓은 집, 보다 빠른 자동차, 보다 큰 텔레비전 등이 놓인 그곳은, 생텍쥐페리의 표현대로 한다면 '재화(財貨)의 감옥'일 뿐이다. 우리는 그곳에서 소중한 영혼의 가치들을 대부분 잃어버린다. 예컨대 우리는 타인의 슬픔을 이해하는 방법을 잊고, 사랑의 완성이라는 꿈을 버리고, 삶의 더 큰 비전인 내면으로 가는 길을 상실한다. 남는 것은 불모지와 같은 '도시의 황야(荒野)'에서 느끼는 고독과 갈망뿐이다. 나는 이것을 '자본주의적 슬픔'이라고 부른다."

작가의 서재에서 북한산 자락이 훤히 내려다보였다. 잔설이 덮인 산 빛깔과 모처럼 청명한 겨울 하늘빛이 눈부셨다. 그 아래 거대한 도시가 자리하고 있었다. 강남과 강북, 신시가지와 구시가지가 공존하는 도시였다. 어디에선가 이글거리는 욕망을 끌어안고 거리를 헤매고 있을 또 다른 '나'와 '타잔'이 눈에 들어올 것만 같았다. 바로 그 뒤로 어스레한 골방을 나와 뜨거운 삶의 현장인 '저잣거리'를 배회하는 노작가도 보이는 듯했다. 그는 한사코 자신이 노작가로 불리기를 거부했다. 그는 청년 작가를 넘어 영원한 현역작가가 되고 싶다고 했다. 이것은 욕망인가, 아니면 갈망인가.

. . .

박범신은 1946년 충남 논산 출생으로 원광대 국어국문학과 및 고려대 교육대학원을 졸업했다. 1973년 중앙일보 신춘문예에 단편 「여름의 잔해」가 당선되어 작품 활동을 시작했고, 1978년까지 문예지 중심으로 소외된 계층을 다룬 중·단편을 발표, 문제 작가로 주목을 받았으며, 1979년 장편『죽음보다 깊은 잠』,『풀잎처럼 눕다』등을 발표, 베스트셀러가 되어 1970~1980년대 가장 인기 있는 작가 중 한 사람으로 활약했다. 1981년『겨울강 하늬바람』으로 대한민국문학상을 수상한 이후 빛나는 상상력과 역동적 서사가 어우러진 화려한 문체로 근대화 과정에서 드러난 한국 사회의 본질적인 문제를 밀도 있게 그려낸 작품을 발표하며 수많은 독자들을 사로잡았다. '영원한 청년 작가'로 불리며 왕성한 작품 활동을 하던 중 1993년 돌연 절필을 선언하고 문학과 삶과 존재의 문제에 대한 겸허한 자기 성찰과 사유의 시간을 가졌다. 사유의 공간으로 선택한 곳은 세상에서 가장 높고 멀게 느껴지던 히말라야였다. 에베레스트, 안나푸르나 등 히말라야를 여섯 차례 다녀왔으며, 최근에는 킬리만자로 트레킹에서 해발 5,895미터의 우후루 피크 정상에 오르기도 했다. 오랜 고행의 시간 끝에 작품 활동을 재개한 후 자연과 생명에 관한 묘사, 영혼의 리얼리티를 추구하는 작품 세계로 문학적 열정을 새로이 펼쳐 보이고 있다. 글쓰기를 통해 자신의 욕망을 풀어내는 그는 최근에도『촐라체』,『고산자』,『은교』로 이어지는 '갈망의 3부작'을 완성한 데 이어『비즈니스』,『빈방』,『외등』,『나의 손은 말굽으로 변하고』등을 발표하며 지치지 않는 창작열을 보여주고 있다.

모든 인생에는 혼자 밥을 사 먹어야 하는
시간과 양이 정해져 있다
『1인용 식탁』

　혼자 식당에 들어갔을 때 주인은 늘 이렇게 묻는다. "몇 분이세요?" 주인 입장에서는 당연한 질문일지 몰라도 손님에겐 제일 듣기 싫은 말이다. "혼자인데요" 하면 주인의 안색이 달라진다. 반갑던 기색은 간데없고 순간 싸늘해지는 것이다. 대부분의 사람들이 식사를 하는 시간에 혼자서 식당을 찾았을 땐 분위기가 더욱 썰렁하다. 얼른 식당 안을 휘 둘러보고 아니다 싶으면 재빨리 되돌아 나오는 게 눈칫밥을 먹지 않는 비결이다.

　겨우 적당한 식당을 찾아냈다 해도 혼자 밥 먹는 사람의 자리는 언제나 구석이다. 그것도 가장 작은 식탁을 골라 앉아야 한다. 안 그랬다간 이내 주인으로부터 "저, 자리 좀 옮겨 주실래요? 단체 손님이 오셔서" 이런 말을 듣거나 "괜찮으시면 혼자 오신 분이 한 분 더 계신데 합석해도 될까요?" 이런 소리를 들어야 한다. 나는 아직 이런 식당 주인의 제안을 당당하게 거절하고 혼자 식탁에 앉아 끝까지 식사를 마치고 나가는 손님을 본 적이 없다.

　소설의 주인공은 혼자 밥 먹는 여자다. 그녀는 영문도 모른 채 언제부턴가 직장 동료들로부터 따돌림을 당한다. 외톨이가 된 여자에게 가장 곤혹스러운 것은 혼자 점심 식사를 하는 일이다. 빵집이나 패스트푸드점, 분식집까지는 그런대로 괜찮았는데 그 이상은 여간 어려운 일이 아니다. 그러던 어느 날 거리에서 식당을 찾아 헤매다 우연히 전단지 한 장을 발견한다. 혼자 먹는 법을 알려주는 학원에서 수강생을 모집하는 전단지다.

　3개월에 20만 원. 학원은 만원이었다. 생각보다 혼자 밥 먹는 사람들이 많았고, 다들 혼자 밥 먹는 걸 힘들어한다는 사실이 큰 위안이 되었다. 학원 수업은 1단계부터 5단계까지 어려운 순서대로 진행되었다. 주인공은 충실히 수업을 따라가며 4단계까지 진입한다. 4단계는 혼자 고기를 구워 먹는 일이다. 그녀는 저녁 식사가 한창인 오후 7시 고깃집에 혼자 들어가 의연하게 주문을 외친다. "여기 삼겹살 2인분에 공깃밥 하나, 그리고 소주 한 병이요!"

혼자 먹는 식사는 지겹다

⊙ 얼룩말 한 마리가 식탁에 앉아 컵라면을 먹고 있는 재미있는 그림이 표지에 등장하네요?

얼룩말 시리즈를 그리시는 분의 작품이에요. 그분 그림 중 하나를 출판사에서 고른 거죠. 저는 굉장히 마음에 들었어요. 얼룩말은 참 길들이기 힘든 동물이라고 해요. 울음소리도 특이하고요. 액자 혹은 거울이 벽에 걸려 있는 것도 누군가에게 감시당하는 느낌이 들고 쓸쓸한 맛도 나는 것 같아 소설의 이미지와 잘 어울린다는 생각을 했어요.

⊙ 2004년에 대산대학문학상, 2008년에 한겨레문학상, 2011년에 이효석문학상을 받으셨는데, 상복이 꽤 많은 것 같습니다.

그런가요? 더 많아야 되는데……. 앞으로 계속 쓸 거니까요.

⊙ 오후 7시에 고깃집에 혼자 들어가 삼겹살 2인분, 공깃밥 하나, 소주 한 병을 시켜 먹는 젊은 여자가 소설의 주인공으로 등장합니다. 실제 이런 경험이 있으신가요?

아뇨, 저는 경험이 없어요. 고기를 별로 좋아하지도 않고요. 생각을 해봤는데, 제가 만약 고기를 아주 좋아하는 식성을 가졌다 하더라도 이 여자처럼 혼자 고깃집에 들어가 삼겹살을 구워 먹지는 못할 것 같아요. 제 주변에서도 지금까지 그런 사람은 본 적이 없어요.

⊙ 주인공과 같은 처지에 놓인 사람들을 위해 혼자 밥 먹는 방법과 요령을 알려주는 학원이 생겨납니다. 기발한 상상인데요. 정말 이런 학원이 생긴다면 잘될까요?

진짜로 밥 먹는 법을 배우기 위해 오는 사람들은 없을 것 같아요. 제가 듣기로 요즘은 연애하는 법을 알려주는 학원도 있다고 하고, 군대 가기 전에 군 생활을 미리 체험하고 연습하게 해주는 학원도 있다고 하더라고요. 그런 학원들이 있는 걸 보면 혼자 밥 먹는 법을 가르쳐주는 학원이 생기더라도 흥미를 느끼고 배우러 오는 사람들이 있지 않을까요?

⊙ 주인공이 학원에 등록하면서 신상 카드 뒷장에 한 줄의 각오를 작성합니다. '혼자 먹는 식사는 ______'라는 빈칸에 주인공은 망설이다가 '지겹다'라고 씁니다. '혼자 먹는 식사는 지겹다.' 어떤 점들이 이토록 지겨운 겁니까?

사실 이 사람이 회사 안에서 왕따잖아요. 이유도 모르고 어느 날 갑자기 동료들로부터 따돌림을 당해 어쩔 수 없이 혼자서 밥을 먹게 되죠. 그럼에도 불구하고 매일 점심시간은 꼬박꼬박 다가옵니다. 나름대로 자유로운 시간이지만 이 사람에게는 그런 시간이 주어졌다는 것 자체가 부담스러운 거예요. 단지 밥 한 끼를 혼자서 먹어야 하기 때문에 지겹다는 의미가 아니라 자기를 둘러싼 전체적인 상황들이 지겹다는 의미입니다. 아마 그녀는 이 모든 상황으로부터 탈출하고 싶은 심정이 아니었을까 생각해요.

⊙ 혼자 밥 먹는 주인공이 소외된 존재로 그려지고 있지만 엄밀히 말하면 이 여자는 소외를 즐기고 있다고 봅니다. 남들에게 억울하게 소외를 당하면서도 한편으로는 그들로부터 자신을 끝없이 격리시키는 존재이지요.

제 소설 속에 나오는 다른 주인공들도 거의 다 이렇게 끼어 있는 삶을 살고 있는 사람들이에요. 이 사람은 혼자인 게 너무너무 싫으면서도 그걸 적극적으로 극복하려는 노력은 안해요. 학원에 등록을 하지만 거기서는 혼자 밥 먹는 법을 알려줄 뿐이지 다시 사람들과 어울리는 법을 가르쳐주지는 않죠. 이런 선택을 하는 인물, 그러니까 소외당하는 것도 싫지만 그렇다고 해서 다시 사람들 속으로 들어가 어울리는 것도 곤혹스러워하는 인물이기 때문에 제가 이 여자를 주인공으로 설정한 겁니다. 만약 이 사람이 정말 여럿이 어울리는 것에 안도감을 느끼고 거기에 잘 적응하는 사람이라면 처음부터 학원에 등록을 하지도 않았을 거고, 결국 소설의 주인공으로 등장할 수도 없었겠지요. 제가 봤을 때 요즘 사람들, 특히 도시에서 살아가는 사람들 중에는 어느 한쪽에 속하지 않고 중간에 끼어 있는 삶을 살아가는 사람들이 많은 것 같아요. 제가 이런 사람들에게서 매력을 느끼니까 소설 속 주인공으로 이런 인물들이 자꾸 선택되는 것이겠죠.

타인의 시선을 의식하지 않는 것이
진정한 식사의 즐거움

⊙ **우리 주변에는 어쩔 수 없이 혼자서 밥을 먹어야만 하는 사람들이 있습니다. 독거노인, 싱글, 프리랜서, 홀로 일하는 자영업자 등이죠. 이 사람들이 단지 혼자 밥 먹는다는 이유만으로 왜 남들의 눈치를 보고 눈총을 받아야 하는 걸까요?**

이 작품을 쓰면서 처음 생각한 게 그런 문제였어요. 혼자 어디 가서 먹는 건 똑같은데 왜 어떤 음식은 고민 없이 쉽게 먹을 수가 있고 어떤 음식은 고민을 거듭해도 먹기가 어려운가 하는 거죠. 예를 들어 카페에서 샌드위치나 햄버거를 먹을 때는 혼자일 때도 전혀 고민을 하지 않아요. 그런데 나누는 식사의 의미가 강해지는 음식일수록 혼자 먹기가 어려워집니다. 고기나 회를 먹을 때, 잘 꾸며진 고급 레스토랑에서 파스타를 먹을 때 혼자일 경우 아주 난감해지죠. 실제로는 이런 식의 구분 자체가 사람들의 인식이나 시선의 문제일 뿐이에요. 혼자 먹어도 되는 음식과 혼자 먹어서는 안 되는 음식이 명확히 구분돼 있는 건 아니니까요. 당당하고 자연스럽게 혼자 밥 먹는 방법은 그냥 타인의 시선을 의식하지 않는 겁니다. 무시하는 거죠. 신경

쓰지 않고 식사에 몰두하는 것, 이게 최고라고 생각해요.

◉ 현대인의 삶이 대개 그렇지만 하루 세 끼 밥 먹는 것조차도 사회 통념이랄까, 질서의 틀을 결코 벗어나지 못하는 것 같아요. 점심 식사는 12시부터 1시 사이에 해야 하고, 직장 동료들이나 거래처 사람들과 어울려 식사를 해야 하고, 윗사람의 식성에 맞춰서 메뉴를 정해야 하고, 밥값은 선배가 내야하고……. 이런 획일화된 틀 자체가 비정상적인 게 아닐까요?

저도 그런 느낌이 들어요. 밥 먹으러 식당에 들어갔을 때 여기저기 혼자 밥 먹는 사람들이 많으면 굉장히 마음이 편안해지고 안심이 되더라고요. 그런데 혼자 식사하고 있는 시간에 갑자기 단체 손님들이 우르르 몰려와서 왁자지껄해지면 그때부터 불안하고 초조해지기 시작해요. 사방에 같은 제복을 입은 사람들이 앉아 밥을 먹고 있는데, 저만 외톨이가 된 셈이죠. 우리 사회에는 이렇게 무리를 짓고 그 안에 있을 때 비로소 소속감을 갖고 안심을 하고, 거기서 떨어져 나와 소외되었을 때 불안해하는 집단의식이 분명히 있다고 생각해요.

◉ 몇 년 전 경영 컨설팅 회사 CEO인 키이스 페라지가 쓴 『혼자 밥 먹지 마라』라는 책이 베스트셀러가 된 적이 있어요. 어려운 환경을 극복하고 세계적인 기업을 일군 저자가 자신의 성공 비결로 원만한 대인관계를 꼽았는데, 그 비밀 중 하나가 바로 밥 먹는 시간을 잘 활용한 것이었습니다. 이 책에 따르면 밥 먹는 시간을 이용해서 폭 넓은 대인관계를 유지해나가는 사람은 유능한 사람이고 늘 자기 혼자 밥 먹는 사람은 무능하기 짝이 없는 사람이죠. 이런 주장에 동의하시나요?

저는 그런 논리에 약간 반감을 가지고 있는 편이에요. 밥을 먹는 개인적인 시간까지 꼭 비즈니스나 마케팅, 성공이라는 논리와 연결해서 생각해야 할까요? 그런 분들은 지하철을 타더라도 시간을 아끼기 위해 꼭 책을 읽고, 화장실에 가서도 뭔가 필요한 일을 해야만 직성이 풀리고 위안을 느낄 것 같아요. 하지만 지하철에서 그냥 잠을 잘 수도 있고, 막연한 공상에 사로잡혀 있을 수도 있는 거 아닌가요? 저는 그런 분들의 삶이 왠지 갑갑하게 느껴져요. 조금은 고삐 풀린 것 같은 삶이 오히려 더 매력적이라고 생각해요. 제일 중요한 것은 즐거움이죠. 같이 어울려 밥 먹는 게 즐거우면 그렇게 하는 거고, 혼자 밥 먹는 게 즐거우면 그렇게 하는 거예요. 어떤 사회적 기준이나 잣대를 가지고 이렇게 해야 한다, 저렇게 해야 한다, 잔소리 좀 안 했으면 좋겠어요.

◉ **학원에서의 수업은 혼자 밥 먹는 데 따른 상황별 난이도에 따라 1단계부터 5단계까지 이어집니다. 분식집, 레스토랑, 결혼식 피로연, 고깃집 등은 이해가 되는데, 가장 힘든 5단계가 돌발 상황이에요. 이건 어떤 겁니까?**

젊은 여자 혼자 식당에서 밥을 먹고 있는데 갑자기 휴가 나온 군인들이 단체로 들어오는 거예요. 먹다 말고 나갈 수도 없고 계속 먹자니 모든 군인들이 자기만 쳐다보는 것 같은 그런 난감한 상황이죠. 반대로 휴가 나온 군인이 분식집에서 라면을 먹고 있는데, 수업을 마친 여고생들이 와하고 들이닥치는 거예요. 제아무리 씩씩한 군인이라도 얼굴이 빨개져 제대로 식사하기가 어렵겠죠. 이런 예기치 못한 상황 속에서도 꿋꿋하게 식사를 다 마치는 게 5단계에

요. 예전에 「기쁜 우리 젊은 날」이라는 영화에서 안성기 씨랑 황신
혜 씨가 헤어졌다가 우연히 다시 만나는 장소가 바로 라면집이었어
요. 황신혜 씨가 익숙하게 라면을 시키다가 옛 애인인 안성기 씨를
만나게 된 거죠. 저는 그 장면이 아주 인상적이었어요. 거리나 서점
같은 우아한 장소는 다 놔두고 왜 하필이면 라면집에서 트레이닝복
을 입은 상태로 만나게 될까? 굉장히 민망했겠구나 싶었어요. 이런
식의 돌발 상황을 상상해봤을 때, 그 민망함이나 당혹스러움을 이
겨내고 끝까지 혼자 식사를 할 수 있다면 그게 바로 최고 경지가 아
닐까 생각한 거예요.

◉ **채식보다는 육식이 혼자 먹기 더 어려운 식사가 아닐까요?**
아무래도 육식은 불을 사용하거나 많은 사람들이 함께 먹는 경우가
많다 보니 더 어렵게 느껴질 수 있죠. 채식은 상대적으로 더 간편하
게 보이고요. 그렇게 보면 혼자 채식을 먹는 것이 혼자 육식을 먹는
것보다 쉽고 자연스러워 보이는 게 사실이에요.

◉ **학원에서 가르쳐준 식사법 중에 박자에 맞춰 음식을 먹는 장면이 나옵니
다. 메뉴에 따라 4분의 2박자, 4분의 3박자 등으로 구분해서 강-약, 강-약-약
식으로 식사를 하는데…… 실제로 이렇게 먹었다간 금방 체할 것 같은데요?**
그런가요? 글쎄…… 학원이니까 일종의 주입식 교육을 한 거라고 이
해하면 되겠지요. 이렇게 박자를 의식하면서 식사를 하다 보면 주위
사람들의 시선으로부터 좀 더 자유로워질 수 있다고 믿는 거예요.

우리 합석할래요?

⊙ 고깃집에서 혼자 식사하는 법을 연습하던 주인공이 우연히 달인을 만나게 됩니다. 오래전 학원을 수료한 이 달인은 말 그대로 혼자 밥 먹는 데 도가 튼 사람이죠. 저는 주인공이 달인을 만나 마침내 어떤 경지에 이를 것으로 봤는데, 달인이 떠나자 이내 제자리로 돌아옵니다. 이건 체념인가요? 아니면 한계인가요?

달인은 굉장한 수준에 도달해 있는 인물이에요. 하지만 그런 달인조차도 누가 먼저 다가갔는지는 모르겠지만 어느 순간 주인공과 합석을 하게 되거든요. 저는 그 장면이 되게 웃겼어요. 진정한 달인이라면 어떤 경우든 혼자 끝까지 식사를 다 마치고 식당을 나갔어야죠. 약간의 공통점을 발견했다고 해서 결국 합석을 한다는 건 달인도 완벽한 경지가 아니라는 걸 의미해요. 결국 그 역시 양면성을 가지고 끼어 있는 삶을 사는 존재였을 뿐이죠.

⊙ 주인공 여자는 테스트에 떨어져 학원에 다시 등록하게 됩니다. 재등록할 때 신상 카드 뒷장에 이렇게 적지요. '혼자 먹는 식사는 즐겁다.' '지겹다'가 '즐겁다'로 변한 이유가 뭔가요?

주인공이 혼자 식사하는 방법을 다 터득한 게 아니에요. 학원에 등록해서 뭔가를 배웠다는 데 의미를 두는 게 아니라, 자기처럼 이런 고민을 하는 사람들이 많다는 사실에 위안을 받는 거거든요. 이 사람이 정말로 혼자 먹는 식사가 즐거워서 그렇게 쓴 건 아니라고 봐

요. 자기 다짐이나 주문 혹은 스스로를 향한 세뇌 같은 거죠. 결과적
으로 이 소설에서 말하고 싶었던 것은 혼자 식사하는 방법을 학원
같은 데서 배울 수는 없다는 거였어요. 인간은 누구나 혼자 밥 먹는
걸 두려워하면서도 한편으로는 함께 어울려 밥 먹는 것도 두려워하
는 존재가 아닐까, 어느 한쪽에 완전히 기울지 않은 채 중간에 끼어
있는 존재로서 늘 새로운 길을 모색하며 살아가는 게 아닐까, 이런
걸 말하고 싶었던 거예요.

⊙ 마지막 장면에서도 주인공은 오후 7시에 혼자 고깃집을 찾아가 삼겹살 2인
분, 공깃밥 하나, 소주 한 병을 시켜 먹습니다. 쌈 세 번에 소주 반잔씩, 양손
을 다 써가며 조용히 식사하던 그녀가 갑자기 이렇게 말합니다. "우리 합석할
래요?" 이 말은 어떤 의미입니까?

독자들은 그 장면을 아주 다양한 시각에서 바라보고 이해하시더라
고요. 어떤 분은 앞에 나온 달인처럼 자신도 다른 여자에게 말을 건
거라고 보시기도 하고, 또 어떤 분은 비로소 진정한 식사의 즐거움
을 깨달은 게 아닐까, 이렇게 보시기도 하더군요. 저는 주인공이 식
사하는 자리 바로 앞에 거울이 놓여 있고 그 속에는 언제나 혼자 식
사하는 또 다른 자신이 들어앉아 있는 광경을 그려본 거예요. 주인
공은 거울 속의 자신에게 말을 걸고 있는 거죠. 여러 가지 재미있는
상상이 가능한 풍경이라고 할 수 있어요. 결국 주인공에게는 함께
밥을 먹어줄 일행이 필요한 상황이라고 이해할 수도 있지만, 거울을
보고 이야기하는 거니까 여전히 아슬아슬하게 혼자만의 식사를 즐
기고 있는 상황이라고 볼 수도 있는 거죠.

◉ 이 소설과 달리 「홍도야 울지 마라」라는 작품에는 유기농에 목숨을 건 여자가 등장합니다. 아들에게 유기농 채식을 먹이고 학교 앞 불량 식품을 퇴치하는 게 지상 목표인 젊은 엄마가 주인공이죠. 고기를 먹는 여자와 채소를 먹는 여자, 묘하게 두 소설의 구도가 대비되는데요. 작가는 육식을 즐기십니까, 채식을 즐기십니까?

재미있군요. 의도하고 쓴 건 아닌데 두 소설을 비교해보니 정말 그렇게 대비가 되네요. 저는 육식이나 채식 중 어느 한쪽을 즐긴다기보다는 간식을 즐기는 편이에요. 어느 한편에도 속하지 않는 스타일이죠. 가령 밥하고 케이크가 있을 경우 밥 대신 케이크를 먹는 쪽이에요. 사람들은 밥은 주식, 케이크는 간식이라고 표현하지만요. 떡볶이, 피자, 어묵, 평소 이런 간식 종류를 즐겨 먹어요.

◉ **윤고은 씨 소설에는 유독 바이러스나 세균 같은 게 많이 나옵니다.**

약간 병적인 거, 뭐 그런 것들이 이야깃거리로 아주 재미있는 소재라고 생각해요. 조금 무섭기는 하지만. 이런 것들의 매력은 눈에 보이지 않는다는 점이죠. 보이지 않지만 분명히 살아 있으면서 우리에게 많은 영향을 미치는 존재, 그게 바이러스나 세균이라고 불리는 것들이라 관심을 갖는 거예요. 얼마 전에 어떤 사진전을 갔더니 바닷물 한 방울을 크게 확대해서 찍어놓은 사진이 있더라고요. 단순히 물 한 방울 사진일 뿐이었는데, 그걸 확대해 보니 가재같이 생긴 것을 비롯해 참으로 다양한 미생물들이 들어 있더군요. 우리 눈에는 그저 물 한 방울로만 보이는 것 속에도 저렇게 많은 생물체들이 살고 있구나, 보이지는 않지만 우리 주변에 얼마나 많은 바이러스와 세균들이 살고 있을까, 하는 상상을 하면서 즐거웠어요. 재미있지 않나요?

진정한 식사의 즐거움을 맛보기 위해 카페를 나와 거리로 나섰다. 쭈뼛거릴 이유가 없었다. 이미 2시가 가까워 식사 시간이 한참 지난 데다 사람도 나 혼자가 아니라 셋이었기 때문이다. 작가와 사진기자와 나, 이 정도면 어떤 식당엘 들어가도 당당할 수 있었다. 이왕이면 삼겹살집이 안성맞춤일 것 같았지만 주변에 고깃집이 눈에 띄질 않았다.

동태찌개집. 우리는 서로 고개를 끄덕이며 2층 식당으로 올라갔다. 밖이 훤하게 내려다보이는 제일 좋은 자리를 찾아 앉았다. 사람이 없으니 눈치 볼 필요도 없었지만 일행이 세 명이나 된다는 사실이 상석 중의 상석을 찾아 앉는 데 큰 힘이 되었다. 동태찌개는 혼자 먹기에 좋은 메뉴일까, 아닐까를 생각하는 사이 찌개가 등장했다.

따끈한 밥에 얼큰한 동태찌개. 점심 식사로는 썩 좋은 메뉴였다. 그런데 아뿔싸, 막 불타는 식욕을 잠재우려는 순간 주인공 여자가 동료들과 함께 찌개백반을 먹던 소설 속 장면이 갑자기 떠올랐다. 그녀는 강-약-중강-약 4분의 4박자로 식사를 했다. 밥-콩나물무침-동태찌개-김치, 나는 어느새 리듬에 맞춰 온몸으로 박자를 세고 있었다.

· · ·

윤고은은 허공에도 눈이 있고 적막 속에도 귀가 있다고 믿는다. 허공을 겨눈 현미경, 적막 틈으로 내미는 청진기는 덤이다. 수많은 갑과 을의 관계를 만들어냈지만, 정작 회사 생활을 한 적은 없다. 명함에는 이름 석 자만 달랑 찍혀 있다. 낯선 곳이든 낯익은 곳이든 이방인이 되어 여행하는 것을 좋아한다. 1980년 서울 출생으로 동국대 문예창작학과를 졸업하고 2004년 소설 『피어씽』으로 제2회 대산대학문학상을 수상하면서 등단했다. 2008년에는 『무중력증후군』으로 제13회 한겨레문학상을 수상했다. 지은 책으로 2011년 이효석문학상 수상 작품인 『1인용 식탁』 등이 있다.

먹을 게 넘쳐나는 시대의 아이들에게
들려주는 밥 한 숟가락의 의미
『냠냠』

시인이 아이들을 만났다. 어느 늦은 가을 바닷가 마을에서. 이것만으로도 한 폭의 그림이 절로 그려진다. 이들의 만남을 주선한 것은 문학도, 시도, 인생도 아니었다. 요리였다. '꽃 피는 주먹밥'이라는 이름도 참 예쁜 이 요리 한 접시를 만들기 위해 시인은 주말 오후 항구 도시 목포를 찾았고, 바닷가 아이들은 앞치마를 두른 채 모여들었다. 작은 강당 안에서는 한 시간이 넘도록 맛있는 주먹밥이, 아름다운 시가, 재미난 이야기가, 왁자지껄 웃음이 중력을 잃은 듯 둥실둥실 떠다녔다. "시는 범생이처럼 쓰면 안 돼요. 삐딱하게 써야 해요. 그러려면 사물을 잘 살피고 관찰하는 습관을 길러야 되겠죠?" 요리사로, 시인으로, 아빠로 땀을 뻘뻘 흘린 그에게 따끈한 커피 한 잔을 건넸다.

삼겹살을 잘 뒤집는 사람이 시를 잘 쓸 수 있다

⊙ 전주에 사신 지 30년 정도 됐지요? 경북 예천에서 태어나셨지만 이제는 전주가 고향처럼 느껴지시겠어요?

벌써 그렇게 됐네요. 이제는 뭐, 전주 사람이라고 해야죠.

⊙ 이리중학교, 산서고등학교를 거쳐 우석대학교에서 학생들을 가르치고 계신데, 교직 생활이 재미있나요?

지금은 시를 가르치니까 괜찮아요. 중·고등학교에 있을 때는 시뿐만 아니라 국어 전체를 다 가르쳐야 했거든요. 대학에서는 제가 좋아하는 시만 가르치기 때문에 편하고 즐겁지요.

⦿ **학생들을 가르칠 때 시를 뭐라고 정의하십니까?**

글쎄…… 시란 무엇이다, 이렇게 말해본 적은 없는 것 같네요. 보통 문예창작과라고 하면 많은 분들이 글 쓰는 기술만 가르치는 곳이라고 오해해요. 물론 그런 것도 공부하지만, 그보다는 시인으로 산다는 게 도대체 뭔가, 시라는 게 인생을 바칠 만한 것인가, 시를 쓰는 사람의 자세는 어떠해야 하는가, 이런 이야기를 더 많이 나눕니다. 시란 존재가 과연 무엇인가를 자꾸만 학생들 스스로 묻게 만드는 것이 바로 학교에서 하는 일입니다.

⦿ **오랜만에 동시집을 내셨죠? 독특하게도 전부 음식을 소재로 삼은 시들이네요?**

사람한테 먹을거리는 무엇보다 중요하지요. 특히 커가는 아이들에게는 더욱 중요합니다. 음식이 아이들의 품성을 만들기도 하니까요. 사실 지금은 먹을 것이 너무 풍족한 시대에 살고 있어요. 그러다 보니 아이들이 음식의 소중함을 잘 모르고 있지요. 그걸 이야기하고 싶었어요. 또 하나는 음식 때문에 생기는 여러 가지 문제들, 이를테면 생활 습관이라든지, 아토피 피부염이나 유아 비만 등 우리 몸에 일어나는 일들에 대해서도 이야기하고 싶었습니다. 한편 우리는 이렇게 풍족하게 먹고살지만 지구 반대편에서는 많은 어린 아이들이 굶주리고 있지요. 그래서 음식을 소재로 한 시를 쓰고 싶었던 겁니다.

⊙ **북한 어린이들이 눈에 밟히는군요.**

그렇죠. 제가 평양을 가끔 갑니다. 제가 하고 있는 일 중에 여러 단체들과 힘을 합쳐 북한에 사과나무를 심어주는 일이 있어요. 남쪽에서는 좋은 묘목을 가지고 가서 우리 기술로 나무를 심고, 북쪽에서는 땅을 제공해서 과수원을 만들어 그들의 노동력으로 농사를 짓는 것이죠. 과일을 수확하면 북쪽 아이들이 먼저 먹을 수 있게끔 하자는 취지에서 벌인 일이에요. 작년 4월에는 평양 주변에 사과나무 만 그루를 심었어요.

⊙ **평양에 가서 보신 것 중에 특이한 게 있나요?**

가만 보니 북쪽 사람들은 많이 걷더라고요. 어떤 아이는 소나무 가지를 몇 개 들고 걷고, 어떤 어른은 보따리를 하나 들고 걷고 그러더군요. 먹고살기 위해 걷는 것이죠. 남쪽 사람들은 살을 빼기 위해 걷잖아요? 한쪽은 먹고살기 위해 걷는데, 한쪽은 너무 많이 먹어서 걷는 거예요. 아주 극명하게 대비가 되지요.

⊙ **동시집에 실린 첫 번째 시가 「멸치볶음」인데 "프라이팬은 뜨거워! / 고추장은 매워! / 팔짝팔짝 뛰던 멸치들 / 얌전해졌네 / 냠냠", 이 짧은 시 한 편 속에 촉각, 미각, 시각, 청각, 후각이 다 들어 있더군요. 음식이라는 소재가 시에서 참 요긴하게 쓰일 수 있다는 생각이 들었습니다.**

그렇습니다. 그런데 음식을 소재로 한 시를 제가 처음 쓴 건 아니에요. 1930년대에 활동했던 백석 시인의 시를 보면 음식을 소재로 한 기막힌 시들이 참 많아요.

◉ 요리와 시, 음식과 문학은 어떤 연관성이 있을까요?

음식은 배를 채우는 데만 의미가 있는 게 아니에요. 식탁 위에 하나의 음식이 올라오려면 농사꾼이 그만큼의 땀을 흘려야 하죠. 또 요리가 만들어지는 과정 속에는 여러 가지 감각들이 다 들어갑니다. 우리가 느낄 수 있는 오감이 전부 들어 있어요. 밭에서 금방 딴 호박과 냉장고에서 일주일 정도 묵은 호박은 썰리는 소리부터가 다릅니다. 시를 쓸 때는 음식을 만들 때처럼 시적 대상에 모든 감각을 열어 두어야 합니다. 음식은 만들어서 자기 혼자만 먹는 게 아니라 여럿이 나눠 먹고 두고두고 먹는 거잖아요. 마찬가지로 시도 음식을 만들 듯이 온갖 정성을 다 쏟아 부어야 하는 것이죠.

◉ 그래서 요리 잘하는 사람이 시도 잘 쓸 수 있는 겁니까?

다른 말로 하자면 삼겹살을 잘 뒤집는 사람이 시를 잘 쓸 수 있는 겁니다. 고기를 먹으러 가면 어느 자리에서나 불판 위에 놓인 고기를 잘 뒤집는 사람이 있고, 먹기만 하는 사람도 있죠. 먹기만 하는 사람은 삼겹살의 맛만 알지만 뒤집어본 사람은 어떻게 해야 고기가 맛있게 익는지 그 과정을 아는 사람이거든요. 바로 이런 사람, 결과보다는 과정을 잘 아는 사람이 시를 잘 쓸 수 있는 사람이라는 겁니다.

◉ 시와 동시는 어떻게 다른가요?

근원은 똑같지요. 아이들의 눈으로 사물이나 풍경을 바라볼 때 거기서 시적인 게 생겨나는 거니까요. 저는 동시를 쓰는 게 더 재미있고 신이 나요. 시를 쓸 때는 조금 심각해지죠. 동시를 가볍게 봐서 그런 게 아니라, 시는 여러 가지 갈등과 복선들을 가지고 있어야 하지만 동시는 그런 게 없어도 가능하니까 그런 겁니다.

밥에 대한 예의, 농사지은 분들에 대한 예의, 엄마에 대한 예의, 아버지에 대한 예의

⊙ 엄마가 아이들에게 먹이고 싶은 음식이 있는 반면 엄마 뜻과는 달리 아이들이 먹고 싶어 하는 음식이 있습니다. 마찬가지로 시인이 어린이들에게 들려주고 싶은 시가 있는가 하면 아이들이 스스로 읽고 싶은 시가 따로 있지 않을까요?

그래서 그게 걱정이에요. 제가 어른으로서 아이들에게 시를 통해 가르쳐주고 싶은 것, 이야기하고 싶은 것이 있는데 이게 어린이들 수준에서 잘 받아들여질 것이냐 하는 거죠. 그래서 동시를 쓰면서 자주 아이들에게 보여줬어요. 조카나 주변 아이들에게 먼저 읽어보게 한 거죠. 그 아이들의 반응과 의견을 들어 시를 다듬고 고쳐가면서 시인으로서 제가 말하고 싶었던 것은 잘 안 보이게 밑으로 살짝 깐 거예요.

⊙ 동시라고 해서 너무 교훈적이거나 교과서적인 내용이 되어서는 안 된다고 말씀하셨죠? 일명 동심 천사주의를 경계해야 한다고 하셨는데, 그렇다고 해서 아이들이 읽는 시가 지나치게 현실적이거나 삶의 어두운 면을 적나라하게 드러내도 곤란하지 않나요?

물론입니다. 시를 읽는 아이들이 느끼는 흥미와, 어른으로서 아이들에게 들려주고 싶은 가르침 사이에 아주 미세한 틈이 있어요. 그 적절한 경계 지점을 찾는 게 어려운 일이죠.

⊙ 작가로서 이번 동시집을 읽는 아이들이 어떤 맛을 느끼고 어떤 영양분을 섭취했으면 좋겠다, 하는 구체적인 바람이 있습니까?

몇 가지가 있는데…… 요즘 어린아이들이 잘 먹지 않는 김치를 악당으로 묘사해서 아이들이 그 악당을 무찌르는 통쾌함을 느껴보도록 시를 썼어요. 아이들에게 무조건 김치를 먹어야 한다, 김치 많이 먹어야 건강해진다 하면 말을 듣겠어요? 그래서 역설적으로 김치를 악당으로 만들어 김치를 많이 먹어야 한다는 제 마음을 표현한 것이죠. 음식 속에는 우리 몸을 치료하는 약이 들어 있지 않습니까. 조카가 그러더군요. 자기는 감기에 걸리면 감기약 먹지 않고 엄마가 만들어준 따뜻한 오미자차를 마신다고요. 그 이야기를 듣고 생각이 나서 콩, 나물, 우유, 된장국, 장아찌 등 우리 몸에는 좋지만 아이들이 싫어하는 음식을 시의 소재로 많이 등장시켰어요. 시를 읽고 아이들이 이런 음식에 좀 더 친근해졌으면 좋겠어요.

⊙ 40편의 시를 자세히 살펴보면 햄버거, 피자, 스파게티, 팝콘처럼 요즘 아

이들이 좋아하는 음식은 나오질 않습니다. 의도하신 겁니까?

처음에는 그런 음식을 소재로 한 시도 써보려고 했습니다. 통닭 같은 시는 재밌을 거 같았어요. 그런데 막상 쓰려고 하니 저하고 잘 안 맞았어요. 제가 어렸을 때 먹었던 주먹밥 같은 음식들이 정서적으로 더 자연스러웠죠. 실제로 아이들이 좋아한다고 해서 그런 것만 줄 수는 없거든요. 시집에 콜라는 안 나오지만 아마 사이다는 나올 겁니다.

⊙ **아이들 어렸을 때 아빠로서 직접 만들어주신 음식은 뭔가요?**

감자를 고추장 넣고 양파랑 버무려서 만든 건데, 그걸 뭐라고 해야 하나 모르겠네요. 어릴 때 할머니나 어머니께서 만들어주셨던 건데, 기억을 되살려 아이들에게 만들어 먹였더니 좋아하더라고요. 시골 외가에 가면 밥할 때 아궁이에 불 때는 게 아주 재미있었어요. 집에서 닭을 잡으면 닭 한 마리가 아버지 손에 잡혀서 상에 오르기까지 전 과정을 다 지켜봤어요. 민물고기를 손질할 때도 칼로 배를 가르고 손질해서 요리하는 장면을 생생하게 관찰했지요. 요즘 아이들은 이런 걸 볼 기회가 없어요. 튀기거나 버무려져 나온 상태의 음식을 바로 먹으니까 그런 과정은 전혀 모르는 거죠.

⊙ **황지우 시인의 「거룩한 식사」라는 시를 보면 이런 구절이 나옵니다. "양푼의 식은 밥을 놓고 동생과 눈 흘기며 숟갈 싸움하던 / 그 어린 것이 올라와, 갑자기 목메게 한 것이다" 그 시절과 달리 어느 때보다 먹을 것이 풍족한 시대를 살아가는 지금의 아이들에게 밥은 어떤 의미일까요?**

요즘 아이들은 밥을 먹고 싶어서 먹는 게 아니라 그냥 엄마가 먹으라고 하니까 '먹어주는' 것 같아요. 최대한 편식의 자유를 누리는 것이죠. 저만 해도 배를 곯지는 않았지만 어렸을 때 늘 밥을 남기면 안 된다, 깨끗하게 먹어야 한다는 말을 듣고 자랐어요. 먹을 게 귀한 시절이었으니까요. 일종의 삶에 대한 공부였죠. 그게 밥에 대한 예의고, 농사지은 분들에 대한 예의고, 밥을 지은 엄마에 대한 예의고, 식구들을 먹여 살리기 위해 열심히 일한 아버지에 대한 예의라고 생각했어요. 나는 이 동시집을 통해 아이들에게 이런 밥의 의미, 밥 한 숟가락의 소중함에 대해 말해주고 싶었던 겁니다.

집에서 식구끼리 밥을 자주 먹어야 우리 삶과 가정이 건강해진다

◉ 「밥도 가지가지」라는 시를 보면 "고들고들 고두밥 / 아슬아슬 고봉밥"이라는 표현이 나오는데, 이게 무슨 말인지 아이들이 알까요?

아이들뿐만 아니라 엄마들도 잘 모르더군요. 무밥이 무슨 밥인지도 몰라요. 그런 몇 개의 생소한 말들이 등장하지만 일부러 그냥 둔 거예요. 이게 무슨 말이지, 이게 뭘까 하는 호기심을 가지고 찾아볼 수 있게 한 겁니다.

◉ 예전에는 밥상머리 교육이란 게 있었지요. 밥상에서 예절도 배우고, 밥의

소중함도 배우고, 서로 나눠 먹는 것도 배우고 그랬습니다. 이런 밥상머리 교육이 사라져버린 오늘날의 우리 가정, 과연 건강하다고 할 수 있을까요?

지금은 아예 밥상도 없어졌어요. 그동안 우리 삶의 모습이 참 많이 변했지요. 식구들이 다 같이 모여 앉아 밥을 먹는 풍경이 이제 흔하지 않아요. 반면 외식을 자주 하게 되었죠. 학교에 가도 엄마가 싸준 도시락을 먹는 게 아니라 학교에서 주는 급식을 먹잖아요? 요즘 '집밥'이란 말을 자주 듣게 됩니다. 예전에는 이런 말이 없었지요. 밥은 당연히 집에서 먹는 거였으니까요. 그런데 얼마나 집에서 밥 먹을 기회가 없으면 이런 말이 다 생겨났겠어요. 밥을 집에서 먹지 않으니 당연히 밥상머리 교육도 없어진 거고요. 반찬이 많지 않더라도 집에서 식구끼리 밥을 자주 먹어야 우리 삶이, 가정이 건강해질 거라고 생각합니다.

◉ 동시집이라고 해서 꼭 아이들만 읽어야 하는 건 아니겠지요. 어른들도 이 동시를 읽고 옛 추억을 떠올리기도 하고, 잃어버린 우리의 밥상 문화에 대한 반성의 기회로도 삼을 수 있지 않나 생각합니다.

책이 나오고 나서 엄마들에게 그런 이야기를 많이 들었어요. 밥 잘 안 먹는 아이들, 편식하고 반찬 투정하는 아이들 버릇 고치는 데 딱 맞는다고 하더군요. 고맙다는 인사를 자주 받았어요. 아이들도 '어, 동시가 이런 거라면 나도 써볼 수 있겠다'라는 생각을 하는 것 같아요. 동시라는 게 늘 자연이나 날씨, 계절 같은 것만 소재로 삼는 줄 알았는데, 단무지 하나도 좋은 동시의 재료가 되는 거구나, 하고 느낀 거죠.

⊙ 「구름의 맛」이라는 시는 여러 번 읽어봐도 어떤 맛이라는 건지 알 수가 없던데요?

그건 상상의 재료입니다. 구름은 먹을 수 없는 거죠. 그래서 엉뚱한 상상을 하는 겁니다. 요즘 아이들은 야외에 나가더라도 밖에 있는 것은 무조건 손을 대서는 안 된다고 생각해요. 제가 어렸을 때는 먹어도 되는 것과 먹으면 안 되는 걸 구별할 줄 알았거든요. 지금의 아이들은 자기 속에 갇혀 있어요. 엉뚱한 상상력이 너무 부족해요. 그걸 깨려면 구름도 먹어보고, 자동차도 먹어봐야 하는 거죠. 그걸 강조한 시예요.

⊙ 시에 등장하는 인물, 즉 아이들에게 음식을 만들어주는 사람이 전부 엄마나 할머니예요. 아빠는 한 번도 나오질 않는데 어디 간 겁니까?

제가 대학생 때, 그러니까 20대 초반 무렵에 아버지께서 일찍 돌아가셨고, 할아버지 얼굴은 한 번도 뵌 적이 없어요. 그래서 제 시나 글을 보면 늘 아버지가 빠져 있어요. 제 개인적인 경험들이 작품 속에 그대로 투영된 것이죠. 의도한 건 아니지만 자연스럽게 그렇게 되었어요. 그리고 음식에 관한 것은 대체로 할머니나 엄마를 통해서 접하게 되잖아요? 할아버지나 아버지는 말 없음 아니면 말줄임표로만 존재하는 거죠.

⊙ 최근 한 예능 프로그램에서 어떤 초등학교 2학년 여학생이 쓴 시가 화제가 된 적이 있어요. '아빠는 왜?'라는 제목의 시입니다. "엄마가 있어 좋다 / 나를 이뻐해주어서 / 냉장고가 있어 좋다 / 나에게 먹을 것을 주어서 / 강아지가 있

어 좋다 / 나랑 놀아주어서 / 아빠는 왜 있는지 모르겠다" 이런 시였어요. 어떻습니까?

처음 듣는 시군요. 아빠들이 비참해질 수도 있겠는데요. 하지만 다른 한편으로 생각하면 아빠하고 뭘 같이 하고 싶은데 아빠가 해주지 않는다는 일종의 항의가 아닐까 싶네요. 아빠는 늘 바쁘고, 늦게 들어오고, 일찍 나가고 그러니까……. 아빠들이 많이 찔리겠네요. 어쨌든 아빠 없는 가정의 모습이 아이들에게 저렇게 적나라하게 비춰진다는 건 바람직하지 않죠. 그래도 우리가 자랄 때에 비하면 지금의 아빠들은 아이들에게 훨씬 자상해지고 친절해진 것 같아요. 잘 놀아주고, 여행도 같이 가고 그러잖아요. 어떻게 보면 아빠들이 참 불쌍하죠. 마음은 그렇지 않은데 현실이 따라주지 않는 경우도 많고…….

엉뚱한 아이가 엉뚱한 꿈을 꾸는 세상이 좋은 세상이다

⊙ 『짜장면』이라는 작품 속에서 이렇게 쓰신 적이 있죠? "인생에 있어서 아름다운 것은 열일곱 살이나 열여덟 살쯤에 발생한다는 게 내 생각이다. 어른이란 열일곱, 열여덟 살에 대한 지루한 보충 설명일 뿐이다." 그렇다면 『냠냠』의 독자인 열 살 전후 아이들의 인생은 어떻게 정의할 수 있을까요?

우리가 아이들을 너무 착한 아이들로만 키우려는 게 아닌가 생각합니다. 부모들이 자기 세대에서 못 이룬 꿈과 욕망을 아이들에게 자꾸 이식하려고 하고 거기서 대리만족을 얻으려 하죠. 남들하고 똑같이 하려고 하기보다는 남들과 좀 다른 아이로 키우려는 생각을 가졌으면 해요. 그래야만 다양한 사람들이 살아가는 세상이 되지 않을까요? 다들 1등을 향해서만 줄기차게 달려가는 사회는 재미없고 살벌하죠. 엉뚱한 아이가 엉뚱한 꿈을 꾸는 세상이 좋은 세상이라고 봐요. 열 살 또래 아이들이라면 이렇게 엉뚱한 꿈을 마음껏 꿀 수 있는 나이 아닐까요?

⊙ 좀 다른 이야기인데, 인터넷에서 안도현을 찾아보니까 한자로 편안할 안(安), 법도 도(度), 어지러울 현(眩), 이렇게 나오더라고요. 이름에 잘 안 쓰는 한자들인데…… 뜻을 풀이하자면 '법을 어지럽힌다', '편안하게 법도를 어지럽게 한다' 이런 뜻입니까?

아니, 그게 잘못된 거예요. '어지러울 현'이 아니라 '빛날 현' 자를 쓰거든요. 그런데 이 두 글자가 비슷해요. 어지러울 현의 변이 눈 목(目) 자인데 이게 날 일(日) 자가 되면 빛날 현이 되죠. 동사무소 직원들도 모르더라고요. 중학교 다닐 때 이사를 가서 주민등록등본을 옮기다가 담당 직원이 날 일 자를 눈 목 자로 쓰는 바람에 그때부터 틀린 한자를 쓰게 된 거예요. 인터넷 한자 사전에도 이 빛날 현 자가 없더군요. 그렇다 보니 사람들이 비슷하게 생긴 어지러울 현 자를 계속 쓰게 된 겁니다. 이걸 바로 잡아야 하는데 쉽지가 않네요. 일일이 찾아가 고치고 해명하러 다닐 수도 없고…….

⊙ 첫 시집 『서울로 가는 전봉준』 이후 민족 문제를 다룬 시나 교육 현실을 비판한 시들을 많이 발표하셨는데, 세월이 흐르면서 점점 이런 날카로움은 줄어

들고 개인의 서정과 감성을 부드럽게 노래한 시들을 주로 발표하셨어요. 시가 변한 겁니까, 시인이 변한 겁니까?

네 번째 시집까지는 좀 날카로운 시들을 썼었죠. 이게 바뀌기 시작한 것은 시라는 형식을 통해 분노하고 저항하고 비판해야 할 대상이 사라졌기 때문이에요. 독재 권력이랄까 하는 것들이 민주화가 되면서 서서히 없어지니까 그 전에는 시인이 아니면 말하기 어려웠던 부분들도 같이 없어진 거라고 할 수 있죠. 시인이 현실 문제에 구체적으로 관여하지 않아도 될 정도로 세상이 좋아진 겁니다. 그러다 보니 거대 담론보다는 개인적인 이야기에 더 주목하게 된 것이죠. 그런데 최근에 이런 생각이 바뀌었어요. 시인이 다시 현실 문제에 저항할 필요가 있다고 느낍니다. 그래서 저항으로서의 시를 써볼 생각이에요. 단순히 분노하고 폭로하고 비판하는 차원에 그치지 않고, 시적 언어를 통해 현실에 대해 함께 고민하는 시를요.

⊙ 소설의 영역에서 보자면 황석영과 이문열이라는 두 대가가 있습니다. 여러 면에서 자타가 공인하는 라이벌이죠. 시의 영역에서 안도현에 필적하는 라이벌은 누구입니까?

저는 라이벌이 없습니다. 굳이 라이벌이라고 하자면 제가 좋아하는 백석 시인이라고 할 수 있죠. 때로는 이런 생각이 들어요. 몇십 년 동안 시를 쓰면서 독자는 얻었지만 비평가는 전부 잃었지 않느냐 하는. 그렇다고 제가 독자들에게 영합하는 시를 쓰려고 한 건 아닌데 결과적으로 그렇게 되었어요. 오해를 많이 받았지요. 하지만 비평가들의 눈에 드는 시를 쓰겠다는 것은 아니에요. 종종 대중의 호응을 얻고 있다는 것과 상업적인 것을 동일시하는 경우가 있어요. 저를 대중적인 작가, 상업적인 시인이라고 오해를 하는 분들에게 제가 할 수 있는 일은 그렇지 않다는 걸 시를 통해 보여주는 수밖에 없다고 봅니다.

◉ 안도현의 시에는 유독 연탄이 많이 나와요. 연탄재도 자주 등장하고요. 「바닷가 우체국」이라는 시에서는 "한 모금의 따뜻한 국물 같은 시를 그리워했다"라고도 쓰셨는데, 시는 인생에게 연탄 같은 존재입니까, 아니면 따뜻한 국물 같은 존재입니까?

지금까지 그렇게 생각해왔는데, 앞으로는 좀 다른 시를 써보려고 해요. 시가 따뜻하고 뜨거운 역할을 하는 것도 좋지만 밍밍한 맹물 같은 시도 또 다른 역할을 한다고 봅니다. 목이 아주 마른 사람은 그 밍밍함을 따뜻하게 느낄 수도 있고, 몹시 더운 데 있는 사람은 시원하게 느낄 수도 있을 거예요. 시를 짓고 제가 먼저 어떤 판단을 하기

보다는 독자들이 먼저 판단하게 하는 시를 쓰고 싶은 겁니다. 그동
안 시가 너무 쉬웠던 것 같기도 해요. 이제 좀 어려운 시, 애매한 시,
이런 시를 쓰려고 해요.

◉ 누구나 흥얼거릴 수 있고, 쉽게 외워지는 시가 좋은 시 아닐까요?
꼭 그런 건 아니에요. 우리가 어떤 사물을 볼 때 투명하게 잘 보이는
것도 좋지만 때로는 안개에 좀 가려 있는 것도 좋은 거거든요. 그런
시를 써보고 싶다는 거죠.

그가 가장 좋아하는 음식은 회다. 회 중에서도 민어회. 싱싱한 민
어회를 제대로 먹을 수 있는 곳은 다름 아닌 목포다. 이야기를 마친
시인은 오랜만에 들른 목포에서 아내와 함께 민어회를 먹기 위해 서
둘러 자리를 떠났다. 바닷가에 석양이 드리워지기 시작했다. 나도 아
내와 함께 자정 안에 서울에 닿으리라 다짐하며 차에 몸을 실었다.
　찬바람이 몰려왔다. 날이 추워지면 유독 생각나는 그의 시가 있
다. 웬만한 사람은 줄줄 욀 정도로 전설이 되어버린 「너에게 묻는
다」라는 시다. 서울에 도착할 때까지 나는 차 안에서 내게 묻고, 묻
고 또 물었다.

　　연탄재 함부로 발로 차지 마라
　　너는
　　누구에게 한 번이라도 뜨거운 사람이었느냐

안도현은 1961년 경북 예천 출생으로 원광대 국어국문학과와 단국대 대학원 문예창작학과를 졸업했다. 1981년 대구매일신문 신춘문예에 시 「낙동강」이, 1984년 동아일보 신춘문예에 「서울로 가는 전봉준」이 당선되어 작품 활동을 시작했다. 같은 해 전북 이리중학교에 국어 교사로 부임했으며, 이듬해 첫 번째 시집 『서울로 가는 전봉준』을 출간했다. 전교조 활동으로 해직된 지 5년 만에 복직되었고, 1996년 『시와 시학』 젊은 시인상을 수상했으며, 1997년 전업 작가가 되었다. 2004년 이후로는 우석대학교 문예창작학과 전임 강사로 재직하고 있다. 안도현은 맑은 시심을 바탕으로 낭만적 정서를 뛰어난 현실감으로 포착해온 시인이다. 그의 시는 보편성을 지닌 쉬운 시어로 본원성을 환기하는 맑은 서정을 담아냈다는 평가를 받는다. 『연어』는 시인 안도현의 섬세한 시적 감수성이 산문에서도 아름답게 피어나는 작품이다. 연어의 모천회귀(母川回歸)라는 존재 방식에 따른 성장의 고통과 아프고 간절한 사랑을 시인은 깊은 시선으로 그리고 있다. 또 다른 저서로는 시집 『모닥불』, 『그대에게 가고 싶다』, 『외롭고 높고 쓸쓸한』, 『그리운 여우』, 『바닷가 우체국』, 『아무것도 아닌 것에 대하여』, 『북항』, 어른을 위한 동화 『관계』, 『사진첩』, 『짜장면』, 『증기기관차 미카』 등이 있고, 산문집으로 『외로울 때는 외로워하자』, 『사람』 등이 있다.

신현림

나는 믿는다,
빵 속에는 해와 강물이 들어 있다고

『빵은 유쾌하다』

  약속 장소는 빵집이었다. 시간은 오후 3시. 시간과 장소를 정한 시인은 자신이 쓴 글에서 이 시간대의 햇살은 별나라 사람들이 먹다 흘린 빵 부스러기처럼 느껴진다고 했다. 빵 부스러기를 따라 들어간 안국동 큰길가에 새로 생긴 빵집에는 금발의 서양 남자들이 흰 요리사 가운을 입은 채 주방을 분주히 오갔다. 날씬한 아가씨들은 작지만 달콤하게 생긴 작은 빵을 몇 개 주문한 뒤 창가 쪽 테이블로 향했고, 부지런히 대화를 나누던 중년 여성들은 푸짐하게 생긴 빵을 골라 계산한 다음 긴 의자가 놓인 가장자리를 찾아갔다.

  빵을 만드느라 정신없는 곳은 이 모던한 서양식 빵집만이 아니었다. 빵집 바깥쪽 인도 한 귀퉁이에서는 남루한 차림의 어떤 아주머니가 바쁘게 비단잉어 빵을 구워내고 있었다. '그냥 잉어 빵과 비단잉어 빵은 맛이 어떻게 다를까?' 물끄러미 바깥을 바라보며 이런 생각에 잠겨 있는 동안에도 비단잉어 빵은 바다에서 물고기가 튀어 오르듯 쇠로 만든 붕어빵 기계 속에서 쉼 없이 튀어 올랐다. 빵 굽는 속도로만 보면 빵집 안에 있는 서양 요리사들 전부 합쳐도 이 붕어빵 장사 아주머니 한 명을 당해내지 못할 것 같았다.

  시인이 나타났다. 모자를 쓰고 자전거를 탄 채. 조금 늦었다며 미안해하는 그녀에게 나는 빵을 선물하기로 마음먹었다. "저의 이름을 빵순이와 바꾸고 싶을 만큼 빵을 좋아합니다. 섬유소와 탄수화물을 제공해서라기보다 빵의 성품이 까탈스럽지 않아서죠."『빵은 유쾌하다』라는 책에서 그녀는 분명히 이렇게 말했기 때문이다. 그녀는 딸이 좋아한다는 초코 번 두 개를 집어 들었다. 나는 쿠겔호프와 치즈 치아바따라는 어려운 이름표가 붙어 있는 빵을 하나씩 골랐다. 오래된 자전거 뒷자리에 놓인 바구니에 빵을 싣고 우리는 안국동에 있는 그녀의 집으로 걸어갔다. 단아한 한옥들이 자리한 아름다운 길이었다.

바닥에 별궁길이라고 쓰인 사거리에서 그녀가 멈춰 섰다. "이 집 계란빵이 아주 맛있는데 좀 사 갈까요?" "그러시죠." 나는 이걸 누가 다 먹을까 생각하면서 계란빵 다섯 개를 샀다. 계란빵집 주인과 시인은 매우 절친한 듯 인사를 나누었다. 윤보선길 31-13번지, 붉은 벽돌집 반지하. 시인의 집이었다. 작은 식탁에 앉자 그녀는 얼마 전 자신이 직접 담갔다는 레몬대추차를 큰 잔으로 가득 타 주었다. 다 마시면 배가 부를 것 같았다.

이제 '슬픔의 독을 먹고사는 여자',
'가난과 외로움이 전 재산인 여자'가 되고 싶지 않아요

⊙ 그동안 이사를 참 많이 다니셨죠?
서른 살에 집을 탈출한 이후 지금까지 대략 열다섯 번쯤 다닌 것 같아요.

⊙ 그중에서 가장 기억에 남는 집은 어디인가요?
채부동 한옥집이에요. 예쁜 마당이 있었지요. 그때는 사람들 불러서 술자리도 많이 가졌어요. 저희 집에 왔던 사람들이 전부 이런 집에서 살고 싶다고 했을 정도였죠. 그런데 오래 살지 못했어요. 집주인이 어느 날 자기가 들어와 살겠다고 하는 바람에 이사를 할 수밖에 없었지요. 고향 집도 한옥이었기 때문에 더 애틋했던 것 같아요. 그 집에서 딸과 함께했던 추억들이 지금도 생생하게 기억이 나요. 이사 다니는 것도 괜찮아요. 조금 힘은 들지만.

⊙ **평론가들이 신현림 씨를 가리켜 '슬픔의 독을 먹고사는 여자', '가난과 외로움이 전 재산인 여자'라고 말하곤 하는데, 자신에 대한 이런 표현을 어떻게 생각하십니까?**

그렇게 끔찍하게 썼나요? 어휴, 이제는 싫어요, 그런 말들이. 슬프거나 외로운 걸 누가 좋아하겠어요? 제 모습이 너무 불행하게 보이는 게 싫어요. 비록 가난하더라도 가끔씩 여행도 다니고 좀 여유 있게 사는 게 좋지 않나요?

⊙ **전에 우연히 텔레비전을 보니까 연예인들과 함께 경춘선 기차를 타고 시 창작 여행을 떠나는 프로그램에 출연하시던데, 텔레비전에 나가는 게 재미있으신가요?**

그날 시 창작 여행은 아주 좋았어요. 주제가 '배고픔'이었는데, 마침 명절을 앞두고 어려운 사람들과 교감을 나누자는 차원에서 제작진이 정한 주제였지요. 촬영하면서 보니까 연예인들이 굉장히 열심히 하더라고요. 프로그램 하나를 잘 만들기 위해 정말 성실하게 노력하는 모습을 봤어요. 하지만 재미로 텔레비전에 나가는 건 아니에요. 그저 한 푼이라도 더 벌려고 나가는 거죠. 유익한 게 있다면 젊은 세대를 이해하는 데 많은 도움이 된다는 거예요. 아, 요즘 젊은 사람들이 이런 생각을 하고 사는구나, 뭐 이런 걸 느끼게 돼요.

◉ 예전에는 작가들이 책을 통해서만 독자들과 만나고 다른 매스미디어에 출연하는 것에 매우 신중한 분위기였지만 요즘은 여러 경로를 통해 다양하게 독자들과 소통하는 것 같아요.

지나치면 안 되겠지만 때에 따라 필요하다는 생각이 들어요. 시대가 많이 바뀌었으니까. 예전에는 비밀스럽고 감추어진 것을 좋아했지만 지금은 드러나고 밝혀지는 걸 좋아하는 세상이 되었어요. 저도 기계치지만 트위터에 글도 남기고 페이스북도 하고, 나름대로 노력을 해요. 페이스북은 얼굴을 공개하고 하는 거니까 굉장히 인간적인 것 같다고 느꼈어요. 그런데 친구 신청했다가 거절당하니까 상당히 슬프더군요.

◉ 얼마 전 한 신문에 소설가 이외수 선생의 인터뷰 기사가 났는데, 거기서 그분이 이제는 작가라고 해서 고난과 고통 속에 굶주려가며 글을 써야 하는 시대는 지났다고 하더군요. 이 말에 동의하십니까?

글을 그렇게 쓸 수가 없어요. 아니, 못 써요. 먹고사는 데 매달리느라 작업할 시간이 없기 때문이죠. 작가의 삶이 풍요로워야 할 것까지는 없지만, 최소한 먹고사는 문제를 해결하느라 글을 쓸 수 없는 지경이 되어서는 안 된다는 거예요. 예전에 굶는다는 것과 지금 굶는다는 것은 또 다른 차원의 문제인 것 같아요. 젊었을 때 굶는 것은 나름대로 어떤 삶과 문학의 자양분이 될 수 있었지만 나이 먹어서까지 가난해서 굶기를 계속한다면 사람이 황폐해져요. 정신이 망가지죠. 그렇기 때문에 너무 없어도 안 돼요.

⊙ 『아我! 인생찬란 유구무언』이라는 책에서 김경미 시인이 신현림 씨를 두고 이렇게 말했습니다. "그녀는 늘 '종횡무진'이란 단어를 떠오르게 한다. 그 전면적이고도 열렬한 에너지와 보통은 에너지에 반비례하게 마련인 감수성은 다 어디서 나오는지. 그녀는 자기 자신에 대해 언제나 맹활약 중이다." 시도 쓰고, 에세이도 쓰고, 번역도 하고, 사진도 찍고, 그림도 그리고……. 호기심이 많은 건가요? 관심사가 왜 이리 많습니까?

그림은 옛날에 조금 그린 거예요. 판화도 마찬가지고요. 지금은 판화나 그림 그리는 일에 손을 못 대요. 사진이야 워낙 좋아하는 거니까……. 여러 가지 일을 하다 보니 한때는 돈도 꽤 벌었던 것 같은데 지금은 다 날리고 없어요. 돈을 다 날리고 나니까 여행을 떠나게 되더라고요. 많은 걸 잃고 나니 이판사판이다 하는 심정으로 떠나게 된 셈이죠. 언젠가는 여행 에세이도 한번 써볼 계획이에요.

살면 얼마나 살겠습니까.
하루하루 감사하며 맛있게 살자고요

⊙ 『내 서른 살은 어디로 갔나』에서 "영혼의 재테크와 물질의 재테크를 함께하라"라고 하셨는데, 영혼의 재테크는 어떻게 하는 겁니까?

영성에 대한 이야기인데…… 믿지는 않더라도 신앙의 세계에 한쪽

발을 담그기라도 해보라는 겁니다. 당장 믿어지지는 않겠지만 한 번 믿어보란 얘기죠. 옛날에는 나이를 먹으면 세상에 대해 많이 알 게 될 거라고 생각했어요. 그런데 지금 제가 아는 거라곤 내가 얼마나 모르는 게 많은가, 하는 것뿐이에요. 과연 인생이란 무엇일까, 내가 죽을 때 무슨 말을 남길 수 있을까를 생각했어요. 그냥 '아!' 하는 감탄사 한마디뿐이었어요. '아!' 이러면서 죽을 거 같았어요. 그 '아'는 '나 아(我)' 자이기도 하죠. 어머니의 죽음을 보고 참 많이 깨달았어요. 돌아가시는 모습을 곁에서 지켜본다는 건 정말 잔혹한 일이에요. 저는 스물한 살 때 영세를 받은 가톨릭 신자예요. 세례명은 로사죠. 옛날 성녀 중 한 분인데, 장미를 뜻하는 로즈에서 온 이름인 것 같아요. 가톨릭 신자였지만 제대로 못 믿었어요. 그러다가 어느 날 니코스 카잔차키스가 『영혼의 자서전』에서 말한 것처럼 '신은 부드러운 눈물이고 떨림'이라는 걸 체험한 일이 있었어요. 기도를 절실하게 하다가 경험했죠. 그런 경험을 다시 해보고 싶어요. 그 후 저의 말이, 저의 글이, 저의 죽음이 누군가에게 이로움을 주는, 영적 성장에 도움이 되는 그런 존재가 됐으면 좋겠다는 생각이 들었어요. 소위 치유 에세이라는 책들이 그런 관점에서 나오게 된 거죠. 저는 쓰면서 치유를 받고 독자들은 읽으면서 치유를 받는 거예요. 제 책이 꽤 치유 효과가 좋다는 이야기를 들은 적이 있어요. 실제 제가 체험한 바를 토대로 쓰는 거니까요. 예전에는 시간 날 때마다 주로 문학 작품을 읽었는데 요즘은 영성에 대한 책들을 많이 보게 돼요. 육신을 위해 빵을 먹듯이 영혼을 위해서도 그에 걸맞은 빵을 먹어 영성을 살찌워야 하지 않겠어요?

　　이때 초인종 소리가 났다. 그녀는 누구냐고 묻지도 않고 문을 열어주었다. "절에서 왔는데 이야기 좀 나눌 수 있을까요?" "네, 그런데 저 하느님 믿어요." 두 여자의 문답이 끝나자 이내 문이 닫혔다. 손님 대접을 하기 위해 그녀가 틀어놓은 카세트 라디오에서는 낡은 카세트테이프에 담긴 옛날 히트곡들이 구성지게 흘러나오고 있었다.

⊙ "시를 쓰는 건 생존을 확인하는 것이다"라고 하셨죠? 다시 말하면 시가 곧 삶이라는 뜻인가요?

어떤 인터뷰에서 이런 이야기를 들은 적이 있어요. "어, 시를 이렇게 쓰는 사람도 있네?" 시는 시를 쓰는 사람들 사이에서만 읽히는 뭔가 다른 언어가 사용되는 세계인 줄 알았는데, 이렇게 실감나고 재미있게 내 감정과 삶을 여과 없이 반영한 시를 쓰는 사람도 있구나 하는 생각을 했다는 거예요. 그 이야기를 듣고 무척 기분이 좋았습니다. 시는 결코 어려운 게 아니에요. 시인들만의 언어가 따로 있는 것도 아니죠. 그런 의미에서 시는 곧 삶이라고 할 수 있겠죠.

⊙ 「초코파이 자전거」라는 시가 초등학교 1학년 교과서에 실리지 않았나요?

아니요, 『초코파이 자전거』라는 동시집에 나오는 「방귀」라는 시가 실렸어요. 제 시가 교과서에 실렸다는 사실이 제게 큰 희망을 주었죠.

⊙ 어떻게 해서 빵을 그리도 좋아하게 되셨나요?

부들부들하고 좋잖아요? 푹신푹신하고. 과자는 싫어해요.

◉ 빵 만드는 것도 좋아하시나요?

그럴 경황이 없었어요. 제빵기를 한 번 샀다가 그냥 다른 사람 준 적
이 있어요.

◉ 빵이 왜 유쾌합니까?

맛있잖아요? 배도 부르고…….

그녀는 자신의 책에서 이렇게 고백했다.

"누룩을 넣어 빵이 부푸는 모습은 꿈이 부푼 아이의 모습을 닮았
습니다. 어쩌면 여인네의 하얀 젖가슴을 닮기도 했구요. 고대 이집
트인들이 기원전 2600년경에 최초로 누룩을 넣어 만든 이후로 빵
은 지치지 않고 식사의 주 손님으로 등장했죠. 입 안 가득 퍼지는 온
기…… 식사 시간은 축복받은 시간입니다. 살면 얼마나 살겠습니까.
하루하루 감사하며 맛있게 살자구요."

◉ 최근에 펴낸 『만나라, 사랑할 시간이 없다』를 보니까 "밥 먹었어요,라는 안
부 인사는 늘 가슴 찡하다", "사랑은 식탁이나 소파 같은 지극히 일상적이고
소소한 자리에서 시작된다"라는 표현을 하셨던데, 결국 먹는 것과 사는 것은
떼려야 뗄 수 없는 관계라는 것이죠?

그럼요. 살아가는 데 먹는 게 얼마나 중요한데요. 사람 사이의 만남
에서도 그래요. 왠지 서먹서먹하다가도 밥이라는 게 중간에 끼면 아

주 평온한 자리를 만들어주잖아요. 쌀독에서 인심이 나듯 밥상에서 정이 드는 법이지요.

⊙ 대표작으로 알려진 시집 『세기말 블루스』에도 「빵을 가진 남자」라는 시가 등장하더군요.

"인간이 결국 / 무덤이라는 둥근 빵을 얻기 위해 살듯 / 빵을 가진 마음처럼 둥그래져야겠지요 // 빵 속의 해와 강물이 쏟아지지 않도록 / 끌어안은 당신이 아름답습니다 / 무덤까지 당신을 따라가겠습니다" 이렇게 이어지는 시예요. 바람과 햇볕과 비가 없으면 곡식이 제대로 여물어 결실을 할 수가 없는 것처럼 생명 같은 존재인 빵 속에도 해나 강물이 들어 있다고 믿는 거죠. 그리고 보니 제 글 속에 빵이 정말 많이 등장하네요.

⊙ 나이를 먹는다는 건 어떤 의미입니까? 여자에게, 시인에게, 그리고 엄마에게.

나이가 들수록 중요한 것은 장인 정신인 것 같아요. 지금까지 제 책 중에서 다섯 권을 절판시켰어요. 어떻게 보면 괴팍스러운 것일 수도 있는데…… 당시에는 그렇지 않았지만 나중에 생각해보니 제 딸에게 좋지 않은 영향을 줄 수 있는 책이 있더라고요. 그게 싫었어요. 말의 위력이라는 게 있죠. 나이 들면서 제가 계속 싱글 맘으로 불린다는 게 어쩌면 '너는 그렇게 평생 싱글로 살다가 죽어버려라' 하는 것 같았거든요. 혼자 산다는 게 징그러워요. 인간은 음양의 조화를 이루며 살라고 하느님께서 만들어주신 건데 이걸 거스르며 혼자 산다는 게 과연 온전한 삶일까, 하는 생각이 들어요. 혼자 살면서도 온전한 정신을 가지고 살려면 자기 수양을 쌓거나 신앙이 있거나 같이 사는 공동체가 있거나 해야 하지 않을까요? 요즘은 워낙 혼자 사는 사람들이 많으니까 뭔가 서로 소통하는 장이 필요해서 트위터니 페이스북이니 하는 것들이 만들어진 것 같아요. 이게 문명의 발전일 수도 있지만, 이런 것 때문에 사람들이 더 소외되는 거라고 생각해요. 사람은 서로 만나고 얼굴을 대하고 차도 마시고 밥도 먹으면서 대화를 나눠야 하는데 기계 속에서 만나고 대화를 나누는 게 과연 건강할까 염려가 되는 거죠. 오늘도 제가 어떤 강연에서 이야기를 했는데 법정 스님 돌아가시고 나서 한때 전 국민적으로 추모 분위기가 일어났지만 지금은 조용하잖아요. 어떤 잡지를 보니 지난해 이해인 수녀님 생신 때는 주변에서 아무도 찾아오지 않았다고 하더군요. 기억에서 지워진다는 거죠. 슬프지 않나요? 정말 각오를 단단히 해야 할 것 같아요. 나이를 먹는다는 것에 대해, 그리고 곧 내게 들이닥칠 처절한 소외감에 대해서.

⊙ **어머니께서 "너도 일만 하지 말고 사랑을 누려라"라는 유언을 남기신 걸로 알고 있는데, 올해는 이 유언을 꼭 실천하셔야죠?**
글쎄…… 노력은 하겠지만 쉽지가 않아요.

사진을 찍기 위해 다시 골목길로 나갔다. 여고생들이 흘깃거리는 틈에서 시인의 독특한 패션쇼가 시작됐다. 서윤이가 자전거를 끌고 나타났다. "어디 갈 거니?" "태권도 배우러 가요." "와, 서윤이 태

권도 배우는구나. 멋진걸. 무슨 띠야?" "하얀 띠요." "음…… 그래 잘
다녀와라." "엄마, 나 태권도 갔다 올게!" 서윤이가 자전거 뒤에 도복
을 신고 맞은편 골목 끝으로 사라져갔다.

패션쇼를 끝낸 그녀는 광화문 어느 빌딩에서 열리는 문학상 시상
식에 참석해야 한다며 서둘러 집을 나섰다. "상 타십니까?" "아뇨. 다
른 사람 상 타는 데 박수 쳐주고 저녁 먹고 올 거예요." 그녀는 늘 유
쾌했다. 또 한 해를 맞으며 나는 세월 앞에 서서 신현림 시인의 독백
을 오래 기억하게 되길 바랐다. "인생은 길지 않다. 다투거나 쉽게 헤
어지기에. 사랑할 시간이 많지 않다. 누군가의 꽃이 될 시간이……."

· · ·

신현림은 1961년 경기도 의왕 출생으로 아주대에서 문학을 공부한 뒤 상명대 디자인 대학원에서 사진을 전공했다. 그 후 시인과 포토그래퍼의 경계를 허무는 전방위 작가로서 왕성히 활동 중이다. 1990년 『현대시학』에 「초록말을 타고 문득」 외 아홉 편을 발표하면서 등단하여 1994년 첫 시집 『지루한 세상에 불타는 구두를 던져라』를 출간했다. 한국예술종합학교와 아주대에서 텍스트와 이미지, 시 창작 강의를 했으며, 실험적이면서 뚜렷한 색깔을 지닌 작업으로 다양한 연령대의 마니아층을 확보하고 있다. 시집 『세기말 블루스』, 『해질녘에 아픈 사람』, 『침대를 타고 달렸어』와 사진 에세이 『나의 아름다운 창』, 『사과밭 사진관』, 미술 에세이 『신현림의 너무 매혹적인 현대미술』, 『시간 창고로 가는 길』, 『내 서른 살은 어디로 갔나』를 냈으며, 동시집 『초코파이 자전거』가 초등 학교 교과서에 실렸다. 옮긴 책으로 『포스트잇 라이프』, 『Love That Dog』, 『비밀엽서』 시리즈 등이 있다.

조 현
© 최해성
인류가 고안해낸 모든 발명품 중
가장 기형에 가까운 음식
『누구에게나 아무것도 아닌 햄버거의 역사』

1925년 3월 22일 베를린에서 마이클 햄버거가 태어난다. 그는 평범한 시인이었다. 1968년 영국 펭귄사 편집자인 이본 마멜은 『펭귄 현대 시인 선집』을 편집하면서 제14권에 마이클 햄버거의 시를 포함시키기로 결정한다. 이는 순전히 그녀 자신의 개인적 체험에서 비롯된 취향 때문이었다. 시집은 1969년에 출간되어 미국으로 건너간다. 1969년은 미국 우주선 아폴로 11호가 달의 고요한 바다에 착륙한 해이자 맥도날드의 창업주 레이 크록이 미국 대학생이 가장 되고 싶어 하는 경영주 1위에 뽑힌 해이기도 했다.

미국 볼티모어에서 스낵바 주인으로 일하던 마틴 커닝스는 도로 맞은편에 새로 문을 연 맥도날드 매장 때문에 곤욕을 치르고 있었다. 그는 맥도날드를 이기기 위해 아들 커닝스 주니어를 시켜 햄버거에 대한 책을 전부 사다 읽기 시작한다. 이때 마이클 햄버거의 시집도 그의 집으로 팔려온다. 1988년 커닝스 주니어는 미8군에 배속되어 한국으로 오면서 이 시집을 가지고 들어온다. 마이클 햄버거가 한국에 상륙한 것이다. 3년 뒤 커닝스 대위가 필리핀으로 전속을 가게 되면서 『펭귄 현대 시인 선집』 제14권은 헌책방 신세가 되고 만다.

2006년 여름 「패스트푸드 네이션」이란 영화가 개봉되면서 정크푸드에 대한 비난 여론이 점점 거세졌다. 맥도날드가 일대 위기를 맞은 것이다. 이에 맥도날드 경영진은 돌파구 마련을 위해 광고 회사 C기획에 새로운 마케팅 방안을 찾는 프로젝트를 의뢰하고 이 일을 김경주 부팀장이 맡게 된다. 그는 점심을 먹고 나서 이태원 헌책방에 들렀다가 우연히 마이클 햄버거의 시집을 구입한다. 그리고 꿈속에서 본 장면을 토대로 햄버거를 사면 자신에게 딱 맞는 시 한 편을 끼워 주는 획기적인 마케팅 전략을 구상한다.

맥도날드 매장에 시라는 갑옷미늘을 입힌 이후 마이클 버거는 대박을 터뜨린다. 시는 그 어느 증정품보다 소비자들의 감동과 만족을 이끌어낸다. 시인들은 현기증이 날 만큼 기대 이상으로 받게 된 돈에 만족하면서 맥도날드가 요구하는 시를 써서 독점적으로 공급한다. 마이클 버거의 '책갈피 시'는 소비자 심리학 과정을 이수한 문학 비평가들의 철저한 품질관리를 거쳐 생산되고, 이렇게 마이클 버거는 인류가 고안해낸 모든 발명품 중 가장 기형에 가까운 음식일지도 모르는 정크푸드의 역사를 새로 쓰게 된다.

꿈에서 영감을 받아 하룻밤 만에 쓴 소설

⊙ **직장 생활 하면서 글을 쓰려면 전업 작가에 비해 힘든 점이 많을 텐데, 어떻게 극복하시나요?**

저 같은 경우는 예전부터 블로그를 많이 했어요. 그러면서 뭐가 됐든 하루에 원고지 20매에서 30매 정도는 꼭 글을 써야겠다고 마음먹었죠. 그때부터 독후감이든 영화평이든 일기든 계속 썼어요. 그렇게 썼던 게 도움이 많이 됐어요. 등단이 늦은 만큼 책을 다양하게 읽는 편이에요. 저는 분야를 가리지 않고 책을 읽어요. 다른 작가들에 비해 글 쓰는 소재나 활용 면에서 재료가 무궁무진한 건 바로 그 때문이라고 할 수 있어요.

⊙ 굉장한 독서광으로 알려져 있어요. 왜 그렇게 책을 많이 읽으시죠?

책을 많이 읽었다고 과시할 마음은 없는데, 인터뷰를 하다 보면 그런 것에 특별한 관심을 보이시더라고요. 그래서 지나가는 말로 집에 책이 1만 5천 권 정도 있다고 하게 된 거예요. 요즘도 책을 많이 읽기는 하지만 독서량이 많은 게 꼭 좋은 건 아니에요. 읽은 만큼 책임감이 따르는 거잖아요. 아는 것을 행동으로 옮겨야 하고, 독서로 얻게 된 교양이 삶의 윤활유가 되는 모습이 나타나야 하는데 그렇지 못하니까 부끄럽죠.

⊙ 작가의 말에 보면 이 책을 지구에서 만난 소중한 사람인 어머니께 바친다고 쓰셨어요. 아내 이야기는 없던데…… 결혼은 하셨습니까?

네, 했습니다. 제가 장남이다 보니 어머니가 굉장히 아껴주셔서 어머니에 대한 애틋한 마음이 커요. 모든 자식들이 생전에 부모님께 잘하지 못하다가 꼭 돌아가시고 나면 후회를 하잖아요? 저도 마찬가지예요. 제가 맨 처음 글 쓴다고 했을 때 어머니가 폐암 판정을 받고 수술을 하셨어요. 그런 다음 한동안 괜찮으셨는데 2, 3년 뒤 임파선이랑 뇌까지 전이돼서 결국 돌아가시고 말았죠. 데뷔하고 나서 한창 작품 쓰느라고 어머니께 시간도 많이 할애해드리지 못했어요. 모시고 여행도 좀 다니고 했어야 했는데……. 병실에서 간호하면서 후회를 많이 했어요. 어머니는 제가 글을 쓰게 된 걸 굉장히 기뻐하셨어요. 작품을 발표하거나 인터뷰를 할 때면 저보다 더 좋아하셨죠. 작년 6월에 돌아가셨는데, 첫 책이 나오면 꼭 어머니께 헌정하고 싶었습니다.

⊙ 이다음 책은 아내에게 바치셔야겠네요?

물론 그래야죠.

⊙ 제일 많이 받는 질문이 클라투 행성에 관한 것이죠? 그럼에도 불구하고 저 또한 질문하지 않을 수 없군요. 왜 본인을 클라투 행성 지구 주재 특파원으로 소개하시는 겁니까?

1940년에 발표된 해리 베이츠의 단편소설 「지배자에게 고하는 작별」을 바탕으로 1951년 로버트 와이즈 감독이 영화를 만들었어요.

원래 제목은 「The Day The Earth Stood Still」이었지만 한국에서는 「지구 최후의 날」로 번역이 되었죠. 지구에 도착한 우주 평화의 사자인 클라투는 지구상의 지도자들에게 핵무기와 전쟁에 의한 살육을 중단할 것을 촉구하지만, 지도자들은 그의 요구를 묵살하고 위험에 빠뜨립니다. 이때 클라투와 동행한 로봇 고트가 지구를 무차별 파괴하는 활동을 개시합니다. 그 당시 세계는 냉전이 한창 격화될 무렵이었고 우리나라에서는 전쟁이 일어나고 있었죠. 그런 시기에 가공할 만한 핵무기가 등장하면 지구가 자멸하고 마니까 빨리 정신 차리고 평화를 찾으라는 메시지를 주는 영화예요. 클라투는 지구에 평화를 전하는 메신저의 이름이죠. 이게 굉장한 대중문화의 아이콘이 돼요. 영화 「스타워즈」에서도 클라투 행성이 차용되었고, 문학작품에도 많이 인용이 됐어요. 그중에 비틀즈가 아니냐는 평가를 받았던 캐나다의 '클라투'라는 록그룹이 있어요. 이 그룹은 클라투 행성의 모습을 그림으로 그려 앨범에 계속해서 소개를 했죠. 제가 클라투 행성 지구 주재 특파원이라고 했던 것은 반전이나 평화보다는 꿈 때문이에요. 상상 속의 행성을 꿈의 고향으로 삼은 것이죠. 저는 소설을 쓸 때 꿈에서 영감을 많이 얻어요. 일종의 계시를 받는다고 해야 할까요? 믿기 힘드시겠지만 사실 데뷔작도 그렇게 해서 쓰게 된 거예요. 꿈에서 받은 영감을 곧바로 소설로 옮겨 하룻밤 만에 쓴 것이죠. 이번 소설집에 실린 작품들이 대부분 꿈에서 영감을 받아 쓴 것들이에요. 전업 작가가 아니라 글 쓰는 시간이 부족할 거라고 하셨지만 꿈을 꾸면 되니까 시간이 부족하지 않아요. 원고가 많이 밀려 있는데, 글이 안 풀린다 하면 꿈을 꾸면 돼요.

시란 인간이 지향해야 할 본질적인 부분에 대한 구원

⊙ 그것 참 편리하면서도 남다른 창작 도구를 가진 셈이네요?

창작에 꼭 필요한 기술인 거죠. 저뿐만 아니라 문학사나 예술사를
보면 꿈에서 영감을 받아 작품 활동을 한 작가들이 많이 있어요.

**⊙ 소설 속 주인공도 자신이 프레젠테이션 할 내용을 꿈에서 본 다음 벌떡 일
어나 파워포인트로 바로 옮겨버리죠. 하지만 보통 사람들의 경우에는 꿈도 잘
안 꾸지만, 꾼다 해도 곧바로 잊어버리고 말지 그걸 기억했다가 글로 옮기지
는 못하잖아요?**

저도 그게 궁금해서 이런 주제를 가지고 주변 사람들과 이야기를 많
이 해봤는데, 다른 사람들은 저 같지가 않더라고요. 그래도 작가들
은 꿈에서 영감을 많이 얻지 않을까 했지만 의외로 작가들도 그렇지
가 않았어요. 저는 스토리텔링이 되는 꿈을 많이 꿔요. 기승전결이
뚜렷하게 구분되죠. 데뷔작을 쓸 때는 일요일에 지하철 막차를 타
고 7호선 철산역에서 중계역까지 한 시간 10분 정도 열차를 타고 가
면서 졸다가 꿈을 꿨어요. 기계들만 남아서 인간의 문명을 연구하는
꿈이었어요. 꿈에서 깨자마자 역사에 앉아 노트에 꿈 이야기를 받아
적은 거예요. 그리고 집에 가서 컴퓨터를 켜고 새벽 5시까지 계속해
서 글을 썼죠. 아침에 일어나서 블로그에 올렸더니 재미있다, 기발하
다, 이런 소감들이 올라오더라고요. 그날이 동아일보 신춘문예 마감
날이었어요. 원래 시를 응모하려고 다듬고 있었는데, 시만 보내기 좀

아쉬워서 소설도 같이 보낸 거예요. 그런데 그게 당선이 됐어요. 시는 떨어지고요.

⊙ 시도 꿈에서 영감을 얻어 쓰시나요?
아뇨, 시는 꿈에 보이지가 않아요. 그래서 못 쓰나 봐요.

⊙ '이번에는 이런 이야기를 한번 써보고 싶다'라고 생각하면서 자면 그런 꿈을 꾸게 되나요?
됩니다. 주변에서 그런 것이 궁금하다고 해서 이번에 『현대문학』에 「클라투행성 통신」(잡지에 실린 정식 제목은 「은하수를 건너-클라투행성 통신 1」이다)이라는 연작소설을 발표하기 시작했어요. 거기에 제가 꿈을 통해 창작을 하게 되는 이야기들이 자세하게 소개되고 있습니다.

⊙ 너무 일찍 깨도 안 되잖아요. 끊어졌던 꿈을 이어서 다시 꿀 수도 있습니까?
그것도 됩니다. 꿈꾸는 기법 중에 루시드 드림(lucid dreaming, 수면자 스스로 꿈을 꾸고 있다는 사실을 자각한 채로 꿈을 꾸는 현상)이라는 게 있어요. 인터넷에 치면 나오는데, 꿈속에서 내가 꿈을 꾸는 것을 아는 거예요. 일반인들도 연습하면 돼요. 루시드 드림을 가끔 꾸거든요. 꿈을 꾸면서 제가 이게 꿈이라는 것을 알아요. 그러면 꿈이기 때문에 제 마음대로 할 수가 있어요. 천정으로 날아올라라 하면 제가 막 날아다녀요. 그러면 기분이 아주 좋아지죠. 루시드 드림을 잘 꾸는 사람은 현실에서 불가능한 것을 꿈속에서 다 해봐요. 이 소설도 뒷부분을 어떻게 써야 할지 막막했었는데, 꿈에서 햄버거 사이에 종이

시집이 끼워져 있는 것을 본 거예요. 그래서 바로 이거다 하고 그 내용을 소설에 집어넣었죠.

◉ **평론가들이 쓴 글이나 신문 인터뷰를 보면 작가의 작품 세계를 "SF적 상상력이다", "시를 통한 소통이다"라고들 표현하더라고요. 이런 표현에 동의하시나요?**
제 소설에서 SF코드를 많이 차용하기는 했죠. SF나 시는 본질적인 의미에서 서로 상통하거든요. 왜냐하면 SF는 현실에 대한 은유잖아요. 지구가 멸망한 이후의 세계를 다룬다든지, 외계인과의 만남을 다룬다든지 하는 것들은 현실에 대한 은유라고 볼 수 있어요. 하지만 이 소설이 본격 SF는 아니에요.

◉ 펭귄사의 편집자 이본 마멜은 열여섯 살 때 학교 강당에서 샹들리에가 떨어지는 사고로 남자 친구가 세상을 떠나자 심각한 내적 갈등을 겪다가 시를 통해 어떤 영감을 얻고 새로운 돌파구를 찾게 됩니다. 이 소설뿐 아니라 다른 소설 속에서도 계속해서 시가 등장하면서 사람들에게 직간접적으로 구원의 끈을 던져주는 역할을 하고 있어요. 시가 인간의 내면세계와 현실 세계에 어떤 해결사나 구원자의 역할을 할 수 있다고 믿으십니까?

저는 그렇게 믿고 있습니다. 보통 시인들을 보면 현실 감각이 많이 떨어지잖아요. 그렇지만 시인들은 언어를 통해 자기의 삶을 반성하거나 세계나 다른 사람의 삶을 깊이 사유하는 역할을 하거든요. 오늘날 현대 문명이 많은 문제를 드러내고 있는 것은 결국 반성적 성찰이 부족하기 때문이라고 생각해요. 시는 반성적으로 성찰을 할 수 있게 해주는 도구잖아요. 그런 측면에서 보면 시라고 하는 것은 인간이 물질문명에 몰입해가면서 잊기 쉬운, 인간이 지향해야 할 본질적인 부분에 대한 구원이라고 표현해도 상관없다고 봐요.

◉ 우리가 너무 자본주의의 달콤함에 탐닉하거나 대중문화의 열기에만 몰두하지 말고 시를 더 많이 외우고 사랑한다면 세상이 좀 더 좋아지겠네요?

그런데 자본주의라고 하면 너무 안 좋은 쪽으로만 이야기하는데, 자본주의의 순기능도 많잖아요? 예를 들면 효율성이랄까, 혁신이나 이노베이션의 추구 같은 건 사회에 큰 플러스 요소가 된다고 생각하거든요. 자본주의적 측면 때문에 인간의 수명이 늘어난 것은 사실이잖아요. 이익의 추구라든가 욕망의 실현 때문에 의학 기술이 발전하고 인간의 수명이 길어지고 삶이 윤택해지고 풍요로워진 것 또한 사실이죠. 물론 자본주의 내부에 여러 가지 문제가 있지만 그 자체를 부정해서는 안 된다고 생각해요. 다만 자본주의가 인류 발전에 기여한 측면이 있다는 건 분명하나, 거기에만 너무 몰입하면 부작용이 발생하기 때문에 삶에 대한 성찰이 있어야겠죠. 그럴 때 시로 상징되는 문학이나 예술이 중요한 작용을 할 수 있어요. 자본주의가 추구하는 이노베이션이나 효율성과 예술이 지향하는 자기반성이나 성찰이 조화롭게 결합되는 것이 현대인이 지향해야 할 이상이 아닌가 생각해요. 요즘처럼 자본주의를 너무 비난하기만 하는 건 좀 아니라는 입장이에요.

시 공장에서 생산해낸
맛이 좋고 영양 많은 미국식 간식

⊙ 햄버거가 한국으로 상륙하는 과정에서 장정일의 시 「햄버거에 대한 명상」이 등장해요. 1987년에 발표된 시죠? 이 시의 어느 부분을 좋아하세요?

장정일 선생님의 시를 참 좋아해요. 특히 이 시 같은 경우 어떻게 이런 주제로 시를 쓸까 하는 감탄을 하게 되죠. 시라고 하면 대개 자연을 노래하거나 인간의 희로애락을 표현하는 거라고 생각하는데, 이 시는 햄버거에 빗대어 현대 문명이 가지고 있는 어떤 한계나 모순을 풍자적으로 묘사했기 때문에 더욱 좋았어요. 특히 제일 마음에 드는 것은 시의 제목이에요.

◉ 이 시에서는 "맛이 좋고 영양 많은 미국식 간식"이라는 결론을 냈는데, 그것만 읽으면 굉장히 긍정적으로 햄버거를 찬양하는 것 같은 느낌이 드는데 말이죠.

의도적으로 그렇게 쓴 것이죠. 풍자를 좀 하려고. 한마디로 지독한 역설인 거예요. 시 전체적으로 보면 당시 한국 사회에 밀려드는 패스트푸드를 보면서 그 속의 문화에 대한 비극을 예견한 작품이라고 할 수 있어요. 하지만 현대인의 생활 패턴을 보면 어쩔 수 없이 패스트푸드가 필요해진 거잖아요. 이것을 부정하면 원시까지는 아니더라도 중세 시대로 다시 돌아가야 하는 거 아니겠어요? 그러면 현대 문명이 가지고 있는 모든 것을 부정해야 하는 거니까 소위 환경론자들이 따지는 것처럼 컴퓨터도 쓰지 말아야 하고, 전기도 쓰지 말아야 하고, 논밭에 나가 농사를 지으며 살아야 하는데 그건 곤란하잖아요. 현대 문명이 발전하면서 삶의 다양한 측면이 변화하고 있는데 패스트푸드가 가지고 있는 문제점만을 공격한다면 문화의 다양성을 부정하는 것이죠. 적절한 타협점이 있어야 한다고 생각해요.

◉ "맥도날드 햄버거는 단순한 한 끼 식사라기보다는 하나의 철학이나 종교라고 해야 된다"라고 하셨어요. "미국의 신흥 종교다"라고까지 하셨죠?

햄버거는 패스트 문화, 속도 위주의 현대 문명의 한 상징인 거죠. 예를 들면 얼마 전 우리나라의 어떤 치킨 브랜드가 스페인에 진출했잖아요? 스페인 같은 경우 음식을 시키면 나올 때까지 한 시간이 걸렸대요. 식당에 가서 식사하면서 느긋하게 대화하다가 여유 있게 나가는 문화였다고 해요. 그런데 우리나라 '빨리빨리' 문화에는 독특한 배달 시스템이 존재하잖아요. 스페인에 상륙한 치킨 브랜드를 통해 '빨리빨리' 문화가 전파되면서 그쪽 문화를 많이 잠식했나 봐요. 한국식 배달 문화가 들어간 곳의 레스토랑이 많이 망했다고 해요. 저는 햄버거로 상징되는 패스트 문화 자체가 절대 악은 아니라고 생각하거든요. 왜냐하면 그런 것이 있으면 생계를 유지할 수 있고 노동력을 효율적으로 쓸 수 있는 계층이 존재하는 거니까요. 학생들도 그렇고 사무직 노동자도 그렇고 빨리 먹고 일해야 하는 사람도 있잖아요. 그런 사람들에겐 한정식처럼 오랫동안 앉아 식사를 하는 게 절대 선이라고 할 수 없는 것이죠. 저는 패스트 문화가 시대적으로 꼭 필요한 하나의 문화 패턴이라고 생각해요. 패스트푸드일망정 소위 말하는 웰빙 식단에서 보는 긍정적 측면을 도입해서 주변을 조금씩 개선해야 하는 거예요. 헬렌니어링처럼 소박한 밥상에서만은 살 수 없죠.

◉ 코카콜라를 추방하자는 운동이 벌어지고, 트랜스지방으로 난리가 나면서 맥도날드 햄버거에도 심각한 위기가 찾아옵니다. 이때 광고를 맡은 C기획 김경주 부팀장이 위기를 기회로 반전시킬 묘안을 찾게 됩니다. 시를 햄버거에 넣어 주는 기막힌 마케팅 전략이었는데, 이는 그가 꿈속에서 본 걸 고스란히 실천한 것이죠. 결국 맥도날드라는 초국적 기업의 주력 상품인 햄버거를 만드는 일에 시인들이 유용한 도구로 등장합니다. 시인들이 햄버거에 시를 넣어 판매하는 일에 대단히 분노할 줄 알았는데, 오히려 적극적으로 협조하면서 마침내 시의 주문 생산이라는 초유의 사태가 벌어집니다. 돈 앞에 여지없이 무너지는 시인들의 모습은 비참하다 못해 슬프기까지 합니다. 풍자가 너무 극단

시라는 것도 결국 이윤 극대화를 위한 정신의 산물이잖아요. 사람이란 한 꺼풀 벗겨놓고 보면 누구나 이익을 추구하게 마련이죠. 그게 금전적 욕구가 됐든 뭐가 됐든, 이익을 추구하기 때문에 생물로서 인간이 존재하는 거라고 생각해요. 그렇다면 초국적 기업이 이윤 추구를 위해 사업을 다각화한다든가 새로운 상품을 개발하는 것은 굉장히 인간적인 것이죠. 지금까지 예술이 가지고 있었던 문제는 이런 인간의 본성을 부정하고 그런 게 아니야, 인간은 무조건 남을 배려하는 존재야, 인간은 선한 것만을 지향해야 돼,라고 강요해왔다는 거예요. 이런 것은 진화 생물학적인 이해와 상충되는 사고라고 할 수 있어요. 객관적으로 봤을 때 자신의 생존이나 보존 본능을 위해 자기 이익을 극대화하는 것은 지극히 인간적인 거라고요. 그렇지 않으면 도태되는 거니까요. 어떤 시인이 화해나 공존을 노래하는 것과 초국적 기업이 이윤을 극대화하는 것은 모두 생물로서의 인간에게 작동하는 본능이라고 할 수 있겠지만 맥도날드의 이윤 추구가 본질에 좀 더 가깝다는 생각이 들어요. 그러나 그렇게만 나가면 생태계가 파괴되기 때문에 지배자적 위치를 점유하면서도 생물학적인 종의 차원을 계속 유지하려면 주변 생태계와 조화롭게 살아야만 하는 거죠. 그래서 개인적인 이익 추구 못지않게 공동체의 공존을 위한 배려 같은 것도 필요한 거예요. 시 같은 경우는 인간의 이익 추구 본능을 무시하고 자꾸 공존이나 화해만 이야기하니까 그런 것들을 이제 좀 인간의 본질적인 부분과 결합해서 해석해주는 것이 인간 이해에 보다 근접하지 않을까 판단했어요. 그래서 맥도널드가 추구하는 영리적 측면과 시인이 가지고 있는 성찰적 측면이 결합되면 자본주의에 내포된 공격적 측면이 조금 상쇄되지 않을까 생각해본 것이죠.

⊙ 소설에 대해 이렇게 정의하셨어요. "나는 소설이란, 파슬라프스키와 내가 그랬듯이 서로의 꿈을 교환하는 것이라고 생각한다." 추상적인 의미에서 꿈의 교환이 아니라 실제로 꿈을 서로 대신 꿔줄 수도 있나요? 상대방의 작품 줄거리를 내가 꿈으로 꿔주고 상대방도 마찬가지로 내 작품의 이야기를 나 대신 꿈꿔줄 수 있는 그런 것 말이죠.

마치 제가 곧 발표할 소설을 읽어보고 말씀하시는 것처럼 느껴지네요. 저는 문학, 나아가 예술이 하나의 '소통'이라고 생각해요. 전 그중 꿈이라는 형식을 가지고 설명하는 것이고, 다른 작가는 저마다 또 다른 기법이 있겠지요. 전 서로 꿈을 대신 꿔주는 소통이 가능하다고 보거든요. 아까 제가 요즘 쓰고 있는 소설 「클라투행성 통신」에 대해 말씀드렸는데, 거기에 그런 이야기가 나옵니다. 서로 다른 사람의 꿈을 대신 꿔주고, 내 꿈이 다른 사람에게 어떻게 활용되는가를 가상으로 그려본 작품이에요. 저는 실제로도 이게 가능하다고 생각해요.

  작가 조현은 꿈꾸는 소년 같았다. 특히 꿈 이야기를 할 때면 눈망울이 더욱 초롱초롱해졌다. 그에게 꿈꾸는 법을 배우고 싶었다. 나도 꿈속에 멋진 이야기가 저절로 나타나 이를 옮기기만 해도 한 편의 소설이 된다면 얼마나 좋을까 싶었다. 자꾸 쳐다보니 그는 정말 클라투 행성에서 온 외계인처럼 보였다.

이 소설은 소설임에도 불구하고 시 이야기가 더 많이 나온다. 소설에 몰입할수록 시에 대한 궁금증이 더 커지는 이상한 소설이다. 햄버거로 대변되는 자본주의 세계의 물량주의와 모순을 비판하고 있지만 무섭거나 살벌하지 않고 따뜻하다. 그의 작품 속에 깃들어 있는 훈훈한 사랑의 기억 때문인 듯했다. 이런 의미에서 그는 SF나 시적 상상력, '외계인 작가'라는 표현이 가장 잘 어울리는 소설가라는 생각이 들었다.

그는 한 끼 식사와 햄버거에 대해 다음과 같이 정의한다.

"정겨운 가족이나 동료들과 함께 포크와 나이프 혹은 숟가락과 젓가락을 써가면서, 하루의 안부를 나누면서 먹어야 하는 것이 한 끼의 식사다. 한 끼의 식사란 자동차를 탄 상태로 드라이브인 매장에 줄을 서서 갈색 종이봉투에 담긴 음식을 받아 들고 다음 약속 장소로 가는 동안 바쁘게 먹어 치워야 하는 것은 아닐 터이다. 그러므로 인류가 고안해낸 모든 발명품 중에 정크푸드야말로 가장 기형에 가까운 음식일지도 모른다."

그를 만나기 전 햄버거는 내게 장정일의 시처럼 그저 맛있는 간식일 뿐이었다. 그를 만난 이후 어쩌면 햄버거는 내게 한 편의 시가 될지도 모른다는 생각이 들었다.

．．．

조현은 대학에서 행정학을 전공한 후 영상물등급위원회에서 일하다가 사업을 해보고 싶어 학원 사업에 뛰어들었다. IT 열풍 속에서 컴퓨터 학원을 운영하다가 논술 학원으로 전향했다. 그 무렵 글을 써보고 싶다는 생각이 들었고, 마침 기회가 되어 국민대학교 교직원이 되었다. 예술대학에서 시설물을 관리하는 일이었다. 시간 여유가 있어 대학원에서 영화를 공부해 석사 학위를 받은 후 시를 쓰기 시작했고, 심혈을 기울여 쓴 시를 동아일보 신춘문예에 투고했다. 단지 집에서 구독하던 유일한 신문이라는 이유에서였다. 마감 전날 우연히 꿈에서 본 이야기를 받아 적은 소설을 시와 함께 보냈는데, 시는 떨어지고 소설이 당선되었다. 그 소설이 바로 2008년 동아일보 신춘문예 당선작 「종이 냅킨에 대한 우아한 철학」이다. 스스로를 '클라투 행성 지구 주재 특파원'이라고 칭하는 그는 얼마 전 첫 소설집 『누구에게나 아무것도 아닌 햄버거의 역사』를 펴냈다.

밥을 먹고 잠을 자기 위해서만
뭉쳐 사는 위태로운 가족 이야기
『불량 가족 레시피』

수천 년 전, 우리가 원시인이라고 부르는 그 시절 사람들도 태어나서 죽을 때까지 먹고살기 위해 참으로 고단한 인생을 살아야 했다. 수천 년이 지난 오늘날, 과학기술의 발달로 복제 송아지를 만들고 겨울에도 싱싱한 딸기를 마음껏 먹을 수 있게 되었지만 여전히 사람들은 한평생 치열하게 먹고사는 일에 매달려야만 한다. 유사 이래 인간이 먹고사는 문제로부터 완벽히 자유로웠던 때는 단 한 번도 없었다. 먹고사는 일에 관한 한 우리가 원시인들보다 나은 게 대체 뭐가 있을까. 우리네 인생에서 먹고산다는 건 과연 무엇을 의미하는가.

여기, 한 가족이 있다. 83세의 고령에도 불구하고 며느리가 차려주는 따뜻한 밥상 한 번 받아보지 못한 채 아들과 손자 손녀들의 삼시 세 끼를 책임진 고달픈 할머니, 세 명의 아내에게서 각각 세 명의 자식을 낳아 기르며 한물간 채권 추심으로 가족을 먹여 살리느라 허덕이는 아빠, 주식에 미쳐 재산을 다 날리고 뇌경색에 걸려 밥만 축내는 기러기 아빠인 삼촌, 다발경화증이라는 희귀병으로 대소변도 가리지 못하는 오빠, 늘 욕을 입에 달고 사는 고3 같지 않은 언니, 그리고 호시탐탐 가출할 기회만 엿보며 사는 여고 1학년인 나.

모두 여섯 식구인 이들은 그야말로 삼류 인생의 전형들이다. 먹을 것으로 치자면 무공해 유기농 식품이나 품위 있는 고급 식재료와는 전혀 무관한 싸구려 불량 식품으로만 버무려진 한 그릇 비빔밥 같은 가족이라고 할 수 있다. 이들이 한집에 모여 사는 유일한 이유는 그래야만 밥을 먹고 잠을 잘 수 있기 때문이다. 먹고 자는 시간 외에는 만나기만 하면 티격태격 위태롭기만 한 가족이지만, 그래도 이들에겐 저마다 한 가지씩 꿈이 있다. 계획대로 빨리 돈을 모아 이 지긋지

굿한 집에서 탈출해 혼자만의 진정한 자유를 만끽하는 일이다.

이 가족은 허구가 아닌 실제 모델이에요

⊙ **큰 상을 타신 걸 축하드립니다. 현재 우리나라에 청소년문학상이 몇 개나 되나요?**

고맙습니다. 제가 이번에 받은 상은 제1회 문학동네 청소년문학상이에요. 비룡소와 창비에서도 각각 청소년문학상을 제정해서 운영하고 있지요. 몇 년 전 창비 청소년문학상을 받은 김려령 작가의 『완득이』는 독자들의 꾸준한 사랑을 받으며 베스트셀러가 되었고, 연극으로 만들어져 무대에 오른 데 이어 영화로까지 제작됐어요. 사실 성장기 소설이라는 것이 자신들이 지나온 시절에 관한 이야기이기 때문에 어른들도 충분히 공감하면서 읽을 수 있는 장르인데 그동안은 영역 자체가 그다지 넓지를 못했어요. 그런데 최근 대중적인 지지를 받는 작품들이 계속 출간되면서 독자층이 많이 넓어진 것 같아요.

⊙ **서울에서 태어났는데, 2008년에 부산 국제신문 신춘문예로 등단을 하셨어요?**

저는 서울 토박이에요. 부산에서 산 적이 한 번도 없어요. 국제신문 신춘문예는 부산 사람들만 응모하는 게 아니니까 서울 사람도 응모하면 얼마든지 당선될 수 있지요. 작품에도 부산 이야기가 나오지만 취재를 해서 넣은 것뿐이에요. 소설 속 할머니가 부산 사람인데, 인물을 입체적으로 그리다 보니까 투박한 부산 사투리가 잘 어울릴 거라 생각했어요.

⊙ 시와 동시가 다르듯 성인 소설과 청소년 소설도 많이 다르지요?

청소년기는 아직까지 가치관이나 자기 정체성이 분명히 확립되지 않은 시기잖아요? 주변 환경에 많이 흔들릴 수도 있고, 자아가 형성되는 과정에서 외부로부터 많은 영향도 받게 되지요. 청소년 소설은 바로 그런 부분에 초점을 맞춰야 해요. 성인 소설은 소재나 무대도 매우 다양하게 설정되지만 청소년 소설은 주요 무대가 학교가 되고, 등장인물은 학생일 때가 많아요. 그러다 보니 주로 학교생활과 가정 생활이 다루어지죠. 소설을 쓰면서 이 시대의 청소년들이 어떤 문제로 고민하고 있는지를 세심하게 살펴보는 작업이 저에게는 흥미롭기도 하고 꽤 매력적이기도 한 일이에요.

⊙ 청소년 소설이라고 해서 꼭 교훈적일 필요는 없지만 그렇더라도 인터넷 댓글이나 휴대전화 문자메시지에 쓰이는 청소년들의 언어를 그대로 담아낼 필요는 없지 않을까요?

얼마 전까지만 해도 청소년 소설은 어느 정도 교훈을 담고 있어야 한다는 패턴이랄까, 의무감 같은 게 있었던 것 같아요. 하지만 2000년대 후반으로 접어들면서부터 청소년 소설이 꼭 교훈적인 메시지를 담고 있어야 할 필요는 없다는 쪽으로 방향이 바뀐 것 같아요. 오히려 청소년들이 정말로 고민하고 있는 게 뭔지 그 내면의 변화에 더

귀를 기울이는 쪽으로 변해가고 있는 것이죠. 제 생각엔 이런 시도들이 점점 더 많아질 것 같아요. 가령 인터넷 소설에서는 대개 청소년들의 어떤 감각적인 부분에 초점을 맞춰 날것 그대로의 언어를 사용하거든요. 이에 반해 문학성을 갖춘 작품은 아이들의 이야기를 다루면서 그 안에 작가의 주제 의식이 더 많이 녹아 있죠.

⊙ 소설에 등장하는 가족 구성원이 하나같이 처절한 모습을 하고 있어요. 온통 상처투성이인 이런 별난 가족을 모델로 삼으신 이유가 있나요?

이런 가족이 흔치 않을 것처럼 보이지만 세상엔 이와 비슷한 가족이 꽤 많아요. 사실 소설 속에 등장하는 이 가족은 허구가 아닌 실제 모델이에요. 제가 우연히 이 가족에 대해 알게 되었고 2년여에 걸쳐 이들을 지켜보면서 주인공인 여울이를 위해서라도 꼭 소설을 써야겠다고 마음먹게 되었지요. 저도 처음 이 가족을 알게 되었을 때 너무 가슴이 아팠고 여울이가 받게 될 정신적 충격이나 현실적 고통들이 안쓰럽고 측은했어요. 그래서 글로나마 나름대로 위로해주고 싶었던 거예요. 요즘 청소년들은 자신이 처한 환경에 대해 불평을 참 많이 해요. 눈에 보이는 것들 모두 자기 처지와 비교하면서 자기가 가진 행복이 얼마나 소중한지를 깨닫지 못하죠. 이 소설을 통해 많은 청소년들이 내 가족이 얼마나 소중한 존재인지를 알게 되고, 어른들도 힘들지만 더 기운 내서 내 가정을 정말 소중하게 가꿔야겠구나 하고 깨닫는 계기가 된다면 좋겠어요.

과연 이 시대 엄마들에게
진정한 모성애라는 게 남아 있을까

⊙ 많은 문학작품들이 아버지가 없는 가정, 즉 부성의 부재를 다루고 있는 데 반해 이 소설에서는 특이하게도 어머니가 없는 가정, 즉 모성의 부재가 중심 축을 이루고 있더군요.

예전에는 문학작품에서 주로 아버지의 부재를 다루었고, 그 빈자리를 채우며 가정을 지키는 존재는 늘 어머니였지요. 하지만 언제부턴가 여성들이 가정을 벗어나 직장이나 일터로 나가게 되면서 아버지와 아이들이 가정에 남는 부자가정 혹은 할아버지 할머니와 손자 손녀들이 함께 살아가는 조손가정이 늘어나고 있어요. 소설 속의 가정은 부자가정과 조손가정이 섞여 있는 형태지요. 그런데 모자가정보다 부자가정이나 조손가정이 더 큰 문제를 안고 있어요. 아빠는 어차피 밖에 나가 일을 해야 하기 때문에 가정에서 엄마의 빈자리는 메워지지가 않아요. 몽땅 비어 있는 거죠. 그래서 너무 위태로운 거예요. 아빠들은 자녀를 양육할 줄 모르고 다루는 기술도 없어요. 소설 속에 나오는 아빠도 자녀와 소통하는 방법을 모르잖아요. 손찌검을 하거나 윽박지르기만 하죠. 자식의 내면에 귀 기울이려는 노력은 전혀 하지 않아요. 제가 던지고자 했던 질문 중 하나는 과연 이 시대의 엄마들에게 과거의 어머니들이 가지고 있던 전통적 개념의 모성애라는 게 남아 있을까 하는 거예요. 이 질문에 대한 제 대답은 아주 비관적입니다. 요즘 젊은 엄마들에게는 대단히 이기적인 자기중심

적 모성애만 남아 있을 뿐이에요. 과거 우리 어머니들이 가지고 있던, 모든 걸 다 내주면서 참고 견디는 헌신적인 모성애는 이제 사라져가고 있다고 생각해요. 소설 속에서 저는 이런 모습을 있는 그대로 보여주고 싶었어요. 자본주의 안에서 자신의 욕망을 끝없이 쫓아가다 보니까 결혼을 하고 아이를 낳고 가정을 꾸리는 것조차도 돈벌이 수단의 하나로 치부하는 여자들이 나타나게 되는 것이죠. 소설 속에 등장하는 세 아이의 각기 다른 엄마들이 바로 그런 여자들이에요. 이런 엄마들이 있기 때문에 예전보다 부자가정이나 조손가정이 더 많이 나타나게 되는 거고요. 이와 같은 가정이 안고 있는 또 하나의 문제가 경제적인 거예요. 부자가정이나 조손가정이라고 해도 경제력만 뒷받침된다면 위기를 잘 버텨낼 수가 있어요. 그러나 경제적인 바탕이 없는 가정일 경우 아이들이 자신의 꿈을 키우거나 욕망을 성취할 수 있는 환경이 되질 않는 것이죠. 그런 가정이 사실 가장 위험천만한 가정이라고 할 수 있지요.

◉ **엄마가 각각 다른 세 아이를 키우는 아빠가 등장하는데, 반대의 경우도 있겠지요. 각기 성이 다른 세 아이를 엄마가 키운다면 소설 속의 상황과 많이 달라질까요?**

아빠가 셋인 가족 구도는 상당히 안정적일 수 있어요. 엄마가 셋인 가정이 문제지요. 일단 아빠는 씨를 뿌리는 역할이고 엄마는 거둬서 키우는 역할이거든요. 그러니까 엄마가 셋일 경우 아이들은 상당한 이질감을 느끼면서 자랄 수밖에 없는 데 반해 아빠가 셋일 경우 아이들은 한 엄마 밑에서 비교적 안정적으로 자랄 수 있게 되는 것이

죠. 엄마가 다 다르면 자녀들이 서로 결속하기가 어려워요. 하지만
엄마가 한 명일 때에는 자녀들의 결속력이 강해지죠. 그래서 소설
속에서도 아이들 사이에 절대 해서는 안 되는 말이 '엄마'라는 말인
거예요.

⊙ 할머니의 꿈은 양로원에 들어가는 겁니다. 자식들도 모자라 손자 손녀들까지 돌보며 밥상을 차려내야 하는 고단한 현실에서 벗어나기 위한 것이죠. 실제로 이런 꿈을 가진 노인들이 많겠죠?

양로원에 들어가 편히 살고 싶다는 것은 이 할머니의 마지막 욕망
이에요. 왜냐하면 자식들을 다 키우고 나서 이제 자식들로부터 돌봄
을 받아야 할 시기가 되었는데도 불구하고 오히려 손자 손녀들까지
돌봐야 하는 짐을 떠안게 되었기 때문이죠. 넷이나 되는 며느리들이
다 집을 나가고 없으니 말이에요. 이 할머니의 욕망은 정말 간절한
거예요. 할머니가 여울이에게 매번 독설을 퍼붓지만 그건 여울이가
정말 미워서가 아니라 자기가 짊어진 삶의 무게가 너무 버겁기 때문
에 신세 한탄조로 그냥 나오는 거예요. 이 할머니는 여든세 살이 되
도록 남들에게 밥상을 차려 내주기만 했지 자신만을 위해 차려진 따
뜻한 밥상 한 번 받아본 적이 없거든요. 자식이나 며느리, 손자 손녀
들에게 그걸 기대한다는 건 불가능하다고 판단했기에 양로원에 들
어가 남들에게라도 그런 밥상 한번 받아보고 죽고 싶은 거예요. 처
절한 거죠. 이 할머니에게 가족과 함께 지낸다는 것은 지옥이고 양
로원에 들어가 사는 것은 천국인 셈이에요. 주변에 이런 노인들이
많아요. 우리 사회가 점점 그렇게 변해가고 있다는 거죠.

사람은 무엇으로 사는가

◉ **여울이의 할아버지도 결혼을 세 번 하고 가출을 하는데, 여울이 아버지도 결혼을 세 번 하고 아내들이 다 가출을 합니다. 불량 가족은 이런 식으로 세습이 되는 건가요?**

이들은 아버지가 없는 상황 속에서 어찌 됐든 살아남아야 했기 때문에 닥치는 대로 순간적인 대응을 하며 살 수밖에 없었을 거예요. 가족 안에 정신적 지주 역할을 할 사람이 없으니까 다들 겉돌며 떠도는 인생이 된 거죠. 한 가족이 겪게 되는 불행이나 상처들이 당대에서 끝나려면 가족 중 누군가가 분명한 인식을 갖고 그걸 끊어야 해요. 그렇지 않으면 아버지의 내력이 계속해서 이어질 수밖에 없죠. 사람들은 대개 보고 경험하며 살아왔던 방식대로 그냥 뿌리를 내리고 살게 돼 있어요. 그게 아주 익숙하고 편안하거든요. 그런 게 너무 싫어서 그걸 벗어나 반대 방향으로 나아가는 사람이 있고, 그 상태를 답습하면서 머물러버리는 사람이 있죠. 내 아버지로부터 물려받은 불행한 집안 내력을 내 아이들에게 물려주지 않으려면 자신이 강력하고 적극적인 역할을 해야 하는데, 그런 걸 본 적도 없고 아버지로부터 받아본 일도 없기 때문에 어떻게 해야 할지를 모르는 거죠. 그러니까 안타깝게도 이런 가족의 불행이나 상처들이 대를 이어 지속되는 거라고 할 수 있어요.

◉ **이 가족을 간신히 이어주는 끈은 결국 밥과 돈이에요. 물질적 필요만을 채**

워주기 위해 존재하는 가족이 온전할 수 있을까요? 이들에게 가장 필요한 건 따뜻한 사랑이 아닐까요?

사랑도 필요하지만 제가 보기에 이 가족은 우선 생존 문제가 절박해요. 그렇다면 당장 필요한 건 사랑보다도 경제력이죠. 불행을 당하거나 상처를 입은 가족이 있더라도 그나마 경제력이 있다면 가족 구성원들 사이의 결속력이 유지될 수 있어요. 하지만 경제력이 뒷받침되지 않으면 결속이 안 되니까 각각 흩어질 수밖에 없어요. 경제력이 일종의 비상구 역할을 하는 셈이죠. 여울이 아버지도 할아버지처럼 경제관념이 별로 없어요. 나중에는 월세로 살던 집마저 빚쟁이들 손에 넘어가고 말거든요. 그러니까 더 큰 위기에 빠지는 거예요.

◉ 여울이가 코스튬플레이 동호회원인데 사전을 찾아보니 '배우에게 시대에 맞는 의상을 입혀 볼거리를 제공하는 연극이나 영화'라고 하더군요. 요즘 학생들이 이런 걸 많이 하나요?

많은 학생들이 즐기는 건 아니지만 마니아층이 있어요. 요즘은 만화나 애니메이션이 아이들에게 익숙하니까 거기 나오는 캐릭터들을 자신의 욕망을 대신 채워주는 존재로 여기는 거죠. 아무리 불우한 환경에 있다 하더라도 동호회에서 코스튬플레이를 하는 동안에는 철저하게 자신을 감출 수가 있어요. 그러니까 거기만 가면 행복한 거예요.

◉ 10대 남학생이 가출을 하면 중국집에 들어가 오토바이를 타고 철가방을 나르는 게 보통인데, 여학생은 패밀리 레스토랑에 들어가 숙식을 해결하나 보죠?

그런가 봐요. 여학생들은 패밀리 레스토랑에 가면 숙소를 제공해준다고 하데요. 그나마 그런 곳이 안전한 거죠. 가출을 해도 남학생과 여학생은 선택의 폭이 참 다른 것 같아요.

◉ 밥을 먹고 잠을 자기 위해 뭉쳐 사는 가족임에도 여섯 식구가 모여 단란하게 식사하는 장면이 한 번도 나오지 않습니다. 이게 해체된 가족의 상징인가요?

그렇죠. 정상적인 가정에서도 각자 바쁘니까 가족이 한데 모여 식사하는 게 쉽지 않은 세상인데, 하물며 얼굴 보기가 서로 껄끄러운 가족이라면 같이 밥을 먹는다는 게 여간 어려운 일이 아니죠. 이들은 몸만 한집에 묶여 있지 마음은 이미 다 뿔뿔이 흩어진 가족이에요. 그러니까 더욱더 같이 얼굴 보며 밥을 먹어야 할 이유가 없는 거고요.

⦿ **여울이가 톨스토이의 『사람은 무엇으로 사는가』를 읽고 많은 고민을 합니다. 이 작품이 소설에 등장하는 특별한 이유가 있나요?**

제가 이 책을 참 좋아해요. 세몬이라는 가난한 구두장이가 외상값을 받으러 길을 가다가 교회 앞에서 벌벌 떠는 벌거숭이 천사 미하일을 만나게 되죠. 미하일은 하나님의 명령을 어긴 벌로 지상에 내려가 세 가지 질문에 대한 답을 알아 와야 할 처지에 놓인 천사예요. 세 가지 질문은 이거예요. 사람에게 주어지지 않은 것은 무엇인가, 사람의 마음속에는 무엇이 있는가, 그리고 사람은 무엇으로 사는가. 미하일이 세몬과 살면서 얻어낸 답은 이러했죠. 사람에게 주어지지 않은 것은 미래를 볼 수 있는 지혜이고, 사람의 마음속에 있는 것은 사랑이며, 사람은 사랑 때문에 산다. 미하일은 세몬을 통해 사람의 마음속에 숨겨져 있는 아름다운 사랑을 보게 된 거예요. 이 가족도 자신들의 미래를 볼 수 있는 지혜를 가지지는 못했지만 그 누구보다 사랑에 목말라 있는, 사랑이 절실히 필요한 사람들이라는 걸 깨달았으면 했어요. 그런데 여울이는 인간에게 허락되지 않은 것은 영원한 생명이며, 인간의 내부에 있는 것은 욕심이고, 결국 인간은 자기 자신의 힘으로 살아간다고 결론을 내리죠. 톨스토이의 결론을 받아들이지 못하는 거예요. 왜냐하면 자기 가족은 그렇지를 않거든요.

출가를 꿈꾸던 여울이는 뜻하지 않게 마지막까지 집에 남게 된다. 아빠와 다툰 후 맨 먼저 가출한 욕쟁이 언니를 시작으로 삼촌 역시 아빠와 돈 문제로 싸우다가 집을 뛰쳐나가고, 오빠마저 아빠의 폭력을 견디지 못해 감옥 같은 집에서 탈출을 결행한다. 할머니는 적당한 양로원만 발견하면 언제든 야반도주를 실천에 옮길 태세다. 이런 판국에 아빠 사업이 엉망진창이 되면서 집에는 차압 딱지가 나붙고 아빠는 결국 구치소에 갇히고 만다. 게다가 월세 보증금까지 가압류를 당해 한 달 안에 아파트를 비워줘야만 한다. 사면초가다.

평소의 여울이 같았으면 스트레스가 폭발하고도 남았을 만한 상황이다. 그런데 의외로 여울이는 담담하다. 세상에 홀로 남겨졌다는 기분이 어떤 것일까? 여울이는 말한다.

"이제 나는 원치 않지만 어쩔 수 없이 위태로운 가장이 되어버렸다. 어쩌면 수염이 하얗게 뒤덮여서야 나올 아빠를, 나만 보면 욕쟁이로 변하는 저주받은 입을 가진 언니를, 기저귀를 차고 하얀 이를 드러내며 싱거운 웃음을 날리는 오빠를, 내게 가장 호의적인 뇌경색 삼촌을, 그리고 내 가슴속에서 붉은색 드레스를 입고 우아하게 춤을 추는 엄마를 오랫동안 기다려야 할지 모른다. 그것이 고통이라 해도 나는 처음으로 누군가를 기다리는 시간을 가져보려고 한다."

여울이는 비로소 가족의 소중함에 눈을 뜬다. 그리고 화해를 시도한다. 구치소로 면회를 가던 날 여울이는 아빠에게 책 한 권을 건넨다. 톨스토이의 『사람은 무엇으로 사는가』다. 그리고 구치소 근처 식당에 들러 아빠에게 설렁탕 한 그릇을 배달시킨다. 딸에게서 생전 처음 몸과 마음을 따뜻하게 녹여주는 선물을 건네받은 그날 밤 아빠는 눈물겹도록 행복했으리라.

　몸져누운 할머니를 위해서 여울이는 죽을 쑨다. 인터넷을 검색해 겨우 쑤어낸 죽을 조심조심 사발에 퍼서 간장과 함께 쟁반에 올려 할머니에게 가져간다. 할머니는 죽 한 그릇을 말끔히 비운 다음 이렇게 말한다.

　"다음에 죽 끓일 때는 물을 쬐매 더 부야 된대이. 죽이 너무 되다."

　말은 그렇게 해도 할머니의 가슴속은 보글보글 끓어오른 죽보다 더 뜨겁게 달아올랐을 게 분명하다.

손현주는 서울 출생으로 대학에서 역사학을, 대학원에서 신문방송학을 공부했다. 2008년 국제신문 신춘문예에 단편소설 「엄마의 알바」로 등단했고, 2009년 『문학사상』에서 단편소설 「당신의 남자」로 신인상을 받았다. 2010년 평사리문학대상과 제1회 문학동네 청소년문학상을 수상했다.

삶과 죽음의 경계선에는
밥상 하나가 놓여 있다
『리브 앤 다이』

파드득파드득. 의사의 양손에서 카드를 만지는 금속성 소리가 울려 퍼진다. 포커 게임을 기다리는 시간이다. "배가 두툼해야 뒤끗발이 붙는 거야. 싱싱한 도다리회나 우선 먹어둬!" 물 좋은 회로 배를 잔뜩 채운 중년 남자들이 포커 게임을 시작한다. 광안대교 조명이 아롱거리는 광안리 바닷가 횟집. 13년째 11월 둘째 주 토요일만 되면 이들은 이곳으로 모여든다. 그리고 변함없이 질펀한 저녁 식사 뒤에 죽기 살기로 포커 게임에 몰입한다. 수없는 '리브'와 '다이'가 반복된다. 이들은 고등학교 동창들로, 일찍 세상을 떠난 선생님과 친구를 추모하기 위해 매년 돌아가신 선생님의 별명을 딴 이 개판 모임을 가져왔다.

모임의 목적은 당연히 망자에 대한 추모다. 죽음을 생각하는 시간이다. 그런데 이 모임은 늘 시끄럽고 유쾌하고 흥겹기까지 하다. 포커 게임 중에 친구 한 명 한 명의 근황과 실상이 파헤쳐진다. "오십 줄에 가까워지면 남자는 으레 노페어 카드처럼 별 볼일 없게 되는 거야! 언제 우리가 트리플 패 정도의 인생살이를 살아왔더냐?" 사장의 말이 담배 연기처럼 허공에 흩어진다. "인생이 그렇지 않냐? 죽음과 삶은 마치 샴쌍둥이같이 붙어 있는 두 얼굴이잖아! 아직 치료 중이니 너는 리브인 거야. 자! 게임이나 계속하자!" 전립선암이라는 사장의 고백에 의사는 이렇게 대답한다. 이들에게 죽고 산다는 건 포커 패 한 끗 차이일 뿐이다.

의사의 길 소설가의 꿈

⊙ **52년생이면 용띠시군요?**

네, 그 유명한 흑룡띠입니다.

⊙ **부산에서 6·25전쟁 중에 피난민 2세로 태어나셨죠?**

부모님 고향이 황해도인데 전쟁 때 이남으로 피난 내려와 부산에 정착해 저를 낳으셨어요. 누님 두 분은 이북에서 태어났고 저와 여동생 셋은 다 부산에서 태어났습니다.

⊙ **그럼 여섯 명의 여자들로부터 사랑을 독차지하고 사셨겠네요?**

사랑이라고요? 스토커 같은 사랑이라서 별로 안 좋았어요.

⊙ **가족들이 전부 그렇게 머리가 좋으신가요? 경남고등학교를 나와 서울대학교 치과대학에 들어가셨으면 수재 아닙니까?**

에이…… 그렇지 않아요. 저는 고등학교 때 그렇게 공부를 잘하는 편이 아니었어요. 경남고등학교에서 백 등 안에 들어갈 정도였는데, 그때는 그만큼 해도 대부분 서울대학교를 들어갔거든요.

⊙ **치과대학은 스스로 원해서 들어가신 건가요?**

저는 문학을 전공해서 글을 쓰고 싶었지만 하나뿐인 아들로서 부모님의 기대를 저버릴 수가 없었어요. 아버지가 치과 의사셨거든요. 서

울대학교 치과대학 교수로도 계셨어요. 그렇다 보니 제가 치과 의사
가 되어 아버지 병원을 물려받아야 할 상황이었죠. 하는 수없이 꿈
을 접고 치과 의사가 된 거예요.

◉ **그럼 그때부터 부산에서 치과 의사로 일하고 계신 겁니까?**

아버지 병원을 이어받아 지금까지 해오고 있습니다.

◉ **그렇게 평생 의사로 살다가 어느 날 갑자기 소설을 쓰고 싶어지셨나요?**

항상 제 잠재의식 속에 문학에 대한 열정이라고 할까, 예술에 대한
갈망이 있었던 것 같아요. 마침 문학에 대한 조예가 남다른 치과대
학 후배 한 명이 부산에서 일하고 있었어요. 자신의 기구한 삶이나
내적인 갈등을 소설로 풀어내는 작업을 하곤 했죠. 그러다가 미국으
로 건너가 미주 한국일보를 통해 시인으로도 등단했어요. 그 친구가
늘 제게 말했어요. 형도 옛날부터 꿈이 있었으니까 곱게 늙어간다는
의미로 같이 한번 해보자고 말이죠. 그래서 용기 내어 문학 공부를
하게 된 거예요.

◉ **2008년 「리브 앤 다이」로 『문학사상』 신인문학상을 받으셨을 때 기분이
어떠셨습니까?**

뭐라고 말로 표현할 수가 없었지요. 서울대학교 합격한 거랑 똑같았
어요. 2004년부터 여러 매체를 통해 응모를 많이 했었거든요. 수없
이 떨어지다가 마침내 상을 받게 되니까 정말 떨리더라고요. 환갑을
바라보는 나이에 새로운 인생을 살 게 된 셈이죠.

◉ **첫 소설집인데 표지가 좀 어둡고 제목도 다소 무거워 보입니다.**

표지야 출판사에서 알아서 만들어주신 거고, '리브 앤 다이'는 포커 게임의 일종이에요.

◉ **광안대교가 바라다 보이는 민락동의 한 횟집이 소설의 무대로 등장하는데, 실제로 존재하는 곳인가요?**

그럼요. 요즘도 자주 가는 단골집입니다.

1년에 한 번씩 이어지는
중년 남자들의 흥겨운 회식 자리

◉ **해마다 11월 둘째 주 토요일이 되면 친구들은 이 횟집에 모여 정기적으로 회식을 합니다. 날짜와 장소가 상징하는 게 있나요?**

소설 속에서는 그냥 선생님 기일이라고 해서 날짜를 그렇게 정해놨는데, 우리가 항상 마음속에 품고 있는 어떤 상징적인 날이라고 생각할 수도 있죠. 평소 정신없이 사느라 잊고 지냈던 죽음에 대해서 한번 느껴보고 생각해보는 시간과 장소인 거죠.

◉ **고등학교 때 큰형같이 친근했던 담임 선생님이 간암으로 돌아가신 날을 기념해서 동창 모임이 만들어지고, 몇 년 뒤 친구 중에 연극 연출을 하던 친구 하나가 사고로 세상을 떠나자 이 모임은 자연스럽게 두 사람의 죽음을 추억하**

고 애도하는 모임이 됩니다. 매년 늦가을 쌀쌀한 바닷가 횟집에서 중년의 사내들이 죽음을 생각하는 모임을 갖는데, 모임 분위기는 마치 잔칫집 같습니다. 회로 배를 채우고 매운탕을 끓여 먹고 소주를 마시며 포커 게임을 즐기면서요. 삶과 죽음, 장례와 축제의 절묘한 어울림을 묘사하신 건가요?

인간은 누구나 삶과 죽음의 갈림길에 서 있는 존재예요. 횟집에 모인 친구들이 저마다 삶의 굴곡을 쏟아내면서 죽음을 생각하지만, 한편으로는 자신이 살아 있음을 만끽하는 시간을 보내는 거죠. 작품에 등장하는 인물은 예전에 서울에서 함께 하숙했던 친구들로 실존 인물이에요. 그때는 다 비슷했지만 나이 들면서 각자 삶의 부침이 참 많았죠. 그 이야기를 죽음이라는 암시를 통해 한번 풀어본 거예요. 당시 친구들끼리 만나면 늘 포커를 쳤어요.

⊙ 여러 단편 속에 계속해서 죽음이 등장하는데, 그게 두렵거나 낯설지 않고 아주 친숙하게 느껴집니다. 전체적인 삶 속에서 반드시 거쳐 가야 하는 하나의 절기나 통과의례처럼 묘사되고 있거든요. 작가의 연륜이나 의사로서의 경험 등이 녹아든 결과일까요?

맞습니다. 그렇다고 할 수 있죠. 이삼십 대 젊은 작가들이 바라보는 죽음과 제가 바라보는 죽음이 조금 다를 거예요. 전쟁과 가난 속에서 태어나고 자란 저희 세대는 죽음과 아주 친밀한 세대예요. 죽음을 자연스럽게 받아들이는 제 인생관이 작품에 고스란히 드러나 있지요.

⊙ 소설을 쓸 때 죽음을 대하는 느낌이나 문학적 울림이 다른 작가들과 조금은 다르시죠?

그렇죠. 조금 다른 각도에서 보게 돼요. 제가 대학 다닐 때 3년 동안 해부학을 공부한 적이 있거든요. 해부학에서는 죽음을 아주 냉혹하게 바라봐야 하니까 그런 경험과 시각들이 작품에 자연스럽게 반영되지 않을 수 없어요.

◉ 정신 요양원에서 탈출한 회장이라는 친구는 어렸을 때부터 끝없이 자살을 시도합니다. 그가 그토록 자살에 집착하는 이유가 뭔가요?

그 친구 역시 실존 인물인데, 고생을 참 많이 했지만 굉장히 적극적으로 살아가던 사람이었죠. 그런 한편 죽음에 대한 공포심 같은 게 있었던 것 같아요. 적극적인 삶의 자세와 대비되는 암울한 죽음의 그림자가 드리워 있었다고 할 수 있죠. 이런 양면적 삶의 태도를 그 친구를 통해 그려내고자 했던 거예요.

◉ 횟집 주인이 배를 몰아 회장을 오륙도에 데려다주고 옵니다. 그리고 집에 돌아와서 그 사실을 알려주니까 친구들이 일제히 뛰쳐나가죠. 이게 회장이라는 친구의 자살을 암시적으로 보여주는 장면이 아닌가요?

그것보다 친구들은 회장이 과연 죽었을까 살았을까 하는 게 궁금했던 거죠. 포커 게임, 리브 앤 다이, 회장의 삶과 죽음, 이게 다 한데 맞물려 있는 거예요. 물론 친구에 대한 걱정도 있지만 과연 그 친구가 죽었을까 살았을까 하는 궁금증 때문에 다들 자리를 박차고 일어난 거라고 할 수 있어요. 인생은 포커 게임과 같은 거죠. 저 친구가 과연 사업을 하다 망했을까 안 망했을까, 무사히 정신 요양원을 탈출했을까 안 했을까, 끝내 자살을 했을까 안 했을까……. 이런 게 결국 포커 게임 같은 인생의 한 단면이에요. 어찌 보면 우리는 모두 인생이라는 이름의 포커 게임에 빠져 있는 사람들이라고 할 수 있어요.

상가에서 먹는 밥이 맛있는 이유

◉ 「화기애애한 장례식」을 보면 상가의 분위기가 다른 집하고 전혀 달라요. 다른 상가는 울고불고 곡을 하며 난리인데, 주인공의 상가는 유쾌하고 화기애애합니다. 죽음에 대한, 죽음을 맞는 이들에 대한 또 다른 해석인가요?

이 소설에서의 죽음은 조금 더 범신론적인 거예요. 「리브 앤 다이」에서의 죽음은 누구나 맞이하는 운명적이고 일상적인 죽음이고, 「화기애애한 장례식」에서의 죽음은 범신론적인, 그러니까 약간 종교적이라고 할까, 보다 자연 회귀적인 의미에서의 죽음이라고 할 수 있어요. 바람처럼 자유롭게 살다가 소나무 곁에서 자연스럽고 편안하게 맞이한 죽음.

◉ 지리산에서 실족사한 아버지로 인해 아버지의 여자들이 한데 모입니다. 어머니, 용평 엄마, 거제도 이모, 이 세 사람은 서로 불편하리라는 예상을 깨고 마치 자매처럼 다정한 모습을 보입니다. 결코 일상적이지 않은 풍경인데요?
옛날 같으면 용평 엄마나 거제도 이모는 첩이라고 할 수 있지만, 저는 그런 식으로 생각한 게 아니라 세 여자의 역할이나 특징 등에서 어떤 계절의 순환 혹은 인간을 둘러싼 생태적인 것, 생리적인 것의 변화를 그려내고자 한 겁니다. 상징적 인물인 거죠.

⊙ 아버지는 지리산에서 실족사한 겁니까? 아니면 자살한 건가요?

작품 속에서는 과로로 인한 실족사로 나오지만 사실은 자신만의 안식처를 향해 스스로 걸어 들어간 거죠. 자기 의지에 의해 자연이라는 세상 속으로 돌아가기 위한 선택을 한 거예요. 다분히 의도된 죽음이라고 할 수 있어요.

⊙ 평생 무심한 가장으로 산 것 같지만 사실 아버지는 세 여자들을 다 불평 없이 살 수 있도록 다독이고, 어머니의 삶과 딸의 인생에 큰 의미를 던져주는 역할을 하거든요. 주변 사람들이 절망과 낙담 속에 있을 때 생의 의지를 북돋아 주는 일을 한단 말이에요. 그런 다음 미련 없이 혼자 떠나죠. 이런 모습이 오늘날 우리 사회 아버지의 자화상이라고 할 수 있나요?

그런 의도는 조금 있었습니다. 가장으로서 아버지가 가지고 있는 나약한 남성상을 약간은 은유적으로 표현한 거예요. 그러면서도 무기력한 듯 보이지만 뒤에서 든든히 여자들을 받치고 있는 강한 남성상을 보여주려 한 것이죠. 남성 우월주의가 아니라 그게 바로 남자의 역할이라고 생각해요. 남자의 역할을 우주적 차원에서 조금 달리 생각해본 겁니다.

⊙ 저는 장례식장에서 먹는 음식이 참 맛있더라고요. 그래서 상가에 갈 때면 으레 식사를 하지 않고 가죠. 상가 음식이 맛이 없거나 꺼림칙하다고 먹지 않는 사람들도 있어요. 개인적으로는 상가 음식이 맛있게 느껴질 때가 비로소 인생에 대해 조금 알게 되는 때가 아닐까 생각합니다. 장례식장 풍경을 한번 살펴보면 엄숙하고 슬픈 표정으로 조문을 하지만 빈소를 나와 자리에 앉으면

식탁 위에 차려진 음식을 먹으며 왁자지껄 떠들고 이야기꽃을 피우느라 정신이 없습니다. 한마디로 상가란 삶과 죽음이 첨예하게 공존하는 현장 같아요.

맞습니다, 상가란 그런 곳이죠. 삶과 죽음의 양극단이 함께 어우러진 곳이 바로 장례식장이에요. 저 역시 상가에서 밥을 잘 먹습니다. 그래서 소설을 통해 장례식장 풍경을 이렇게 한번 만들어본 겁니다. 곡을 하고 울고불고 하는 것보다 화기애애한 게 더 낫지 않을까요? 죽음에 대해, 그리고 아버지의 역할에 대해 진지하게 한번 돌아보면서 아버지의 인생 앞에 존경의 마음을 갖는 시간이 필요할 거라는 생각을 했어요. 그게 돌아가신 분이나 살아 있는 사람들을 위해서나 한 번쯤 거쳐야 할 과정이라고 여긴 겁니다.

아픔과 고독과 절망으로 먹는 음식

◉ 「동짓날, 무지갯빛 우산을 쓰고」라는 작품을 아주 감명 깊게 읽었습니다. 어느 날 주인공에게 친구로부터 한 통의 전화가 걸려오고, 오랜만에 만난 그 친구는 느닷없이 개고기를 먹으러 가자고 하죠. 어릴 적 피난민촌에 살던 시절 동생처럼 애지중지하던 개가 굶주린 어른들에 의해 무참히 유린되는 광경을 목격한 그 친구는 개에 대한 심각한 트라우마를 가지고 있던 친구였음에도 불구하고, 그날은 주인공 앞에서 미친 듯이 개고기를 먹어댑니다. 그토록 아픈 상처를 간직한 친구가 이성을 잃고 개고기를 죽자 사자 집어삼킨 이유가 뭘까요?

죽음에도 여러 종류가 있는데, 절대고독으로 인한 죽음은 정말 처절한 거라고 생각해요. 이 친구는 오랫동안 고독의 중병을 앓아오다가 죽음이라는 절벽 끝으로 자기 자신도 모르게 내몰리고 있는 거예요. 내가 죽고 싶어서 죽는 게 아니라 마치 필연적으로 죽음을 향해 나아가야만 하는 상황이 만들어지는 것이죠. 이것은 결국 자기가 그렇게도 사랑했던 절뚝이에 대한 아픔마저도 망각할 만큼 고독에 몸부림치는 일종의 마지막 절규라고 할 수 있는 겁니다. 결코 맛으로 먹은 게 아니라 아픔으로, 고독으로, 절망으로 먹은 거예요.

⊙ 그 친구는 이미 죽음을 예감한 겁니까?

네. 자기 자신도 그런 것을 조금 느꼈겠죠. 그러니까 최후의 수단으로 개고기라도 먹고 살아보겠다는 독한 마음을 품게 된 거고요. 자신의 죽음이 멀지 않았다는 걸 직감한 겁니다. 개고기를 먹는 장면이 조금 엉뚱한 것 같기도 하지만 사실은 아주 애절한 장면이에요.

◉ 끝내 생을 포기하지 않고 살고자 하는 의지로 그런 거라는 말씀이죠?

그렇습니다. 생과 사의 갈림길에서 무의식적으로 죽음에 대한 극도의 불안감을 느낀 이 친구는 자신이 소중히 간직해왔던 아름다운 추억을 버리면서까지 살고자 애를 썼지만 결국 죽음을 피할 수는 없게 됩니다.

◉ 이런 처절한 노력에도 불구하고 그는 집에서 쓸쓸히 죽어갑니다. 급성 천식으로 인한 심근경색이 사인으로 밝혀지는데 이게 죽을 만한 병인가요?

저도 놀랐어요. 천식이 심하면 막 괴롭게 기침을 하다가 갑자기 심장이 멎어버리는 거죠. 그게 급성 천식으로 인한 심근경색이에요. 그럴 때 누가 옆에 있었더라면 응급조치로 다시 심장을 뛰게 한 다음 바로 119를 불러 병원으로 갈 수 있었는데, 이 친구는 곁에 아무도 없으니까 속수무책으로 죽어갈 수밖에 없었던 겁니다.

◉ 소설 속에 나타난 피난민촌 광경은 작가가 어린 시절 직접 겪으신 거죠?

네. 피난 시절은 물론이고 1950년대와 1960년대 초까지만 해도 부산의 풍경이 이와 별반 다르지 않았어요. 모두가 가난하고 어렵던 때였으니까요.

◉ 피난민촌에서 전쟁고아로 자라던 친구가 혈육처럼 아끼던 개를 몰래 잡아먹던 사람들의 눈빛은 허기진 광기에 번뜩이는 눈빛이었습니다. 그런데 나중에 주인공이 사준 개고기를 먹어대던 친구의 눈빛도 마찬가지로 허기진 광기에 번뜩이는 눈빛이었어요. 이 두 개의 눈빛이 같은 의미의 눈빛이라고 할 수

있겠죠? 삶과 죽음의 경계선에서 마지막으로 번뜩이는 생의 의지 같은 불꽃이라고도 표현할 수 있을 것 같은데요.

그래요, 같은 눈빛이라고 할 수 있어요. 절망과 희망이 교차하는 눈빛이죠.

◉ 천식으로 세상을 떠난 친구는 평생을 비주류로 살아갑니다. 한 번 주류 사회에서 낙오되어 비주류로 내몰리면 다시 일어나 주류 사회로 편입된다는 게 거의 불가능할 정도로 어려운 일이거든요. 구조적으로 사회적 약자나 소수자들은 점점 더 힘든 상황으로만 빠져들게 되는 것 같아요. 이 친구도 끝내 그걸 극복하지 못한 거 아닙니까?

그런 거죠. 고아가 되고 동성연애자가 되고 일본으로 건너가 마침내 독신으로 쓸쓸히 죽어가기까지, 그가 처한 모든 상황들이 사회적 약자와 소수자의 길이었어요. 일본에서 제법 많은 돈을 벌어 가지고 왔지만 돈 좀 있다고 모든 게 해결되는 건 아니었어요. 정상적인 주류 생활로 들어가기 위한 조건들이 너무 많았던 것이죠. 이건 어느 한 개인의 문제라기보다는 사회 전체의 구조적인 문제예요. 해결하기 정말 어려운 과제죠.

◉ 대개 전업 작가들이 극히 일부를 제외하고 생활이 그리 넉넉지 않습니다. 그런데 허택 작가는 의사와 교수 집안에서 태어나 유복하게 살다가 일류 대학을 나온 현직 의사이자 병원장으로서 뒤늦게 소설가로까지 등단을 했습니다. 다른 작가들과는 환경이 많이 다른데요. 문학을 취미나 소일거리로 보는 게 아니냐는 비판이 있을 수 있습니다.

처음에는 그런 오해를 굉장히 많이 받았어요. 나이 먹어서 할 일 없으니까 소설을 쓰려고 하느냐, 겉멋으로 소설가랍시고 이름만 올려 놓으려는 것 아니냐, 하는 시각들이 많았지요. 그렇게 볼 수 있다는 걸 인정합니다. 하지만 저는 절대 그런 의도로 소설가가 된 게 아닙니다. 문학은 제 오랜 꿈이었어요. 이제야 제 길을 찾은 거죠. 제 나름대로 한 작품 한 작품 진지하게 쓰려고 노력했습니다. 그런 오해가 있다는 걸 알기 때문에 조금 더 노력할 수 있었어요. 저는 죽을 때까지 소설을 쓸 겁니다.

◉ **다른 작가들에게는 없는 의사로서의 풍부한 경험을 가지고 계시잖아요? 그걸 살려서 의학 소설이나 추리소설 같은 걸 써볼 의향은 없으십니까?**
저도 언젠가 그런 장편소설을 꼭 한번 써보고 싶어요.

환자를 치료하는 일에 관해서라면 거의 도인의 경지에 이르렀을 그였지만 문학을 이야기하는 자리에서는 대학 초년생처럼 수줍어했다. 사진을 찍고 인터뷰를 하는 과정이 무척이나 낯선 모양이었다. 내가 환자였다면 입을 크게 벌리게 한 다음 구강 구조를 낱낱이 살폈을 그가 질문의 메스를 든 내 앞에서 좀처럼 입을 열려고 하지 않았다. 그의 구강 구조를 들여다보는 일은 쉽지 않은 일이었다. 말은 느렸고, 말수는 적었다.
하지만 재기발랄함과 위트 넘치는 젊은 여성 작가들의 작품을 주로 읽다가 오랜만에 묵직한 주제를 정공법으로 다룬 중년 남성의 작품을 읽으니 뱃속이 꽉 찬 느낌이 들었다.

「동짓날, 무지갯빛 우산을 쓰고」라는 작품에서 우정이라는 이름으로 어쭙잖은 충고를 하는 주인공에게 친구는 이렇게 말하며 울부짖는다.

"연탄가게를 그만두라고? 동네 사람들이 내게 밥 한 끼라도 따뜻하게 준 적 있냐? 똥구멍 빠졌다는 소리 들어도 좋아! 내 맘대로 시장 봐서 내 맘대로 요리해서 배부르게 먹을 수 있으니까!"

이보다 더 구체적인 실존의 목소리가 어디 있겠는가. 삶이 담긴 문학은 갓 지어낸 밥처럼 따끈따끈한 김이 올라와야 한다. 그 김은 오랜 인생의 연륜이 뒷받침될 때 비로소 피어나는 법이다. 문학이 제조업이 아닌 이유가 바로 여기에 있다.

. . .

허택은 1952년 부산에서 피난민 2세로 태어났다. 1971년 경남고등학교를 졸업하고 1977년 서울대학교 치과대학을 졸업했으며, 1993년 치의학 박사 학위를 취득했다. 2001년부터 문학비단길 회원으로 활동하며 문학 수업을 시작하여, 2008년 「리브 앤 다이」로 『문학사상』 신인문학상을 받으며 오십이 훨씬 넘은 나이에 문단에 데뷔했다. 현재 부산에서 치과 의사로 일하는 그는 오랫동안 소망했던 작가의 꿈을 이룬 후 3년간 꾸준히 소설을 쓴 결과 마침내 첫 소설집 『리브 앤 다이』를 출간했다. 표제작 「리브 앤 다이」는 중년의 친구들이 고교 선생님의 기일을 기념하여 회식을 하는 이야기가 그려진 작품이다. 하나 둘 모여든 친구들이 회를 먹고 포커를 하는 저녁 풍경이 묘사된 이 소설에서 중심 화제는 단연 포커 게임에 비유된 생존의 문제다. '죽느냐 사느냐'의 포커 게임 방식이 중년 남성들의 우울한 삶의 모습과 부합되어 진한 감동을 자아낸다.

세상에서 가장 맛있는 밥상은
어린 시절 엄마가 차려주신 밥상

『풀빵 엄마』

모처럼 참 많이 울었다. 영화나 드라마를 볼 때 곧잘 훌쩍이곤 하지만 책을 읽으며 울어본 건 정말 오랜만이었다. 버스와 전철을 오가며 책을 읽다 눈물이 흐를 땐 고개를 들 수가 없다. 사람들이 이름 모를 중년 남자의 눈물을 보며 별 희한한 인간 다 봤다는 표정으로 온갖 억측을 부릴 것 같은 두려움 때문이다. 주변에선 남자가 그런 일로 눈물을 보이냐고 핀잔이다. 남자는 언제 울어야 하나. 박해석 시인은 그의 시 「눈물은 어떻게 단련되는가」에서 현대인들을 향해 "눈물도 없이 커다란 상처로 웅크린 채 우는 사람들"이라고 힐난했다. 울고 싶을 때 마음껏 눈물 흘릴 수 있는 세상이 비로소 사람 사는 세상이 아닐까.

『풀빵 엄마』는 지난 2009년 5월 MBC 휴먼 다큐멘터리 '사랑'에 소개된 싱글 맘 최정미 씨와 딸 은서, 아들 홍현이의 이야기를 노경희 작가가 2011년 봄 동화로 다시 펴낸 작품이다. 동화 속에서 엄마와 아이들은 각기 다른 이름으로 등장하지만 모든 배경은 실화를 바탕으로 하고 있다. 불우한 가정에서 태어나 소아마비로 다리를 절게 된 최정미 씨는 남편과 동거하며 두 아이를 낳았지만 가족을 버리고 떠나버린 남편으로 인해 풀빵 장사를 하면서 어렵사리 가장 노릇을 해야 했다. 설상가상으로 위암 말기 판정을 받은 그녀는 힘겨운 항암 치료를 받으며 이를 악물고 버티지만 남아 있는 시간은 불과 6개월뿐이었다.

참을 수 없는 고통과 공포 속에서도 최정미 씨는 새벽 일찍 일어나 밀가루 반죽을 하고 밤 9시가 넘도록 한겨울 칼바람을 맞으며 풀빵을 팔아야 했다. 그녀는 엄마였기 때문이다. 그러면서 그녀는 아이들과의 이별을 준비한다. 설날 떡국과 전, 불고기, 잡채 등으로 차려낸 아침상은 지상 최고의 밥상이었다. 배 터지게 먹고 난 후 아이들은 엄마와 함께 놀이공원에도 갔다. 그것이 엄마의 마지막 선물이었다. 그녀는 하늘나라로 떠나기 전 아이들에게 이런 영상 편지를 남겼다. "비록 우리 멀리 있게 되더라도 엄마의 사랑을 기억해주겠니? 진주야, 내 딸로 태어나줘서 고마웠어. 짧은 생이었지만 너와 인우의 엄마여서 행복했단다."

인류 보편의 문제인 암 투병의 과정과
가족애, 모성애를 다룬 작품

⊙ **시인, 소설가, 동화작가, 저널리스트 등 각기 다른 영역에서 글을 쓰는 일로 먹고사는 사람들이 많은데, 방송 작가의 세계는 이들과 어떻게 다른가요?**

방송은 협업이에요. 방송 작가 중에도 드라마 작가와 예능 작가 그리고 시사 교양 작가가 있는데, 예능 쪽이 가장 협업을 많이 하죠. 예능 작가는 글을 쓰는 일보다 아이디어 회의를 하는 일이 훨씬 더 많아요. 드라마 작가는 어쨌든 시나리오를 써야만 촬영이 시작되니까 글을 쓰는 비중이 제일 높은 편이고요. 시사 교양 작가는 그 중간 정도라고 할 수 있어요. 무엇보다 이 일은 결코 혼자 하는 일이 아니에요. 저는 그게 잘 맞는 것 같아요. 혼자 고민하며 글을 쓰는 체질이라기보다는 함께 머리를 맞대고 문제를 풀어가는 스타일이라고 할 수 있어요. 그러니까 지금까지 잘 견뎌온 것이겠죠. 이번에 동화를 써보니까 일하는 방식이 완전히 다르더라고요. 아무도 도와주지 않는 거예요. 아이디어를 주는 사람도 없고요. 오로지 저 혼자 고민하고 해결하면서 한 작품을 끝내야 하니까 방송 작가로 일할 때와는 많이 달랐어요. 시나 소설, 동화 같은 문학작품을 쓴다는 건 참 고독한 작업 같다는 생각이 들었지요.

⊙ 방송 작가가 된 특별한 계기가 있었나요?

학교 다닐 때부터 방송 쪽에 관심이 많았어요. 대학 방송국에서 활동했었거든요. 그러다가 졸업하고 광고대행사에서 카피라이터로 일했었죠. 그런데 광고라는 게 굉장히 소비적인 일이고 책임감이랄까, '이게 내 것이다'라는 느낌이 없었어요. 그러던 어느 날 MBC에서 탤런트를 공채로 뽑듯이 작가를 공채로 뽑더라고요. 거기에 합격해서 직장을 옮긴 거예요. 그 후 지금까지 다큐멘터리 방송 작가의 길을 걸어왔어요.

⊙ **지금까지 많은 다큐멘터리 원고를 쓰셨는데, 기억에 가장 남는 작품은 어느 건가요?**

글쎄…… 하나하나 살펴보면 모두가 기억에 남는 작품들이죠. 방송을 보신 분들은 〈북극의 눈물〉 제작할 때 고생을 많이 한 줄 알고 계신데, 사실 작가가 직접 북극에 가지는 않았기 때문에 특별히 고생한 건 없어요. 다만 촬영 테이프 분량이 워낙 많아서 그걸 다 보고 정리하는 과정이 힘들었죠. 그 후에 아마존이나 아프리카를 다룰 때는 지원이나 협찬이 많이 들어와서 여건이 나은 편이었지만 그때는 '이런 프로그램이 잘될까' 하는 회의적 시각이 있었던 관계로 거기서 발생하는 여러 가지 문제들을 해결해나가는 일이 어려웠어요.

⊙ **〈풀빵 엄마〉가 2010년 국제 에미 상 다큐멘터리 상을 수상했죠? 이 상은 어떤 상입니까?**

에미 상은 '텔레비전의 아카데미상'으로 불리는 미국 최대의 프로그램 콩쿠르 상이에요. 1948년에 창설된 이 상의 시상식은 매년 5월 뉴욕에서 개최되는데, 지난 1963년부터는 해외 텔레비전 프로그램 가운데 우수한 작품을 선정해 시상하는 국제 에미 상이 설립되었어요. 〈풀빵 엄마〉가 2010년에 우리나라 다큐멘터리 프로그램 중에 처음으로 이 상을 타게 된 거죠. 다큐멘터리 프로그램을 시상하는 국제적으로 유명한 상이 몇 개 있는데, 그런 상은 우리나라에서 이미 받은 적이 있지만 에미 상은 한 번도 받지 못했었어요. 그 이유 중에 하나가, 우리나라에서 만든 다큐멘터리를 외국인들이 다큐멘터리로 보지 않는 경향이 있었거든요. 우리는 휴먼 다큐멘터리라는 장르를 가지고 있지만 그들에게는 그런 게 없었어요. 그런데 이 작품은 개인의 사생활을 다룬 감성적 다큐멘터리가 아니라 인류 보편의 문제인 암 투병의 과정과 가족애, 모성애를 다룬 작품이었기 때문에 외국 방송 관계자들에게 많은 감동을 주면서 극찬을 받게 된 거죠. 방송 기술이나 제작 기법 차원이 아닌 다큐멘터리가 주는 감동과 진정성이라는 측면에서 높은 평가를 받았던 거예요.

그녀는 가난했고 불편했고 힘들었다…
하지만 행복했다, 엄마였기 때문에

◉ 최정미 씨를 보면서 한 여자의 일생이 이렇게 기구할 수 있나 하는 생각을 했습니다. 불우한 가정에서 태어나 장애를 가지고 살면서 잘못 만난 남편 때문에 홀로 두 아이를 키우며 고생스럽게 살아가는 모습도 안타까운데 위암까지 걸려 어린 자식들을 두고 먼저 세상을 떠나야 하는 그녀의 심정이 얼마나 힘겹고 애달팠을까를 생각하면 가슴이 저려옵니다. 한 여자의 삶이 이토록 고통으로 일관되어 있다면 이건 너무 가혹하고 불공평한 게 아닐까요?

물론 그렇죠. 그런데 최정미 씨를 만나고 촬영을 하면서 느낀 것은 그녀가 결코 불행한 얼굴을 하고 있지 않았다는 거예요. 그런 모습에 오히려 우리가 놀랐어요. 결과만 놓고 보자면 그녀가 아픈 것도, 남편이 떠난 것도, 풀빵 장사를 해야만 하는 것도 다 가난 때문이었어요. 그럼에도 불구하고 그녀는 대단히 밝고 행복하고 긍정적인 기운을 품고 있었어요. 만약에 촬영을 하는 과정에서 그녀가 보인 모습이 너무 어둡고 힘들고 고통스럽게 보이기만 했다면 끝까지 촬영하기도 힘들었을 테고 방송을 내보내지도 못했을 거예요. 그토록 힘겹기만 한 삶을 시청자들에게 어떻게 보여주겠어요. 그걸 견디고 이겨내고 승화시키는 사랑의 힘을 보여줘야 프로그램의 취지에 맞는거니까요. 최정미 씨에게는 그게 있었다는 거죠. 그녀와 함께 있으면 아픈 사람과 같이 있는데도 우울하지가 않았어요. 가난하고 어려운 환경 속에서 병든 엄마와 살면서도 아이들이 그토록 밝고 꾸밈없이 자랄 수 있었던 건 바로 엄마의 힘 때문이었죠. 사람은 누구나 공평한 환경 속에서 태어나지 않잖아요. 저마다 다른 조건 속에서 태어나죠. 언뜻 보면 불공평해 보이지만 그렇게 주어진 환경과 조건을 각자 받아들이는 게 다 다르다는 측면에서는 공평한 부분이 있는 것같아요. 행복을 느끼는 것, 자신의 삶에 대해 긍정적인 에너지를 가지고 살아가는 것이 다 똑같지 않다는 것이죠. 부자로 태어났으면서도 불평하면서 살아가는 사람이 있고, 가난하게 태어났으면서도 감사하며 살아가는 사람이 있어요. 누가 더 행복한가는 타고난 환경과조건보다는 각자가 가지고 있는 태도와 자세에 따라 달라진다고 봐요. 최정미 씨는 비록 가난하고 몸이 불편하고 힘든 삶을 살았지만진정으로 행복한 사람이었어요. 행복을 느끼고 전달하는 타고난 재능이랄까, 능력 같은 게 있었던 사람이라는 생각이 들어요. 그녀가풀빵 장사를 하면서 인근 노점상들과 쌓아온 끈끈한 인간관계는 참으로 놀라웠어요. 어디서 저렇게 따뜻한 이웃들을 만날 수 있을까,부러울 정도였죠. 그녀의 아이들은 어른이 되어서도 자신들이 엄마의 사랑을 듬뿍 받으며 자랐다고 느낄 거예요. 최정미 씨가 누구보다 많은 사람들에게 사랑을 베풀고 살았으니까요.

◉ **만약 최정미 씨가 아이들 없이 홀로 이런 환경에서 살아갔다면 견디기 힘들었을 거라고 봅니다. 엄마였기 때문에 이겨낼 수 있었던 거죠. 여자와 엄마는 이렇게 다른 건가요?**

많이 다르죠. 저도 늘 아이들을 보면서 내가 과연 좋은 사람인가 반성하게 돼요. 여자가 좋은 사람으로 성장하려면 엄마가 되어봐야 하고 자기 아이가 문제아가 되어봐야 한다는 글을 읽은 적이 있어요. 다들 자기 아이는 남들보다 똑똑하고 건강하게 잘 자랄 거라 생각하거든요. 그렇지 않다는 걸 절실히 체험해봐야 인생이 마음대로 되지 않는다는 걸 깨닫고 좋은 사람으로 성장한다는 거예요. 제가 예전에는 뜨거운 걸 집으면 "앗, 뜨거워!" 하면서 손을 그냥 놔버렸는데, 아이들 밥을 해주다 보니 그렇게 되지 않더라고요. 아무리 뜨거워도 아이들 먹을 걸 손에서 놓지 못하게 된 거죠. 아이들 때문에 참는 거예요. 그게 바로 엄마예요. 최정미 씨도 항암 치료 받고 나서 너무 힘들고 아픈데도 불구하고 장사를 나갔어요. 일해서 돈을 벌어야 아이들을 먹일 수 있으니까. 촬영을 시작했을 때 이렇게 빨리 돌아가실 거라 생각하지 않았어요. 저희가 바랐던 것은 그분이 미혼모를 위한 위탁 시설에서 나와 자신이 번 돈으로 집을 얻어 사는 모습을 찍는 거였어요. 샌드위치를 만들어 팔 수 있는 작은 가게를 하나 마련하는 게 그분의 꿈이었죠. 그걸 위해 그토록 치열하게 산 거예요. 엄마라서, 엄마니까 그럴 수 있었어요.

⊙ 여자가 남편 밥상 차릴 때랑 아이들 밥상 차릴 때랑 마음이나 자세가 다릅
니까?
다르죠. 당연히 다른 거예요.

한입 베어 물면 따뜻하고 달콤한 단팥이
입 안 가득 퍼지는 바삭한 풀빵

작가는 진주의 입을 빌려 풀빵 엄마를 이렇게 묘사했다.

"본격적인 겨울이 시작되는 11월은 엄마가 1년 중 가장 좋아하던 때였다. 찬바람이 불고 날이 추워야 장사가 잘됐기 때문이다. 엄마는 거리에서 풀빵을 만들어 팔았다. 새하얀 김과 함께 달콤한 냄새가 폴폴 새어 나오던 엄마의 포장마차. 그 풍경을 떠올리니 어느새 입 안 가득 침이 고였다. 엄마의 풀빵은 국화꽃 모양으로, 묽은 밀가루 반죽을 빵틀에 붓고 그 위에 단팥을 얹은 후 다시 밀가루 반죽을 끼얹어서 만들어냈다. 빵틀에서 갓 꺼낸 풀빵은 겉은 바삭하고, 한입 베어 물면 따뜻하고 달콤한 속이 그렇게 맛날 수가 없었다. 엄마의 풀빵은 인기가 꽤 좋아서, 자주 들르는 단골손님도 많았다."

⊙ **엄마 하면 떠오르는 이미지가 밥상이거든요. 오감으로 느끼는 이미지로서의 엄마는 늘 자식에게 먹을 걸 주는 존재예요. 개떡, 국밥, 짜장면, 홍시 등 먹는 것을 떠올리면 특정한 시공간이 겹쳐지면서 엄마라는 존재가 공감각적으로 살아나게 됩니다. 은서와 홍현이는 풀빵만 보면 엄마 생각이 나겠죠. 엄마 하면 떠오르는 음식이 있나요?**

저는 지금도 엄마에게 오이소박이를 담가달라고 해요. 봄이 되면 갓 나온 오이로 담근 엄마표 오이소박이를 먹어야 비로소 봄이 온 것 같은 느낌이 들어요. 엄마의 음식 중에 그게 제일 인상적이에요. 식당이나 다른 데서 먹으면 이상하게 그 아삭한 맛이 나질 않아요. 특히 여자는 임신해서 입덧을 시작하면 엄마가 예전에 해주셨던 음식이 간절히 생각나죠. 그 맛은 무엇으로도 대체할 수 없는 주관적이고 고유한 맛인 것 같아요.

◉ 이충렬 감독의 독립영화 「워낭소리」에서 이삼순 할머니는 도회지에 있는 자식들에게 햅쌀을 부치면서 이렇게 말합니다. "자식들 입에 밥 들어가는 거 이상 뭐 있능교?" 신경숙 작가의 베스트셀러 『엄마를 부탁해』에서도 비슷한 대화가 나옵니다. "니들이 밥상머리에 둘러앉아 숟가락 부딪치며 밥 먹고 있는 거 보믄 세상에 부러울 게 뭐 있나 싶었재." 풀빵 엄마도 같은 말을 하죠. "너희들 먹는 거 보기만 해도 엄마는 배가 부르네." 예나 지금이나 이런 엄마의 마음은 다 똑같은 걸까요?

그런 것 같아요. 최정미 씨의 경우는 그 전해 설날 수술을 받느라고 병원에 있었기 때문에 아이들이 노점상을 같이 하던 어떤 이모 집에 가서 떡국을 얻어먹으며 지내야 했어요. 최정미 씨에게는 그게 너무 가슴 아픈 일이었던 거예요. 그래서 마지막이 될지도 모를 그해 설날만큼은 무슨 일이 있어도 자기 손으로 아이들 밥상을 차려주려 했던 거죠. 원래 설날은 촬영을 안 하거든요. 저희도 설을 쇠야 하니까요. 그런데 최정미 씨가 아이들과 함께 보내는 설 풍경을 찍기 위해 우리는 모두 일을 해야 했어요. 설날 아침 엄마가 차려준 풍성한 명절 상을 받은 아이들은 세상을 다 얻은 것처럼 좋아했죠. 그러니 그 모습을 본 엄마로서는 안 먹어도 배부른 게 당연하지 않겠어요? 물론 지금도 돈이 없어서 자식들에게 밥을 못 해주는 엄마들도 있지만 시간이 없어서 못 해주는 경우도 많아요. 제 작은아이 생일이 5월 3일인데 한창 방송 일로 바쁠 때니까 아침에 미역국도 못 끓여줄 때가 있어요. 그러면 온종일 우울하고 심란해요. 옛날처럼 어렵고 먹을 게 귀한 시절은 아니라 해도 자식들에게 맛있는 음식을 먹이고 싶은 엄마의 마음은 예나 지금이나 결코 다르지 않다고 생각해요.

모성애는 실상이고 부성애는 허상이다

⊙ 동화를 읽으며 눈물을 흘리면서도 마음 한편에서는 끊임없이 분노가 치솟았어요. 풀빵 엄마의 남편, 아이들의 아빠 때문이었죠. 왜 모든 불행한 가족 속에는 아빠가 없을까, 아이들은 아빠의 빈자리를 보며 무엇을 느낄까, 어째서 지고지순한 모성애에 견줄 만한, 아니 그 모습을 조금이라도 닮은 부성애는 없는 걸까⋯⋯ 처참하다는 생각까지 들었습니다.

부성애는 없는 것 같아요. 〈북극의 눈물〉을 만들 때 느낀 건데, 흔히 우리는 "엄마 곰, 아빠 곰" 이렇게 말하잖아요. 그런데 사실 아빠 곰은 없어요. 누가 아빠 곰인지 알 수가 없거든요. 자연 다큐멘터리에 나오는 대개의 수컷들은 본능에 의해 교미를 하고 그냥 떠나는 존재죠. 새끼를 낳아 먹이고 돌보는 모든 역할은 어미에게 주어진 숙명이에요. 모성애는 모든 동물들이 공통으로 가지는 본질적인 사랑인 거죠. 엄마는 열 달 동안 자기 배 속으로 아이를 품었다가 낳기 때문에 자연스럽게 모성애라는 게 생겨나지만, 아빠는 가족을 이루고 사니까 정이 생기고 책임감과 의무감이 생겨서 사랑하게 되는 거지 여자처럼 본능적으로 생겨나는 사랑은 아닌 것 같다는 생각이에요. 최정미 씨 남편도 아무리 힘들고 어렵더라도 그 가난과 고통을 함께 겪으면서 이겨나갔더라면 이 가족의 고통이 훨씬 덜어졌을 거예요. 단지 아이를 낳았기 때문에 남자도 여자처럼 자연적으로 부성애가 생긴다고 보지는 않아요.

◉ **휴먼 다큐멘터리 '사랑'을 6년째 만들며 글을 써오셨으니 사랑에 대해 얼마나 많이 생각하고 고민하셨겠습니까. 수많은 사람들을 만나며 생생한 체험도 많이 하셨을 테고요. 그런 결과 사랑에 대해 잘 알게 되셨나요? 사랑이란 도대체 뭔가요?**

저는 사랑이란 측은지심이라고 생각해요. 그 사람이 되어보는 거죠. 그 사람 입장에 서서 생각하고 행동하면 못할 게 없을 것 같아요. 모성애는 자연스럽게 발휘돼요. 비 오는 날 아이가 우산을 안 가지고 가면 애가 수업 마치고 이 빗속에 어떻게 집에 올까, 미술 수업이 있는 날 물감을 챙겨 가지 않으면 수업을 제대로 받고 있나, 걱정하죠. 이처럼 그 사람을 생각하면 안타까운 마음이 드는 것, 이게 바로 사랑이라고 생각해요.

◉ **세상에 존재하는 모든 사랑은 일정 정도 계산적이고 이기적이며 주고받는 관계 속에서 형성된다고 생각해요. 남녀 간에 한쪽이 일방적으로 퍼주고 희생**

만 하는 사랑이란 없잖아요. 그런데 무조건적이고 절대적이며 아무런 전제 조건이 없는 유일한 사랑이 바로 모성애죠. 엄마의 사랑에는 이유가 없어요. 〈풀빵 엄마〉는 바로 그 모성애의 진수를 보여주고 있고요.

제가 2011년에 만들었던 방송 중에 〈엄마라는 이름으로〉라는 프로그램이 있었어요. 백혈병에 걸린 산모가 아이를 낳는 과정을 다룬 거예요. 백혈병 환자인 주인공이 독한 항암제를 먹은 상태에서 우연히 임신이 됐어요. 그런데 걱정이 태산인 거죠. 아이도 걱정이고 임신부도 걱정인 거예요. 여자의 친정 부모들은 다 유산을 권했어요. 태어나지도 않은 아이보다는 딸의 목숨이 소중했던 거죠. 항암제를 먹었기 때문에 아이를 낳더라도 기형아를 낳을 가능성이 거의 백 퍼센트에 가까웠어요. 누구라도 유산을 권하는 게 당연했어요. 하지만 임신부의 선택은 달랐어요. 너무도 간절히 엄마가 되기를 원했죠. 여자들에게는 이게 유전적으로 타고난 본능이라고 생각해요. 내 아이를 낳아 기르고 싶은 사랑의 DNA가 있는 거죠. 아기 엄마는 기형아 검사도 하지 않았어요. 어떤 아이를 낳게 되든 반드시 낳겠다는 거였어요. 자기 생명을 포기해서라도 한 생명을 낳아 기르고 싶은 마음, 이게 모성애예요. 임신 사실을 안 뒤로 아기 엄마는 고통을 참아가며 항암제를 먹지 않고 버텼어요. 남편은 난리가 났죠. 자기는 아내가 소중하지 아기는 없어도 된다고 설득하고 매달렸지만 요지부동이었어요. 결국 아이를 낳았죠. 아이도 건강하고 산모도 건강해서 천만다행이었지만 정말 아슬아슬한 상황이었어요. 방송 이후 제가 주변 사람들에게 물어봤어요. 자신이 이런 상황에 처한다면 어떻게 하겠느냐고. 여자들은 백이면 백 아이를 낳겠다고 하고 남자들은 백이면 백 유산을 시키고 아내를 살리겠다고 하더군요. 모성애와 부성애는 이렇게 다른 거예요.

　은서와 홍현이는 엄마 없는 세상에서도 이모와 이모부를 엄마와 아빠라 부르며 밝게 잘 자라고 있다. 아이들은 매일 아침 이모가 차려준 밥상 앞에서 설날 엄마와 함께 먹었던 세상에서 가장 맛있는 밥상을 떠올릴 것이다. 그리고 가방을 메고 길거리에 나서면 사방에서 풍겨오는 엄마의 풀빵 냄새를 맡으며 학교로 향할 것이다. 엄마의 바람처럼 지금 아이들 곁에는 늘 엄마가 있다. 엄마가 세상에 있는 동안 자신의 생명을 아주 조금씩 아이들에게 나누어주었기 때문

이다. 풀빵 엄마는 죽지 않았다. 밥상 속에, 냄새 속에, 바람 속에, 아이들 가슴속에, 핏줄 속에, 뼛속에 고스란히 살아 있다. 그것이 엄마라는 존재다.

엄마의 영상 편지를 다 읽고 난 후 동화 속 딸 진주가 엄마에게 답장을 쓴다.

"엄마, 엄마가 떠나신 지 이제 2년이 됐어요. 하지만 난 아직도 엄마가 보고 싶어요. 너무 보고 싶어서, 가끔 엄마가 보이는 것도 같아요. 잠자리에 들 때면 잘 자라, 따뜻하게 안아주고 아침엔 환하게 웃으며 나를 깨워요. 엄마, 인우 걱정은 하지 마세요. 앞으로도 내가 잘 보살필게요. 엄마 나 믿죠? 우리가 있어서 엄마가 살아갈 희망을 얻었던 것처럼 나도 엄마가 있어서, 엄마가 주고 간 사랑이 있어서 용기 내어, 씩씩하게 살아요. 또 편지할게요. 엄마, 사랑해요, 영원히. 추신: 엄마, 나도 엄마가 내 엄마라서 참 좋았어요."

· · ·

노경희는 연세대 국어국문학과를 졸업하고 1993년 MBC 「新인간시대」로 방송에 입문, 〈북극의 눈물〉, 휴먼다큐 '사랑' 〈너는 내 운명〉, 〈안녕, 아빠〉 등 백여 편의 다큐멘터리를 집필했다. 2003년 MBC 연기대상 교양작가상, 2006년 한국방송대상 작가상, 2009년 MBC 연기대상 올해의 작가상 등을 수상했다. 다큐멘터리 작가이자 초등학교에 다니는 두 딸의 엄마로서 풀빵 엄마를 만나 자신이 배운 '사랑'을 풀빵 엄마의 두 아이들, 그리고 더 많은 사람과 함께 나누며 오래도록 기억하기 위해 동화책 『풀빵 엄마』를 썼다.

우동이란 매끈하게 와 닿아 척 하고
안기는 어떤 숨결 혹은 사랑 같은 것
『행복한 우동가게』

호프집, 주점, 모텔, PC방 등이 줄지어 있는 좁다란 골목을 몇 번 돌아 나가자 '행복한 우동가게' 간판이 나타났다. 나무로 지은 단층 짜리 허름한 우동집이었다. 포장마차처럼 굴뚝 하나가 삐죽 솟아 있었고 잘 찾기 힘든 문은 두 개나 나 있었다. 유리가 아니라 비닐을 덧대어 만든 창문이 눈에 띄었다. 대나무 바구니를 뒤집어쓴 수은등 옆으로 '어우동'이라는 이름의 술집이 보였다. 우동 파는 가게와 술을 파는 어우동. 왠지 어울리지 않는다는 생각이 들었다가 이내 참 절묘한 랑데부라는 생각도 들었다.

안으로 들어가자 몇몇 젊은이들이 우동을 먹고 있었고, 장식이라곤 없는 나무 탁자에 옛날 학교 다닐 때 앉아봤던 딱딱한 나무 의자들이 오와 열을 맞춰 늘어서 있었다. 서울에서는 좀처럼 보기 힘든 연탄난로에서 온기가 뿜어져 나왔다. 사방 벽에는 여백 하나 없이 온갖 사연을 담은 글귀와 그림들로 빼곡했다. 먼 데서 왔다고 가게 주인이 직접 나서서 우동을 끓여주었다. 쫄깃한 면발과 구수한 국물 그리고 향긋한 해물에 잘 익은 김치 맛이 환상적이었다. 이것이 바로 그 유명한 충주의 명물, 시인이 끓여주는 우동이었다.

"순희 언니 난 기억하리. 시인의 공원 그 역사와 불타던 느티나무와 머리 묶은 여자가 끓이는 詩가 있는 우동집을…… 그 여자가 있었더라고! 먼 훗날 구전처럼 떠도는 우동집의 전설을 술잔을 기울이며 누군가와 이야기할 것이다. 그 여자가 있었더라고!"

우동 가게 위로 큼지막하게 내걸린 간판 옆에 붙어 있던 누군가의 글귀 속에 나오는 '우동집의 전설'은 빈말이 아니었다. 우동은 이미 전설이 되어 있었고, 우동 가게는 명소가, 시 쓰는 우동 가게 주인은 지역 사람들이 만나고 싶어 하는 명사가 되어 있었다.

제 청춘이 우동 가게에서 다 녹아버렸어요

⊙ IMF 시절, 남편 사업체가 부도나면서 생활 전선에 뛰어들어 일주일간 연수를 받은 후에 곧바로 우동 가게를 시작하셨죠? 누구나 일주일 정도 연습하면 우동을 잘 끓일 수 있을까요?

굉장히 겁이 났었어요. 솔직히 아무런 계획도 없이 시작한 일이었거든요. 이성적으로 생각할 겨를이 없었어요. 일주일 연수를 받았다고는 하지만 실력이 형편없었죠. 처음에는 국물도 짜고 뒤죽박죽이었어요. 그때는 정말 6개월이 얼른 지나기를 기다렸어요. 그 정도 시간이 흐르면 일이 손에 좀 익게 되지 않을까 싶었던 거죠. 그러다가 점점 우동을 만지는 즐거움이랄까, 우동이 완성될 때 기쁨 같은 걸 느끼게 되었어요. 우동 앞에서 의외로 대담해지게 됐고 갈수록 열정을 쏟게 되었죠. 그렇게 시간이 흐르면서 우동을 사랑하게 되었어요. 우동하고 막 이야기도 하고 그랬다니까요.

⊙ 첫 손님에 대한 기억을 써놓으셨는데 아주 인상적이더군요. 국물이 좀 짜다는 이야기는 했지만 무사히 식사를 마치고 간 후에 개업 축하 꽃다발까지 보내주셨다면서요?

그때는 지금처럼 말도 못했어요. 서른아홉 살 때까지 살림만 하던 가정주부가 아무런 준비도 없이 우동 가게를 한다고 뛰어들었으니까요. 첫 번째 손님이 들어오셨는데 눈도 마주치지 못했어요. 겨우 만들어낸 우동은 국물도 짜고 면도 제대로 뽑아지지 않은 엉성한 우동이었죠. 면이 흐물흐물하다가 이내 부서졌던 것 같아요. 그럼에도 불구하고 그 손님은 우동 한 그릇을 맛있게 다 비우고 가셨어요. 제가 가는 분을 붙잡고 오늘이 개업한 날이고 선생님이 첫 손님이라고 말씀드렸죠. 죄송하다는 말과 함께요. 그랬더니 그분이 나중에 장사 잘하라면서 꽃다발을 보내주신 거예요. 그런 분이 흔치 않은데, 제가 정말 운이 좋았던 것 같아요. 너무 고맙고 감사한 일이었어요.

◉ 그분은 그 뒤로 계속 오십니까?

언제 왔다 가셨는지는 모르겠지만, 저랑 이야기를 나눴던 기억은 없어요. 그 후로 또 오셨을 것 같기는 한데 제가 사람 얼굴하고 이름을 워낙 잘 기억하지 못해서 오셨다 해도 알아보지 못했을 가능성이 많아요.

◉ 생활 때문에 창업을 하더라도 할 수 있는 일은 많잖아요. 수많은 분야 중에서 하필이면 우동 가게를 차리신 이유는 뭔가요?

정말 우연이었는데 저에게는 필연적인 일이었던 것 같아요. 변호사 남편을 둔 희수라는 친구가 아파트 위층에 살고 있었고 저희는 아래층에 살았거든요. 그 친구는 제가 아무런 걱정도 없고 돈도 많은 줄 알고 있었어요. 그러다 남편 사업이 실패하면서 집안 살림이 풍비박산 나니까 자기도 속상한 나머지 위로한다고 매일 우리 집에 와서 이야기하다가 김치에 밥도 비벼 먹고 커피도 마시고 그랬어요. 그러던 어느 날 제 음식 솜씨가 좋다며 식당을 차리라고 그러더라고요. 저는 진짜 자신이 없었어요. 제가 잘 치우고 예쁘게 꾸미고 그러는 스타일이 아니거든요. 다른 식당 두 곳은 계약했다가 나중에 다시 해약했어요. 무서워서 엄두가 안 났던 거예요. 그런 와중에 이 집주인이 우동 가게를 판다고 내놨어요. 여러 상황과 조건이 잘 맞아 계약을 하게 되었죠. 그리고 곧바로 시작하게 된 거예요. 친구 말마따나 제가 기본적인 음식 솜씨는 있었어요. 제 고향이 전라남도 강진이거든요.

◉ **정식으로 가게 문을 연 건 언제입니까?**

1995년 11월 1일인가 그럴 거예요. 10월의 마지막 밤을 지낸 후 시작했으니까요. 17년 정도 된 거네요. 제 청춘이 우동 가게에서 다 녹아버렸어요.

책 이름이 자연스럽게 가게 이름으로

◉ **그 전에도 이곳에 우동 가게가 있었죠?**

서울에서 우동을 배워 온 분이 각기우동집을 하고 있었어요. 가케우동을 예전에는 각기우동이라고 불렀죠. 6개월 정도 하다가 장사가 안돼 내놨어요. 그 가게는 이름도 없었고 그냥 각기우동집으로만 알려져 있었어요.

◉ **새로 시작한 가게 이름을 '행복한 우동가게'로 지으신 이유가 뭔가요?**

처음엔 이 가게도 이름이 없었어요. 이렇게 지으려 하면 저분이 반대하고, 저렇게 지으려 하면 이분이 싫어하고…… 하도 의견이 분분해서. 그러다 5년쯤 지나 책을 썼는데 책 제목을 『행복한 우동가게』라고 붙이게 되었어요. 그 뒤로 자연스럽게 책 제목이 가게 이름으로 불리게 된 거예요. 이름을 그렇게 붙여서 그런지 손님들이 즐거워 보이고, 그래서 좋았어요.

아, 그건 박성숙 시인이 보내 온 엽서에 있는 글이에요. 저를 무척 좋아하는 분이죠. 제가 우동 가게를 하고 있으니까 그분이 우리 애들을 만나 빵도 사 주고 고춧가루도 빻아다 주고 그래서 많은 도움이 되었어요. 물론 정신적으로도 큰 위안을 주셨고요. 제가 좋아하는 글이라 간판 옆에 붙여둔 거죠. 우동집이 없어지고 제가 사라지더라도 늘 저와 이 우동집을 기억해줄 것 같은 정감 있는 글이라 좋아한 거예요.

◉ **함께 일하던 미범 씨 이야기가 많이 나오는데 아직도 일하고 계신가요?**

미범 씨는 가게를 그만두고 서울로 이사를 갔어요. 요즘도 연락은
자주 해요.

◉ **첫 번째 책에서는 주인의 시각에서 우동집을 열고 손님을 맞이하며 겪게 되
는 여러 가지 일들에 대해 쓰셨는데, 두 번째 책에서는 완전히 시각을 달리해
가게에서 일하는 다른 분들의 입장에서 겪는 일들을 쓰셨어요. 독특하지만 글
쓰기가 쉽지 않았을 것 같은데요?**

제가 틈틈이 요가도 하고 명상도 하고 그래요. 그러면서 이걸 어떻
게 풀어나갈 것인가를 궁리하곤 했죠. 한 가지 일을 오래 경험하다
보면 자신이 직접 등장하지 않아도 제3자의 입장이나 사물의 입장
에서 이야기를 풀어나갈 수가 있어요. 그렇게 쓰인 소설도 많이 있
죠. 저 같은 경우에는 우동 가게를 17년 동안 하다 보니까 이게 다
녹아버린 거예요. 지금 주방에서 일하는 분 이름은 소나무예요. 소
나무 아줌마랑 이야기를 하다 보면 저분 입장을 제가 충분히 이해하
게 돼요. 자식 같은 혹은 부부 같은 그런 느낌 있잖아요. 그런 느낌
을 가지고 글을 쓴 거예요. 그러면서 나를 들여다보게 됐죠.

◉ **주방에는 소나무 아줌마 한 분만 계신가요?**

낮에는 한 분만 계시고 저녁이 되면 세 분이 더 나오세요.

◉ **가게가 엄청 커진 거네요? 그럼 지금까지 주방을 거쳐 가신 분들이 꽤 많겠
군요?**

그렇죠. 그 많던 사람들 중에 이 책 속으로 굴러들어온 사람은 하루를 있다 갔든, 이틀을 있다 갔든 저하고 많은 애정이 있었고, 지금 생각해도 막 눈물이 나려고 할 정도로 인간적인 관계가 이루어졌던 분들이에요.

◉ 사람 이름을 느티나무, 계수나무, 소나무 등 모두 나무 이름으로 지어 부르셨어요?

네. 그 이름을 지은 분은 우리 집에 와서 기타도 치고 공짜 막걸리도 마시는 시인 아저씨예요. 우리는 기타 아저씨라고 부르죠. 이름을 참 잘 짓는 분이에요.

주어진 자리에서 꾸역꾸역 살아가는 것, 그것이 인생

◉ 시인들이 이 집을 어떻게 알고 찾아오게 된 겁니까?

저는 그때나 지금이나 머리를 쓴다든지 하는 일을 잘 못해요. 친구한테도 개업했다는 말을 하지 않았어요. 전에 하던 가게를 인수해서 제 몸만 들어온 거죠. 조용히 출근해서 일하다가 몰래 퇴근하고 그랬어요. 그런데 한 번은 몇몇 시인들이 어디서 우연히 제가 뭘 한다는 소리를 듣고 오셨어요. 그때 최종진 시인이라는 분이 술을 드신 다음 제가 벗어놓은 앞치마에다가 별이 쏟아지는 그림과 글을 써 놓고 가셨어요. 그 뒤로 뭘 써서 벽에 붙여놓는 게 우리 집 전통처럼 되어버렸고, 시인들도 자주 다녀가시게 된 거죠.

◉ **책에 보면 쪽진 머리를 하고 계신 걸로 나오는데 파마를 하셨네요?**

엊그제 했어요. 제가 워낙 말라서 사람들이 어디 아프냐고 자꾸 물어요. 그래서 좀 건강하게 보이려고 했죠. 저녁에는 다시 묶어요.

◉ **비 오는 날을 왜 그렇게 좋아하세요?**

그게 뭐랄까, 비 오는 날은 어머니를 그리워하게 되더라고요. 비가 내리면 분위기도 좋고 막걸리 맛도 더 좋고…… 그렇잖아요? 센티멘털해지고.

⊙ **우동 국물, 비, 바다…… 다 연관이 있네요?**

네, 그러니까 빗줄기도 가늘고 우동 줄기도 가늘어서 비슷하죠. 일하면서 우동 줄기를 뽑을 때 "아, 비가 막 내리는 느낌이야" 이런 말을 하면서 서로 웃곤 해요. 빗줄기나 우동 줄기, 또 우동 국물같이 넓은 바다를 보면 시적 상상력이 막 쏟아지죠. 비슷한 감성을 가진 분들이니까 비만 오면 가게로 모여드는 분들이 있어요.

⊙ **숫자를 헤아리고 돈 이야기 하는 걸 그렇게 꺼리셨는데…… 그래도 이게 장사니까 수지타산을 따지지 않을 수 없는 거 아닙니까. 요즘 장사는 잘되나요?**

저는 처음부터 이 가게를 하면서 일용할 양식만 주어지고 가겟세만 제때 낼 수 있으면 좋겠다고 생각했어요. 그 이상의 욕심은 없었어요. 그런데 지금까지 일용할 양식이 주어졌고, 가겟세도 밀린 적이 없어요. 참 감사한 일이죠. 그러면 된 거예요. 옛날에 분식집을 하려고 시장엘 갔는데 아줌마들 얼굴이 막 돈으로 보이더라고요. 깜짝 놀랐죠. 그때 제가 기도를 했어요. 돈을 모르고 장사하게 해달라고 말이죠. 요즘 사람을 많이 쓰는데 그분들 월급 다 주고 저도 먹고 살고 다 해요. 지금도 저는 한 달에 제가 얼마나 버는지 자세히 몰라요. 주먹구구식으로 하니까요. 그래도 참 행복해요. 지나가다 어려운 사람 만나면 많이는 못 도와줘도 3만 원 정도는 줄 수 있어요. 그러면 부자지요, 제가.

⊙ **처음부터 지금까지 단골인 손님들도 많습니까?**

그럼요, 많아요. 한 60퍼센트에서 70퍼센트 가까이 될 거예요.

⊙ 가게 문 열고 손님 맞고 하다 보면 굉장히 바쁠 텐데 글은 언제 쓰시나요?

손님이 없는 자투리 시간이 있어요. 그럴 때 혼자 골방에 들어가서 쓰죠. 일하다가도 좋은 생각이 떠오르면 몰래 가서 글을 쓰기도 해요.

⊙ 이 가게를 다녀가신 시인들 중에 가장 기억에 남는 분은 누구신가요?

유명하신 분이든 아니든 간에 다들 이웃집 아저씨 같은 그런 대화가 좋았어요. 비 오는 날 갑자기 오셨던 신경림 선생님이 가장 기억에 남아요. 워낙 제가 존경하는 분이라서.

작은 문이 나 있는 벽 쪽으로 신경림 시인이 써 놓고 간 쪽지가 붙어 있었다.

"비 오는 밤 너무 좋습니다. 충주에서 성공하십시오."

— 어느 여름날 신경림

⊙ 우동 가게를 하면서 연관된 책을 두 권이나 쓰셨는데 다음엔 어떤 작품을 쓰고 싶으세요?

제가 잘 쓸 수 있는 건 그래도 여기 이야기인 것 같아요. 그래서 이곳 이야기를 한 번 더 써볼까 해요. 제 욕심인지도 모르죠, 뭐.

⊙ 오랫동안 우동을 만들어오셨는데 우동에 대해 정의를 한번 내려주십시오.

우리 인생도 젊은 시절에는 싱겁고 그럴 수 있지만 나이가 들어갈수록 우동 국물 맛처럼 깊이가 생기면서 간간해지는 것 같아요. 저

한테 우동은 어떤 숨결이나 사랑같이 느껴지기도 해요. 매끈하게 와
닿아 척 하고 안기는, 뭐 그런 느낌?

⊙ 그러면 인생이란 뭘까요?

지금까지 인생은 저지른 사람들의 몫이라고 생각해왔어요. 그런데 나이를 먹으면서 보니까 모든 것은 시간이 해결해주기 때문에 힘들고 속상한 일이 있더라도 주어진 자리에서 꾸역꾸역 살아가는 것, 그 자체가 바로 인생이라고 생각하게 되었어요.

우동 가게 앞에는 '시인의 공원'이라는 이색적인 이름의 작은 공원이 있다. 작가의 책에 등장하는 느티나무와 여러 개의 벤치와 가로등이 원형으로 놓인 곳이다. 이곳에서 가끔 시인들이 모여 시 낭송회를 갖는다고 한다. 술집으로 둘러싸인 유흥가 골목에 이런 호사스런 이름의 공원이 있다는 게 신기하게 느껴졌다. 그러나 자고로 술과 시는 불가분의 관계라고 할 수 있으니, 어쩌면 이곳은 시인의 공원이 들어서기에 가장 적합한 곳인지도 모른다.

사랑을 잃고 나는 쓰네

잘 있거라, 짧았던 밤들아
창밖을 떠돌던 겨울 안개들아
아무것도 모르던 촛불들아, 잘 있거라
공포를 기다리던 흰 종이들아
망설임을 대신하던 눈물들아
잘 있거라, 더 이상 내 것이 아닌 열망들아

장님처럼 나 이제 더듬거리며 문을 잠그네
가엾은 내 사랑 빈집에 갇혔네

　기형도 시인의 시「빈집」이 액자에 담겨 공원 한쪽에 전시되어
있었다.

사는 일은
밥처럼 물리지 않는 것이라지만
때로는 허름한 식당에서
어머니 같은 여자가 끓여주는
국수가 먹고 싶다

삶의 모서리에 마음을 다치고
길거리에 나서면
고향 장거리 길로
소 팔고 돌아오듯
뒷모습이 허전한 사람들과
국수가 먹고 싶다

세상은 큰 잔칫집 같아도
어느 곳에선가
늘 울고 싶은 사람들이 있어
마을의 문들은 닫히고

어둠이 허기 같은 저녁
눈물자국 때문에
속이 훤히 들여다보이는 사람들과
따뜻한 국수가 먹고 싶다

이상국 시인의 시 「국수가 먹고 싶다」도 시야에 들어왔다.
한 그릇의 우동과 한 잔의 술 그리고 한 편의 시가 있는 이곳은 음식을 팔고 돈을 받는 단순한 식당이 아니었다. 사랑을 잃은 사람들과 뒷모습이 허전한 사람들과 늘 울고 싶은 사람들과 속이 훤히 들여다보이는 사람들이 꽁꽁 언 몸과 마음을 잠시 녹였다 가는 삶의 위안처이자, 인생의 아늑한 쉼터였다.

· · ·

충북 충주시 연수동에서 '행복한 우동가게'를 운영하고 있는 작가 강순희는 우동을 끓이는 가게 주인이자 주부다. 그녀는 사람들이 두고 간 많은 글과 이야기들을 긴 우동가락으로 뽑아내어 사람들과 함께 나누고 따뜻함을 전하며 살고 있다. 1957년 전남 강진에서 태어났으며, 1996년 평화신문 평화문학상과 1997년 『문예사조』에 「이발사는 가위로 가지치기를 한다」로 등단하여 창작 활동을 시작했다. 지금까지 쓴 책으로는 『행복한 우동가게』, 『백합편지』, 『행복한 우동가게 두 번째 이야기』 등이 있다. 현재 충주에서 '문향회' 활동을 하며 많은 시인, 이웃들과 소통하고 있다.

충북 충주시 연수동에서 '행복한 우동가게'를 운영하고 있는 작가 강순희는 우동을 끓

인생이
허기질 때
바다로 가라

낮익은
세상

저녁의
구례

폭식

누가
미모자를
그렸나

다이어트의
여왕

黑
김훈
장편소설

삼오식당

이슬림

1인용
식탁

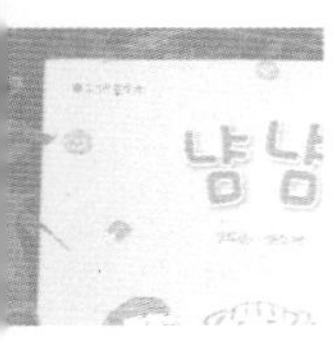
냠냠

빵은 유쾌하

누구에게나
아무것도 아닌
맛있는 요리

불량 가족
레시피

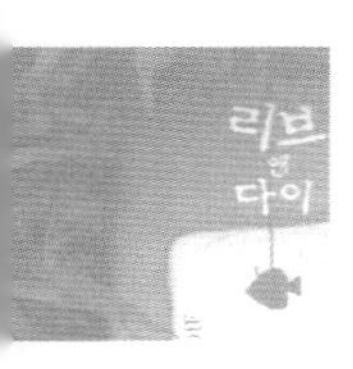
리브
앤
다이

풀빵엄마

행복한
우동가게

한창훈, 『인생이 허기질 때 바다로 가라』, 문학동네, 2010.

황석영, 『낯익은 세상』, 문학동네, 2011.

편혜영, 『저녁의 구애』, 문학과지성사, 2011.

김재영, 『폭식』, 창비, 2009.

손미나, 『누가 미모자를 그렸나』, 웅진지식하우스, 2011.

백영옥, 『다이어트의 여왕』, 문학동네, 2009.

김훈, 『흑산』, 학고재, 2011.

이명랑, 『삼오식당』, 뿔(웅진문학에디션), 2009.

손홍규, 『이슬람 정육점』, 문학과지성사, 2010.

박범신, 『비즈니스』, 자음과모음, 2010.

윤고은, 『1인용 식탁』, 문학과지성사, 2010.

안도현 글·설은영 그림, 『냠냠』, 비룡소, 2010.

신현림, 『빵은 유쾌하다』, 샘터, 2000.

조현, 『누구에게나 아무것도 아닌 햄버거의 역사』, 민음사, 2011.

손현주, 『불량 가족 레시피』, 문학동네, 2011.

허택, 『리브 앤 다이』, 문학사상사, 2011.

노경희 글·김령하 그림, 『풀빵 엄마』, 동아일보사, 2011.

강순희, 『행복한 우동가게』, 함께읽는책, 2008.